王小波 著

白银时代

北京出版集团公司
北京十月文艺出版社

新经典文化股份有限公司
www.readinglife.com
出　品

目录

2010   1

2015   135

白银时代   205

2010

一 老大哥

一

每天早上，王二都要在床上从一数到十。这件事具有决定一天行止的意义。假如数出来是一个自然数列，那就是说，他还得上班，必须马上起床。假如数出的数带有随机的性质，他就不上班了，在床上舒舒服服地睡下去。假如你年龄不小并且曾在技术部工作过多年，可能也会这样干。因为过去你遇到过这种情况：早上到班时，忽然某个同事没来。下班时大家去看他，他也不在家。问遍了他的亲戚朋友，都不知他上哪儿去了。在这种情况下，你作为部里的老大哥，就会提心吊胆，生怕他从河里浮出来，脑盖被打得粉碎——这种情况时有发生。过些日子你收到一张通知：某同志积劳成疾，患了数盲症，正在疗养。这时你只好叹口气，从花名册上勾去他的名字，找人作见证，砸他的柜子，撬他的抽屉，取出他的技术文件，把他手上的活分给大家；再过些日子，他就出来了，但不是从河里出来——简言之，上了电视，登上报纸，走上了领导岗位，见了面也不认识你。这一切的契机就是数盲症。这种病使你愤愤不已、心理不平衡，但是始终不肯来光顾你，你恨数盲症，又怕得数盲症，所以就猜测并且试探它发作起来是何种情形。未离婚时，我前妻见到我这种五迷三道的样子，就说：你简直像女孩子怕强奸一样。我认为这是个有益的启示，遗憾的是我没当过女孩子，不知道是怎样一种情形；问她她也不肯讲。她甚至不肯告诉我数盲症是像个男人呢，还是像男人的那个东西。

二〇一〇年我住在北戴河，住在一片柴油燃烧的烟云之下。冬天的太阳出来以后，我看到的是一片棕色的风景。这种风景你在照片和电视上都看不到，因为现在每一个镜头的前面都加了蓝色的滤光片。这是上级规定的。这种风景只能用肉眼看见。假如将来有一天，上级规定每个人都必须戴蓝色眼镜的话，就再没有人能看到这样的风景。天会像上个世纪一样的蓝。领导上很可能会做这样的规定，因为这样一来，困扰我们的污染问题就不存在了。在我过四十八岁生日那天早上，我像往日一样去上班。这一天就像我这一辈子度过的每一天都一样，并不特别好，也不特别坏。我选择这一天开始我的日记，起初也没有什么特别的寓意。只是在时隔半年，我在整理这些日记时，才发现它是一系列变化的开始。

所以我在这一天开始记日记,恐怕也不全是无意的了。

有关数盲症,我还知道这样一些事:它只在壮年男子身上发作,而且患这种病的人都是做技术工作的。官方对它的解释是:这是一种职业病,是过度劳累造成的,所以数盲症患者总能得到很好的待遇。这一点叫人垂涎欲滴,而且心服口服。数盲者不能按行阅读,只能听汇报;不能辨向,只能乘专车;除了当领导还能当什么?这是正面的说法。反面的说法是:官方宣布的症状谁知是真是假。数盲清正廉洁,从来没有一位数盲贪赃枉法(不识数的人不可能贪),更没有人以权谋私,任何人都服气。这也是正面说法。反面的说法是他们用不着贪赃枉法,只要拿领导分内的就够多了。正面的说法是领导上的待遇并不超过工作需要,反面的说法是超过了好几百倍;所以应该算算账。为此要有一种计数法、一种记账法、一种逻辑,对数盲和非数盲通用,但又不可能。有位外国的学者说,数盲实质上是不进位,只要是工作需要,吃多少喝多少花多少都不进位,始终是工作需要,故而是用了无穷进制计数法。这种算法我们学不会。假如你就这一点对数盲发牢骚,他就笑眯眯地安慰你说:你们用的二进制、十进制我们也不会嘛。大家各有所长,都是工作需要。

现在要说明的是,北戴河是华北一座新兴的科技城市,它之所以是科技城市，是因为技术部设在这里。王二是技术部的老大哥，也就是常务副部长。这是未患数盲症的人所能担任的最高职务，是一种类似工头的角色。有时他把自己叫做"王二"，有时把自己叫做"我"；但从来不把自己叫做"老大哥"，这个称呼是专供别人使用的。

我总是从反面理解世界。早上起来时，我数数，同时也是把灵魂注入了肉体。我爬起来，从侧屋里推出摩托车，从山上驶下来，驶到一片黑烟和噪声里去。这种声音和黑烟是从过往车辆上安着的柴油机上喷出来的，黑烟散发着一种燃烧卫生球的气味，而噪声和你的脑子发生共振。这种情形可惜以往那些描写地狱的诗人——比方说但丁——没有见过，所以他们的诗显得想象力不够。

只要你到了大街上，睾丸都会感到这种震荡（对于这件事，有一个对策，就是用一个泡沫塑料外壳把睾丸包装起来，此物商店有售，但是用了以后小便时有困难），而黑烟会使你的鼻涕变得像墨汁一样（你也可以用棉花塞住鼻子，用嘴呼吸，然后整个舌头都变黑，变得像脏羊肚一样）。早几年，还可以用我设计的防毒面具，后来吓死过小孩子，不让用了。当然，假如你坐在偶尔驶过的日产轿车里，感觉会有不同。日本人对出口中国的车辆都做了特殊设计，隔音性能极好，而且有空气滤清器。当然，日本人很少得数盲症，故而这些车的售价都到了天文数字，只有得了数盲症的领导才不觉得贵。因为这些缘故，乘日本车的人极少，大多数人乘坐在吼声如雷的国产柴油车辆上。驾车的家伙们还表现出了破罐破摔的气概，十之八九把消声器拆了下来，让黑烟横扫街道，让噪声震破玻璃。因此街上的行人都打伞，见了黑烟过来，就把伞横过来挡挡，而临街的窗户都贴了米形纸条，好像本市在遭空袭。这都是因为有人拆了消声器。假如你逮住一个问他为什么这么干，他就说，消声器降低马力增加油耗，而且装上以后还是黑，还是吵，只不过稍好一点，实属不值。当然，你还可以说，取下消声器，省了你的油，吵了大家，所以应该安上。他则认为安上消声器，大家安静，却费了他的油，所以应当取下来。归根结底，假如消声器能省油，谁也不会不安它。如果说到了这儿，所有的人都会同意：也不知是哪个王八蛋设计的这种破机器。只有我不同意，因为这个王八蛋就是我。所有街上跑的、家里安的柴油机，只要是黑烟滚滚，吼声如雷，就是我设计的，假如既不吵，也不黑，那就是进口的，而且售价达到了天文数字，具体数字是多少是国家机密，我们不该知道，而知道这些数字的人，又根本不知是多少。

二

每个当了老大哥的人，都有这样一种特殊的品行，就拿我来说，有时候我就是我，有时候是王二，他是一个随时随地就在眼前的四十八岁的男人。在后一种情况下，"我"却不知到哪里去了。小徐没有摩托车，必须有人去接他上班。好吧，王二就在眼前，那么王二就去接他吧——这时根本就没有"我"这种东西。等到"我"回来时，就会发现这样做消耗了我的汽油，毁了我的车——这种小摩托设计载重是八十公斤，王二一个就有八十公斤。除此之外，他像个鸡奸者一样趴在我身上。小徐这东西占了你的便宜也不说你好。这都是责任心过强带来的害处。

责任心过重常常使我大受伤害，每次部里有人失踪了，我都到处去找：去公安局，去医院，甚至低声下气去问保安（他们对我最不友好，摩托车在他们门前停片刻，车胎就会瘪）。到处都找不到之后，坐在技术部里长吁短叹道：假如某某能回来，咱们就开 party 庆祝——我贡献一百美元。同事们说：算了吧老大哥，这小子准是得了数盲症。但我不爱听这话。我从来不相信哪个某某会得数盲症。结果他真的就得了数盲症。每次发生了这种事，我都有被欺骗、遭遗弃的感觉，一屁股坐在凳子上，叫道：给我拿救心丹来！

其实我根本不像表面上那样天真。我已经四十八岁了，我认识的人发数盲的，多到我记不住。这就是说，我完全知道谁会发数盲——我见过的太多了。就以目前为例，我可以打赌，技术部有一个数盲，就是趴在我背上这个姓徐的。早上他提着塑料水桶，里面只有点底子，或者底子都没有（你要知道班上不供应饮水，自己不带水就是想喝别人的）；头上戴顶二战时期飞行员的帽子，哆哆嗦嗦地站在路边上，拖着两截清鼻涕，长得尖嘴猴腮。就是把他行将发数盲这一点撇去，也足够不讨人喜欢。我不知道有谁喜欢他，不论是男人女人。但是他现在没有发数盲，他是我的人。他没有钱可以找我借，当然事后准不还；没水喝可以找我要，但是我的水也不多。这就是说，我必须爱他，因为我是老大哥。

二十年前我来过北戴河，这地方东西两端各有一座小山，山上树木葱茏，中间是一片马鞍形的地带，有海滩，海滩背后的山坡上树林里面是一些别墅——一些优雅的小房子。现在海滩的情形是这样的：海滩背后没有了树，那些别墅还在那里，但都大大地变了样。所有的门窗都不见了，换上了草帘子、包装箱上拆下的木板、瓦楞纸箱，里面住着施工队、保安员、小商小贩，总之，各种进城打工的人，门窗都被他们运回家去了。他们在院子里用砖头垒起了一些类似猪圈的东西，那是他们的厕所。烟囱里冒出漆黑的烟，因为烧着废轮胎。海滩上一片污黑，全被废油污染了。海面上漂满了塑料袋，白花花的看不到海水。废轮胎、废油、塑料袋我们大量地拥有，而且全世界正源源不断地往这里送。简言之，海滩变成了一片黑烟和废油的沼泽地，如果山上很脏的话，这里就是个粪坑。而小徐却偏愿意住在这里——这就是说，我不得不弯下来接他。假如不是这样,我情愿永远不上这里来。出于过去的职业训练,我见了丑陋的东西就难受。

技术部的房子在东山边上,三面环有走廊,这说明这座房子有年头了,过去是某位达官贵人的避暑别墅。前几年站在走廊上可以望见大海,现在在刮大风的日子里还可以看见,在其他的日子里只能看到一片黑烟。走廊用玻璃窗封上了,这些玻璃原来是无色的,现在变成了茶色。这些变化的原因当然是柴油机冒出的黑烟,现在这所房子顶上有一根铁管烟囱也在突突地冒这种黑烟。但这也是没有办法的事,因为这间房子也需要取暖、需要照明,取暖就需要柴油机冷却水来供给暖气,照明则需要柴油机带动地下室里的发电机。这个嘣嘣乱响的鬼东西是我十年前的作品,代表我那时的能力。现在我应当能设计出一种柴油机,起码像泰国的产品,那种机器发出蚕吃桑叶的沙沙声;或者像日本柴油机,那种机器无声,也不排废气;当然,谁也不能要求我设计出瑞典柴油机,那种东西你就是把屁股坐在上面,也不知开动了没有。但是应当是应当,实际上我就会造这种鬼东西——开动起来像打夯机和烟雾弹的东西。世界上其他地方不像我们这样,人家甚至很少用柴油机,这是因为那里能找到足够多的未患数盲症的人,来设计、制造、维修那些清洁、有效的集中供电系统。虽然现在已经证明了数盲不传染,但是要请这种人到中国来做技术顾问,却没人应聘；因为人们怀疑它与环境有关。人们还说，数盲是二十一世纪的艾滋病，在未搞清病因、发现防护措施之前，科技人员绝不敢拿自己的前途冒险——事实上，的确有几位到中国服务的科技人员在这里发了数盲症，后来成为伟大的国际主义战士，享受中国政府的终身养老金。此后有人敢来冒险，但各国政府又禁止科技人员到中国来——科技人员是种宝贵的资源。来的和平队都是些信教青年，所学专业都是艺术、人文学科。就算在来中国前学习一点科学技术的突击课程，顶多只能胜任科技翻译的工作，而希望全在未患数盲症的中国人身上。这些人在早上八点钟以前到了这间房子里，满怀使命感开始工作。

王二来上班的时候，已经是最后一个。他从摩托车座位下面的工具箱里拿出一个塑料水箱，走进那间房子，有一个大号的洋铁壶放在小小的门厅里，旁边放了一个量杯。王二从水箱里量出一升水，倒进水壶里，然后旋紧盖子，把水箱放到一个架子上——那上面已经放了四十多个水箱，每个水箱上都有一块橡皮膏，写着名字。然后他脱掉大衣，走到水池子前面，拧开水管子，里面就流出一种棕色的流体——这种东西就叫做自来水。王二从水池边拿起一条试纸试了，发现它是中性的，就在里面洗了手。不管它是不是中性，都没人敢在里面洗脸。因此他拿出了一块湿式的卫生纸巾，先擦了脸，又擦了手，然后走进大厅。这是一种精细的作风，和数盲作风形成了鲜明的对比。在开大会时，你常能看到领导在主席台上倒一塑料杯矿泉水，喝上几口，把剩下的扔在那里，过一会儿再去倒一杯。等开完了会，满桌子都是盛水的杯子。这就叫领导风度。好在这些水也不会浪费，我们当然不肯喝，想喝也喝不着。保安员都喝了，他们也渴。水这种东西，可不止是 H_2O 而已。

因为每人每天只有五公升的饮水，所以烧茶的开水都要大家平摊。在这种情况下，我们当然想利用一下自来水——这种水是直接从河里抽上来的，没有经过处理——就算不能达到饮用的标准，能洗澡也成。有时候它是咸的，这不要紧，因为不管怎么说，它总比海水淡，甚至可以考虑用电渗析。有时含酸，有时含碱，这可以用碱或酸来中和。有时候水里含有大量的苯、废油，多到可以用离心机分离出来当燃料，有时候又什么都不含。有时它是红的，有时它是绿的，有时是黄的——水管里竟会流出屎汤子——这就要看上游的小工厂往河里倒什么了。有时候他们倒酸，有时倒碱，有时倒有机毒物，有时倒大粪。要净化这种水，就要造出一个无所不能的净化系统，能从酸、碱、有机毒物甚至屎里提取饮用水。这对于科班出身的工程师也不是件容易的事，更何况我们四十一个人里有四十个是半路出家。除此之外，还有两个办法可以解决洗澡问题，其一是在夏天到海里去游泳，上岸后用砂子把身上的柴油渍擦去，然后用毛巾蘸饮水擦，因为柴油渍总不能擦得很干净，故而洗了以后像匹梅花鹿；另一个办法是在冬天用蒸馏水来洗澡——我们有利用柴油机废热制蒸馏水的设备。蒸馏水虽然无色透明，但也不干净。洗这种澡鼻子一定要灵，闻见汽油味不要大惊小怪；酚味也不坏，这是一种消毒剂；闻见骚味也不怕，有人说尿对头发好；假如闻见了苯味，就要毫不犹豫地从喷头下逃开，躲开一切热蒸汽，赤身裸体逃到寒风里去。苯中毒是无药可医的毛病，死以前还会肿成一个大水泡，像海里的水母一样半透明。同事们说，洗澡这件事要量力而行，并且要有措施。跑得慢的手边要有防毒面具，女孩子要穿三点式，但是老大哥和有病的不准洗。他们坚决劝阻我在冬天洗澡，虽然我自己说，老夫四十有八不为夭寿，但他们还是不让我在干净和肺炎之间一搏，并且说，现在我们需要你，等你得了数盲症，干什么我们都不管。所以我只好脏兮兮地忍着。

我到现在还在设计净水器，一想就是七八个小时，把脑子都想疼了。一种可能是我终于造出了巧夺天工的净水器，从此可以得到无限的干净水，这当然美妙无比。但我也知道遥遥无期。另一种可能是我没有造出这样的净水器就死掉了，死了就不再需要水，问题也解决了；但也是遥遥无期。最好的一种可能性是我得了数盲症，从此也没了水的问题。

三

王二坐在绘图桌前的高脚凳上，手里拿了一把飞鱼形的刀子在削铅笔。那刀子有一斤多重，本身是一件工艺品，除了削铅笔，还可以用来削苹果、切菜、杀人。现在的每一把刀子都是这样笨重，这是因为每把刀子都是铸铁做的，虽然是优质的球墨铸铁，但毕竟不像钢材那样可以做得轻巧。他在考虑图板上的柴油机时，心里想的也全是球墨铸铁，不到万不得已，不能考虑像金子一样贵重的进口钢材。除此之外，钢是危险品，要特批，报告打上去，一年也批不回来。在这种情况下，当然只能设计出些粗笨、低效的东西，这是可以原谅的。只不过他的设计比合理的粗笨还要粗笨，比合理的低效还要低效，这就是不能原谅的了。他只能在另一个领域施展想象力：把柴油机做成巧夺天工的形状，有些像老虎，有些像鲤鱼，有些什么都不像，但是看上去尚属顺眼。不管做成什么样子，粗笨和低效都不能改变，而且像这样稀奇古怪的东西根本不能大批生产，每种只能造个三五台，然后就被世界各国的艺术馆买了去，和贝宁的乌木雕、尼泊尔的手织地毯陈列在一起。如今全世界所有的艺术经纪人都知道中国有个"Wang Two"，但是不知道他是个工程师，只知道他是个结合了后工业社会和民族艺术的雕塑家。这样他的设计给国家挣了一些外汇，但是到底有多少，他自己不知道。这是国家机密。

有一件事我们尚未提到，就是王二和他技术部的绝大多数同仁一样，虽然现在做着技术工作，但是他们的生活并不是在工学院里开始的。王二本人从工艺美术学院毕业，同事则来自音乐学院、美术学院、中文系、哲学系、歌剧院等等；是一锅偏向艺术和人文学科的大杂烩，但是这锅杂烩在这一点上是一致的：每个人的档案里，在最后学历一条上，都有"速校二年"一条。这是因为随着数盲症的蔓延，所有未患这种病的人都有义务改行，到"速成学校"突击学习技术学科，然后走上新的岗位。还有一个奇怪的现象，就是原来的工程师患起数盲症来很快，改行的工程师却比较耐久。他们是科技精英，虽然假如没有数盲症这件事的话就够不上精英，只能叫做蹩脚货。就以我自己来说，就曾找领导谈过多次，说明自己在速校把数学老师气得吐血的事实。领导上听了以后只给了这样的指示：加强业务学习——水平低是好事，还有提高的余地，所以我们不怕水平低。我说我快五十了，没法提高。他却说五十很年轻。我问多少岁不年轻，他说是二十，同时伸出三个指头，几乎把我气死。和数盲辩理行不通。顺便说一句，数学老师吐血是真的，但他有三期肺痨；而且不是气的，而是笑的。上课时他讲不动了，就让大家讲故事。我讲了个下流笑话，他吐了血，后来就死掉了。

除了这技术部里坐着一些蹩脚货，还有一些更蹩脚的在钢铁厂里，指挥冶炼球墨铸铁，另一些在炼油厂指挥炼劣质柴油，所到之处都是一团糟，但是离了他们也不行。不管怎么说，王二在这群人里还算出类拔萃。他削好了铅笔，忽然大厅里响起了小号声，还有一个压倒卡罗索的雄浑嗓音领唱道："Happy birthday to you！"他在一片欢声笑语里伸直了脖子，想看看这位寿星是谁。但是一把纸花撒到了他头上。这个寿星老原来就是他自己。然后他就接受了别人的生日祝贺，包括了两个女实习生的亲吻，并且宣布说，等你们结婚时，一人送一件毛衣。这是因为当时她们每个人都穿了一件毛衣——一件蓝毛衣和一件红毛衣，当然都是机织毛衣，看起来像些毡片，穿在漂亮姑娘身上不适宜。而王二的手织毛衣都是工艺品，比之刀子更送得出手。这些毛衣需要些想象力才能看出是毛衣，需要更多的想象力才能看出怎么穿。但是穿上以后总是很好看。但是这两记亲吻带来了麻烦——他上衣的口袋里出现了两张纸条。这肯定是她们塞进来的，但是各是谁塞的，却是问题。有一个规定说，禁止把未患数盲症的人调离技术岗位，这就是说，技术部门实在缺人。还有一个规定说，女人不在此列。这就是说，领导机关也要些不是数盲的人，来担任秘书工作。还有一条并不是最不重要，那就是秘书必须长得顺眼，不能长得像王二一样。因此女孩子最好的出路是在十八岁时考上工学院（工学院考分高得很，而且不招男生），二十二岁毕业，到技术部实习一年，然后到上级部门当秘书。此后很快就成了首长夫人。

这是一条铁的规律,甚至不是孩子的人都不例外,只要漂亮就可以。因为这个缘故,工学院挑相貌,挑来挑去,简直招不上生来。现在听说条件放宽了,但是要签合同,保证接受整容手术。我觉得以后可能会接受肯变性的男生。当然,这种货色,就如艺术家改行的我们,是二等品。

有关艺术家改行的事,还可以补充几句,我们改行后,原来的位子就被数盲同志们接替了。所以现在简直没有可以看得进去的小说、念得上嘴的诗歌、看得入眼的画;没有一段音乐不走调,假如它原来有调的话。与此同时,艺术家的待遇也提高到了令人垂涎欲滴的程度。但是这也叫人心服口服——你总得叫人家有事可干嘛。而且艺术现在算是危险性工作了,它教化于民,负有提升大家灵魂的责任,是"灵魂的工程师"。万一把别人的灵魂做坏了,你得负责任;这种危险还是让数盲来承担。假如大家都去当领导,领导就会多得让人受不了,假如不让人家当领导,人家又劳苦功高。所以就让他们当特级作家、特级画家,这还是亏待人家了。

四

我有个哥哥,已经六十多岁了,现在住在美国。一九七〇年左右,他在乡下当过知青。我那时只有七八岁,也知道他当时苦得很，因为每次回家来，他都像只猪一样能吃。他告诉我，他坐车不用买票，而且表演给我看。有一回被售票员逮住，他就说：老子是知青！售票员大姐听了连忙说：我弟弟也是知青。就把他放了。他还告诉我说，他们在乡下很快活，成天偷鸡摸狗不干活也没有人管。这件事告诉我，为非作歹是倒霉蛋的一种特权。我们就是一批倒霉蛋，所以拥有这种特权。举例来说，假如我看中了一间空房子，就可以撬开门搬进去住，不管它贴着什么封条。过几天房管局的人找到我，无非是让我把原来房子的钥匙交出来，再补办个换房手续。但是不管我搬到哪里，房子都没有空调，没有干净的供水，没有高高的院墙，门口也没有人守卫，所以搬不搬也差不多。再比方说，我们和哪个女孩子好，就可以不办任何手续地同居，假如风纪警察请去谈话，无非是说：你们双方都没有结婚，何不办个结婚手续？只是过不了几天，这位女孩子调到机关去，就会和我们离婚。然后就是傍肩，天天吵吵闹闹。据我所知，大家都有点烦这个。但这种生活方式是不能改变的，除非得了数盲症。

我简直想患数盲症，主要是因为现在的工作不能胜任。今天早上搞电力的小赵递给我一张纸，说道：对不起老大哥，遇到了问题。我拿起来一看，是道偏微分方程。我就知道这一点，别的一概不知。我举起手来说：大家把手上的事放一放，开会了。于是我们这些前演奏家、前男高音、过去的美术编辑、摄影记者等等，搬着凳子围成个圈子，面对着黑板上的偏微分方程，各自发表宏论。假如此时姓徐的不在，那也好些。他在场只会增加我们的痛苦。我说过，我们这间屋子里的人几乎都是蹩脚货，这孙子是个例外。他是个工科硕士（很多年以前得的学位），像这种人不是发了数盲症，就是到了国外，这孙子又是个例外。他听了某些人的意见，面露微笑。听了另一些人的意见，捧腹大笑。听了我的意见之后，站在椅子上，双手捂住肚子，状如怀孕的母猴，在那里扭来扭去。坐在他旁边的人想把他拖出去，他拼命地挣扎道：让我听听嘛！一个月就这么点乐子……这使大家的面子都挂不住了。大胖子男高音跳起来引吭高歌，还有人吹喇叭给他伴奏。在音乐的伴奏下，有些人动手拧他——怀着艺术家那种行业性的妒贤嫉能，以及对卑鄙小人的仇恨。这家伙是个贱骨头，挨拧很受用。等到乱完了之后，我就宣布散会。偏微分方程不解了，因为解不出来，改用近似算法。这个例子说明我们设计的东西为什么这么蹩脚——用了太多的近似算法。而在近似算法方面，我们都是天才。我们已经发明了一整套新的数学，覆盖了整个应用数学的领域，出版了一个手册，一流装帧，一流插图，诗歌的正文，散文家的注释，但是内容蹩脚至极。手册的读者，我们下级单位的同行经常给我们寄子弹头，说再把书写得这样不着边际，就要把我们都杀掉。其实我们不是故作高深，而是要掩饰痛脚。

不光数学是我们的痛脚，还有各种力学、热力学、化学、电工学等等。事实上，我们的痛脚包括了一切科学部门。我知道美国有个《天才科学家》杂志（这个天才当然是带引号的），专门刊载我们的这些发明，而有一些汉奸卖国贼给他们写稿，还把我们的照片传出去，以此来挣美元稿费，其中就包括了这个姓徐的。因为他的努力，我已经有两次上了该刊的中心页，三次上了封面，还当选过一次年度"天才数学家"。据说正经搞理工的读了那本刊物，不仅是捧腹大笑，还能起性，所以我经常接到英文求爱信和裸体照片，有男有女，其中有些还不错，但多数很糟糕；危险部位全被炭笔涂掉了。我一封信都不回。对于某些搞同性恋的数学家，说我比《花花公子》的玩伴女郎还性感。为此我不止一次起了宰掉小徐的心。但是我也明白，就是倒霉蛋也不能杀人。

我觉得外国的科学家缺少同情心——假如他们和工程师都傻掉，只剩下一些艺术家，我倒想看看他们那里会发生什么样的事。假如毕加索活着，马蒂斯活着，高更和莫奈都活着，我也想看看他们画起柴油机是否比我高明。但是最没有同情心的是小徐这种人。我曾经把炭笔塞到他手里，强迫他画一张画，哪怕是画个鸡蛋也行。但是他就是不接，还笑嘻嘻地说：我不成，我有自知之明。这话又是暗讽，说我们都没有自知之明。

在马蒂斯决定复活，替我来画柴油机之前，我还有一件事要提醒他：他休想得到一点顶用的技术资料。有件事和他死前大不一样：国外所有的技术书刊都以光盘、磁盘的形式出版，而这类东西是禁止进口的，以防夹带了反动或者下流的信息。至于想用计算机终端从国外查点什么，连门都没有。这是因为一切信息，尤其是外国来的信息都是危险的。打电话可以，必须说中文，因为有人监听，听见一句外文就掐线。我不知马蒂斯中文说得怎么样，假如说得不好，就得准备当个哑巴。除此之外，什么材料都是危险品：易燃的、易爆的、坚硬的。危险这个词现在真是太广义了。在这种条件下，让马蒂斯来试试，看他能搞出些什么！

会后小徐对我说：你把你的贝宁木雕给我，我就给你算这道题。我说你妈逼你想什么呢你，又不是我要算这道题。那时候我的脸色大概很难看，吓得他连连后退，过了老半天才敢来找我解释："老大哥，要是你要算这道题我马上就算，要你什么我是你孙子！"

这时我已经恢复了老大哥的风度，心平气和地说：我不要算这道题，是公家要算这道题。我尽心尽力要把它算出来，这是我的责任，但它毕竟不是我的题。小徐说：只要是公家的题他就不算，这是他的原则。但是他不愿为此得罪老大哥。我说：我怎么会？坚持原则是好事。为了表示我不记恨他，我和他拥抱，吻了他的面颊，这让我觉得有点恶心——这家伙有点娘娘腔。但我既然是老大哥，对所有的人就必须一视同仁。

有关那件木雕，有必要说明几句。那是上大学时非洲同学送我的，底座上刻着歪歪斜斜的中国字：老大哥留念——我们是有色人种。这是个纪念品，其一，它说明我上大学时就是老大哥；其二，它说明有个黑人把我当成黑人。一般来说，我们黄种人总是被黑人当成白人，被白人当成黑人，被自己人不当人，处处不落好。我能被黑人当黑人，足以说明我的品行。这姓徐的竟想把它要走，拿到黑市上卖。只此一举，就说明他要得数盲症了。

开完了数学讨论会后，我坐到绘图桌前，那个穿红毛衣的实习生搬凳子坐在我身边，假装要帮我削铅笔，削了几下又放下了。说实在的，削铅笔不那么容易，刀子钝笔芯糟，假如她只是心里有话要说，那就是糟蹋东西。那孩子悄声对我说：王老师，我会算这道偏微分题。我也悄声说道：别管我们的事——辅导老师没关照你吗？她说：关照过的，但是我的确会算。我不理她（我还要命哪），她还是不走，这叫我心里一动——于是我压低了声音说：读过《一九八四》？她脸色绯红，低着头不说话。这就是说，读过了。

我们过去都是艺术家，艺术家的品行就是：自己明明很笨，却不肯承认。明明学不会解偏微分方程（我们中间最伟大的天才也只会解几种常微分方程），却总妄想有一天在睡梦中把它解开，然后天不亮就跑到班上来，激动地走来走去，搓手指，把粉笔头碾成粉；好容易等到大家来齐了，才宣布说：亲爱的老大哥，亲爱的同事们，这道题我解出来了！然后就在黑板上写出证明，大体上和数学教科书上写的一样，只是在讲解时杂有一些比喻，和譬如"操他妈"之类的语气助词，这能使大家都能理解。有了这些比喻和"操他妈"，证明就属于我们了。讲解者在这种时候十分激动并且能得到极大的快感，有一位天才的指挥家在给大家讲解"拉格朗日极值"时倒下去了，发了心肌梗塞，就此一命呜呼。这种死法人人羡慕。因为这个缘故，我们才不容易得数盲症。也是因为这个缘故，我们不喜欢女人来帮助我们。当然，有些少数丧失了自尊心的人也会这么干，那就是另一个故事了。

关于艺术家不得数盲症的机理，有必要讲得更明确：我们在科技方面十足低能，弄不懂偏微分，所以偏微分才能吸引住我们。假如能弄懂，就会觉得没有意思了。这就是说，我们不能太聪明，并且要保持艺术家的狂傲的性情，才能在世界上坚持住。

另一个故事是这样的：以前我有一位同事，是吹萨克管的，是个美男子。因为在十几岁时玩过一阵子无线电，速校毕业后负责电子工程。此人钻研业务到了走火入魔的程度，发誓不把概率论里的大数定理搞明白死不瞑目。因此他就丧失了自尊心。有一回，我们部里来了个小眼镜，她说能证明大数定理，也不知用了什么手段，居然让美男子听懂了证明。然后他就完全唯小眼镜马首是瞻。听说他们在家里玩一种性游戏：小眼镜穿着黑皮短裙，骑在美男子脖子上。后来她实习期满要调到上级单位时，两人就双双殉情而死——这当然又是小眼镜的主意。刚毕业的女孩子总是对殉情自杀特别感兴趣（她们最爱说的一句话就是——让我们一块死吧！仿佛只剩下电死吊死还是淹死这样一些问题），但是不能听她们的，都死了谁来干活？我就接到过多次同死的邀请，都拒绝了，是这么说的：你能调到上面去很好呀，别为这个内疚；我们大男人，不和女孩子争，等等。讲完了，挨个耳光，事情就过去了。这是因为我从来不请教女人数学问题。假如请教过，知道了她们有多聪明——她们的美丽已经是明摆着的了——多半就没有勇气拒绝死亡邀请。这是活下去的诀窍。

有关这个诀窍，必须再说明一遍，因为它很严重。不能问女人科学问题，因为你已经四十多岁了，做了多年科技工作，不懂大数定理、不会解偏微分方程，而且得不了数盲症，又有何面目活着？我们都在危险中，所以就不要让一个二十岁的女孩子告诉你，你不会的她都会。这是因为你是男高音、画家、诗人，她要得到你。活下去的诀窍是，保持愚蠢，又不能知道自己有多蠢。有一句话，我要与大家共勉：好死不如恶活。我的兄弟们，我已经四十八岁了，还有一身病，但还在坚持。

五

今天是星期四，也是我四十八岁的生日。这一天的一切，都有必要好好总结一下。我像往常一样上班去，天像往常一样黄，自来水像往常一样臭，像往常一样，有人遇到了一道数学题，我们开会讨论，并且像往常一样没有解出来。这都是表面现象。实际上，我比往常老了一岁，天比往常更黄了一点，自来水比往常更臭了一点，没有解出的数学题比往常多了一道，一切都比往常更糟糕。我在制止这个恶化的趋势方面竭尽了心力：力图忘掉今天是我生日，力图改进我的柴油机想让它少冒点烟，力图想出一种净水器，力图解出那道数学题，但是全都没有结果。我们技术部里每个人都在力图解决这些问题（只有第一个问题除外），但是都没有结果，因为他们都比我还笨。只有一个人除外。首先，他可以解出那道数学题；其次，他是学化工的，在水处理方面肯定有办法；最后，他是管燃料的，假如能给我纯净一点的燃料，柴油机就可以少冒一点烟。但是他什么都不干，到班上打一晃，看完了我们的洋相后，就溜出去了，而且是借了我的摩托车。我有确实的情报，他是跑到上级那里去打小报告去了——虽然他自己说是去医院看病——此种情形说明他很快就会发数盲症。我应该不借他车，但是我不能。他说，他要去看病。而且我是老大哥。

二　红毛衣&老左

一

红毛衣说,她看过《一九八四》。这是乔治·奥威尔的作品,是一本禁书(现在有很多禁书),因此没有铅印本,但是有无数手抄本,到了工学院的女生人手一本的地步。我的外号就是从书里来的,但这是一种英国式的幽默。禁书就是带有危险性的书,那本书里有个情节,女主人公往男主人公兜里塞了一张条子,昨天就出了这种事,我兜里出现了一张纸条,上面写着"I love you!"连写法都和书上一模一样,足见看《一九八四》入了迷。只有一点和书上不同:作为男主人公,我不知是谁塞的。在此之前,我过生日,每个实习生都要吻我,这是一种礼仪。一共两个女孩子。有一个很奔放,简直是在咬我,另一个很不好意思。那个不好意思的脸红扑扑,嘴唇很硬,这种情形说明她从未有过性经验,所以应该把她排除在外，但其实真凶就是她。我总算找到我需要的人了。

王二把红毛衣请到家里来喝咖啡——我这样写，是因为当时我正在大公无私的状态——王二有真正的哥伦比亚咖啡，是他哥哥寄来的，不过有年头了，没有香味。但毕竟是真正的咖啡。现在他还给王二寄咖啡，但是总也收不到，因为邮政系统也是一团糟。好在还可以打越洋电话，否则就会和哥哥断掉联系。打越洋电话比国内电话容易得多，拿起听筒摇上几下（现在电话都是人力接驳的了），说：你给我接美国，然后喀喀乱响一阵，就换了声音，"AT&T operator……"你告诉他对方付款、电话号码，马上就会通。当然，有时也不顺利，接线员朝你大吼一声：美国，美国在哪儿？你只好告诉他往上找，左边第一个，有时他还是找不到，此时就只好骑车奔往电话局，自己来接线，不过这种现象不多。哥哥要给王二打电话就麻烦得多，先接中国，再接河北，再接秦皇岛，再接北戴河；这就要三个钟头。接到北戴河就不能接了，好在此地人人认识王二，半个电话局的人都会出来找他。但是他跑去接电话时，十回里有九回不是他的电话。电话里的人再三道歉说，他想找某人，但是电话局的人不认识某人，并且建议他找王二，王二谁都认识，所以只好找王二传话。这些话越扯越远，就此打住。——红毛衣对王二说：味儿真怪。这说明她没喝过真咖啡。喝完了以后，她还是一副手足无措的样子，连杯子也不知往哪里放。这是因为她以前没到单身男人家里做过客——这孩子长着一个圆圆的娃娃脸,很可爱。王二说,把杯子放在桌子上,她就把杯子放到桌子上,与此同时,提醒自己一定要勇敢一些。这屋子里很暖和,墙上挂着挂毯,茶几上有一件乌木雕,但是看不出雕的是什么。她把手放上去,问王二这是什么。王二说是阳具。她赶紧放开手(好像握到了蛇),定了定神,又握住它说:很好玩。此时王二招了招手说,你坐过来。她就坐到王二身边,心里怦怦地跳,但也觉得自己很勇敢。王二抚摸了她的头发,吻了吻她的额头,说道:你很可爱。然后又用一根手指触触她毛衣底下凸起的乳房,然后说:说吧,找我有什么事。那孩子把脸伏在他胸前说:我爱你——我有点恋父情结,等等。语不成声。王二哈哈地笑了起来:真奇怪,你们个个都有恋父情结。别逗了,看我能为你做点什么。于是她坐直了身子,看着王二的脸。王二的眼睛里全是慈爱。于是她不再扭捏,坦言道,她喜欢大胖子。王二说,大胖子有傍肩了,是和平队里的一个金发女郎。后来她又说,喜欢小赵。王二摇摇头说,你跟他不合适。再说,他也不需要你。小孙就要到湖边去砸碱了,你肯不肯押他去?她马上就答应了。这说明小说真是有危险的,《一九八四》就能让一个女孩子情愿担当看守这样危险的工作。只有数盲才能写出毫无危险的小说——那种小说谁都不看,故而无危险。

  有关这件事,我还有点需要补充的地方。我当然爱听女孩子对我说我爱你，但恋父情结之类的话一点都不爱听。她们这样说，当然有她们的道理，但我不爱听也有我的道理。我还什么都没有做呢，怎么就被人看成了个老头子呢？

我就在湖边砸过碱，那是一片大得不得了的碱地，好似一片冰雪世界。这个比方年轻人未必能听懂，因为有十几年冬天不下雪了。由于缺乏电力，所有的碱厂都停了产，纯碱却是工业不可或缺之物。所幸有些玉米地里会长出碱来，虽然含有很多的盐，但也不是不能用。当然，地里出产碱的话，就不长玉米，这叫做鱼与熊掌不可兼得。那里是不折不扣的地狱，但是犯了错误的话，就不能不去。小孙设计的锅炉爆炸了——这多半不是他的错，谁知那锅炉是怎么烧的。现在的锅炉工都是农民，技术员都是锅炉工，工程师都是艺术家，艺术家都有数盲症，操蛋的可不只是我们——但是锅炉工也炸死了，死无对证。故此他得到湖边砸上两年碱。这件事本身并不是那么坏——只要你砸过碱，什么也不怕了——但是因为锅炉炸死了人，他情绪低落，十之八九会在湖边自杀。我得找个女人和他一道去，这样他就能活过来。我当年去的时候，双手铐在一起拎着行李。我前妻跟在后面，手里摆弄着一把手枪，说着：别做蠢事——否则一枪崩了你！走着走着一声枪响，把我的帽子打了一个大洞。她很不好意思地说：走火了。我说：不怪你。国产枪总是走火，球墨铸铁就是不行。她又板起脸来说：

往前走！球墨铸铁一样打死你！

有关球墨铸铁的事，需要补充几句。这种材料是非常之好的，可加工性好，熔点低，而且钢铁厂那些笨蛋就炼得出来，就是太笨重。拿它造出来的柴油机像犰狳，方头方脑怪得很；造出的手枪像中世纪的火铳，最小号的也有十五公斤。我前妻端了一阵，就累出了腱鞘炎。后来她让我拿泡沫塑料做了一个，和真的一样，而且不会走火，不重要的场合就拿它充数。只是用它时要小心，别被风吹走了。

有关碱场的风光，还有必要补充几句。那里一片白茫茫，中间是一片洼地。洼地里有一些小木棚，犯人和管教就住在里面。那地方有很多好处：因为水里含碱，洗衣服不用肥皂，当然衣服也很快就糟。因为风很大，可以放风筝，但是冬天也特别冷。伙食有利于健康，但是热量也不够。在那里除了干活，还要伺候管教。假如你是男的，管教是女的，或者你是女的，管教是男的，就得陪管教睡觉。这是因为晚上实在没事可干，一人睡一个被窝又太冷了。

我设计的柴油机没有爆炸过——这种东西不会爆炸，除非你在汽缸里放上雷管，而那种爆炸就不是我的责任了——我去砸碱是另有理由。大概是在十年以前吧，就像天外来客一样，技术部里来了一个归国留学生，学工程的博士。当然了，在他看来我们都是垃圾，我们的设计都是犯罪，我们听了也都服气。因此他就当了老大哥，我下台了。这使我很高兴。就是现在，谁要肯替我当这个老大哥，就是我的大恩人。他一到部里来，大家都觉得自己活着纯属多余，当然也不肯干活；因此就把他累得要死。

除了设计工作，他还给我们开课，从普通物理到数字电路全讲。听课的寥寥无几，但我总是去听的。我从他那里学了不少东西，所以才能设计柴油机，速校里学的东西只够设计蒸汽机——过去我设计的动力机械就是蒸汽机，装到汽车上，把道路轧出深深的车辙——后来我和他发生了技术路线上的争论——他主张大胆借鉴新技术，一步跨入二十一世纪；我主张主要借鉴二十世纪前期的技术，先走进二十世纪再说，理由如下：你别看我们这些人是垃圾，底下的人更是垃圾。提高技术水平要一步步来。这本是两个非数盲之间的争论，争着争着，数盲就介入了，把我定为右倾机会主义路线头子，送到湖边去砸碱。有个女孩子毅然站了出来——她就是我前妻。砸了两年，提前被接了回来。这是因为好多人得了数盲症（包括那位留学生），部里缺人，又把我调回来当老大哥。这位留学生当了我们部长，隔三差五到部里来转转，见了我就放些臭屁：老大哥，以前的事你要正确对待呀！我就说：正确对待！部长，我爱你！搂住就给他个kiss。其实不是kiss，而是要借机把鼻涕抹到他脸上。他一转身我就伸脚钩他的腿。谁要是被碱水泡过两年，准会和我一样。

有关砸碱的事，需要补充一下。当你用十字镐敲到厚厚的碱层上时，碱渣飞溅，必须注意别让它迸进眼睛里。这是因为碱的烧伤有渗透性，会把眼睛烧瞎。你最好戴保护眼镜，但是谁也不会给你这种眼镜（你只能自己做），也不会告诉你这件事（你只能自己知道），所以有好多人把眼睛烧瞎了——有人瞎一只眼，有人瞎两只眼。瞎了两只眼的人就可放心大胆地不戴眼镜砸碱，因为再没有眼睛可瞎了。

红毛衣的事后来是这样的：小孙判下来之后，我们部里该派个人看守他——这种事一般是轮班去的，而且总是我排第一班。这一回她站了出来，自告奋勇去基层锻炼。我前妻当年也是这样的，开完了宣判会，大义凛然地走到我面前，喝道：王犯，把手伸出来！就把我铐上了。那副大铐子差点把我腕骨砸断，因为是铸铁的，有七八公斤，里面还有毛边，能把皮肉全割破。我们用这种铐子，是因为铸铁没有危险性。后来我做了一副铝的，供自己用——这铐子还在，我把它找了出来，让红毛衣拿去铐小孙——当时我垂头丧气，灰头土脸，拎着行李走上囚车，她在后面又推又搡，连踢带打。事后她解释说，不这样数盲们会觉得她立场不稳而换别人。红毛衣把小孙押走时，也凶得很。总而言之，一直把我押到碱场的小木棚里，我前妻才把我放开，说道：现在，和我做爱。这就是所谓的浪漫爱情。根据我的经验，浪漫的结果是男方第一夜阳痿。

我是这么对我前妻解释的：瞧，你把它吓坏了。但是红毛衣后来从碱场打电话来说，小孙没吓坏。他现在情绪很好，吃得下睡得着，夜不虚度。一开始总是这样的，后来就开始吵架。不过等吵起来时，也该回来了。

二

我前妻是学工的，三十岁时被调到市政府当秘书，就和我离婚，成了市长夫人。她告诉我说，她很爱我；但是她非嫁给市长不可，因为我是个混蛋。这件事使我着实恼火（虽然我也承认混蛋这个评价恰如其分），但是下班以后，我又不得不去找她。这是因为我需要些进口的东西——我的摩托快没油了。除了找她要汽油之外，还可以用工业用的粗苯兑上少许柴油来当汽油，去年我用了一阵这种油，尿里就出现两个加号，这说明我已经开始苯中毒，很快就要肿成个大水泡。另一个办法是把我这辆娇小玲珑的日本摩托车卖掉，换辆柴油摩托。后者的样子和二十世纪大量生产的手扶拖拉机很相似，结构也很像，说实在的，根本就是一种东西；这样就用不着汽油。这样做又有个克服不了的困难——我现在有点外强中干，要在冬天把柴油机摇起来，肯定不能回回成功。最后一条路就是不要摩托，走路或骑车来上班。这也肯定不行，路上的黑烟能把我呛死。除了这些原因，还有一个最重要的原因：这辆日本摩托是件漂亮东西，我不能放弃它。所以不管愿意不愿意，我都得去要汽油。而且这件事本身没什么不道德，因为我们部里几乎每个人都和一个以上的女秘书"傍着肩"（换言之，有女秘书、首长夫人做情妇），并且有时向她们要点进口货，而这些女秘书都在我们这里实习过。假如没有实习制度，全部的人都要像我一样留胡子（铸铁刀刮不了胡子，只能把脸皮刮下来，非用进口刀片不可），但是留胡子的人没几个。这件事的卑鄙之处在于我有半年没去找她了，每次她打电话来，我都对接电话的人喊一声：告诉她我不在。第一次去找她就是要东西，我又算个什么东西。但是我还是决定去找她，并把这件事载入日记。像这样的事应该向数盲汇报。最好市长能知道我搞他老婆了。

我去找她之前，心里别扭了好久。为了证明我对她有感情，我给她织了一件长毛衣。其实我用不着织毛衣，只要在部里说一声，自然会有人给我去要汽油。但这马上就会在全市的女秘书中传开，对我前妻是个致命的羞辱（说明她的傍肩吹了）。我很不想这样。我带着毛衣去找她，但是没好意思拿出来——我老觉得这有点像贿赂。她给了我汽油加上一大堆的调侃，这些我都泰然接受了。直到她看到了我那块车牌子，哈哈大笑了一阵，说道：原来你是个诚实的人！我以前怎么没想到。好哇好哇……我就暴怒起来，跑到院子里，发动了车子想要跑掉，这时忽然想到工具箱里有件毛衣，就把它拿出来朝她劈面掷去，说道：拿去，我不欠你什么。然后就奔回家里来了。

有关那块车牌子应该说明一下。我想过，我有可能突然死掉——比方说，在街上被汽车撞死，或者中了风——总之，不是顾影自怜或忽然伤感，而真有这种可能性，因此要对自己做些总结。所以我做了个车牌，上面写着"我是诚实的人"。这牌子挂了好几天，没有人注意。我当然不是说自己从没说过谎——这种人就算有也不在中国——与此相反，我要承认自己真话不多。我是说我在总体上是诚实的。这就是说，我做任何事都尽可能偏向诚实。这一点谁也不能提出反驳。但是我前妻见了这牌子，就像见了天大的笑话一样，这大大挫伤了我的自尊心。

有关汽油和毛衣的账是这样算的：汽油是进口的特供物资，而且又是危险品，一般人搞不到。假如你是有汽车的人，那就要多少有多少，假如你不是，汽油就是无价之宝；而毛衣是王二手织的工艺品，假如你是王二，那就要多少有多少，假如你不是王二，那也是无价之宝。以上算法是对人民币而言，假如拿到港口附近的美元黑市上去，毛衣值得还要多一些，因为王二是科班出身的工艺美术家，本人又有些名气。

用美元来算，劣质柴油和机织毛衣就是一文不值的垃圾——除了某一种特定牌号的柴油可以卖给流浪汉,因为可以当毒品吸——但是到黑市上买卖东西是犯法的,所以这种算法不能考虑。在可以考虑的算法内,毛衣和汽油等值。顺便说一句,柴油是各种东西兑成的,成分复杂而不稳定,有时能创造出一些奇迹。有些柴油可以炒菜——这就是说,菜籽油掺多了;有些柴油可以刷墙——这就是说,桐油掺多了;有些柴油可以救火——乡镇企业的产品常是这样,当然是水掺多了。只要不是最后一种情况,都可以加入我设计的柴油机。我的设计就如一口中国猪,可以吃各种东西,甚至吃屎。奇迹归奇迹,它们还是一堆破烂,一文不值——因为它能把你的生活变成垃圾。

这件事给我的启示是有两种办法可以创造真正的价值。一种是用工业的精巧,另一种是用手和心。用其他方式造出的,均属大粪。但是大粪没有危险性。我住在山上一座木板房子里,地板上铺着自己做的手织地毯,墙上挂的挂毯也是自己做的。我还有一台 Fisher 牌的音响设备,这是用挂毯跟小徐换的。我的房子里很温暖,很舒适,环境也安静。晚上我躺在地毯上听美国的乡村音乐,身上一点都没有发痒。这是因为白天在她家里洗了个热水澡。这件事很不光彩,但是我没法抵挡这种诱惑。在那个白瓷卫生间里,我还喝了几口喷头里出来的热水——是甜的,比发给我们的饮水都要好。当时我渴极了。在此之前,她给我可乐,我没喝。这似乎证明了我前妻的话:只要我能克服违拗心理,一切都会好。我前妻住在一个小院子里,房子很漂亮,安着茶色玻璃窗子。院子里有几棵矮矮的罗汉松,铺着很好看的地砖——第一次看到时我入了迷,后来就讨厌这种地砖、这个院子。她还问我为什么老不来,我说市长就住隔壁,这当然是托辞。真正的原因是我没有这样的院子。但是假如这样说了的话,她就会嚷起来:你跟我计较有什么用?这世道又不是我安排的呀!

也许是因为白天洗了澡,也许是因为屋里太暖和,我身上的那个东西又变得很违拗。那东西直起来以后,朝上有一个弧度。因为它的样子,所以是我前妻调侃的对象。事实上这样子帅得很,所有表现它的工艺品全是这样的。就在这个时候,有人来敲我的窗子——原来是我前妻。她把自己套在一个透明的塑料斗篷里——现在女人出门都要套这种东西,否则就会与烟炱同色。在这件斗篷下面,是我送她的毛线外套——我把它织得像件莲花做成的鱼鳞甲,长度刚好超过大腿——再下面什么都没穿,除了脚上的长筒靴子和密密麻麻的鸡皮疙瘩。她是走着来的,大概走了一个半小时吧,但她还是强笑着说:我来谢谢你送我毛衣。焐了老半天她才暖过来。我们俩做了爱,她在我这里过夜。她说:你的确是个诚实的人。和诚实的人做爱有快感,和不诚实的人做爱什么也感不到——就这点区别。

我前妻已经三十五岁了,依然很漂亮。她想留下来和我过几天,但是我没答应。第二天早上起了个大早,用摩托车把她送了回去,然后再去接小徐。这一次她不肯穿那件毛衣,怕把它搞脏了,就把自己裹在一条毯子里,在后座上裸露出光洁的两条腿,让半城的人大开眼界。在我年轻时,这准会引起一场轩然大波。但是现在什么也引不起。假如风纪警察把我逮了去,我就说我是技术部的。假如他还是不放我,我就说我有点毛病——为什么只准别人有毛病,不准我有毛病?事实上技术部的人只要不杀人放火,并且别被保安逮到,干什么都没问题。

有一点需要说明的是:假如我被判定得了数盲症,就不会和领导的夫人乱搞。得数盲的人不乱搞,假如组织上不安排,连自己老婆也不搞。我想这一点应该让上级知道。

三

我是中国年龄最大的工程师,这是我前妻告诉我的。我做技术工作有很多年了。我前妻还说,假如我患了数盲症,给我重新安排工作时,要计算我的分数,在算法公式里数盲前年龄和数盲前工龄占很大比重。她给我算了一遍,发现已经到了天文数字。我一旦数盲,就能当个省级干部。这就是我们破镜重圆之时,到了那时,市长会接到一份录音文件——某发某号冒号自即日起逗号某同志括号起女括号终不再担任你秘书和夫人句号她括号起女字旁括号终的工作由某某某接替句号完句号。然后她就拿一份红头文件来找我，说道：王二，咱俩复婚吧。你在这文件上画个圈。此时我就会问：往哪儿画？而且画出个锯齿形的阿米巴。考虑到现在画二十厘米以下的圈不用圆规，实在难以想象，但这是真的，假如我得了数盲症的话。这一切都明明白白，不明白的只有是谁来安排这些。我前妻说：我们呗。说着挺起了乳房，但是假如我得了数盲症，就会看不出她挺的是乳房。数盲在这方面表现极差，据说只会说一句话：今天机关布置和家属过夫妻生活，你安排一下。你给他安排了，他又分不出前胸和后背。

有关夫妻生活的故事，我是知道的。据说数盲都是这样进行的：看着女人的肉体，傻头傻脑地说一句："夫妻生活要重视呀。"然后流一点口水就开始干了；一边干，一边还要说些"不会休息就不会工作"之类的中外格言。女方一致认为，在这种时候想要分出哪里是肚皮哪里是阳具颇不容易。除此之外，那些中外格言全是老生常谈。她们管这件事叫做"被肚皮拱了一下"。我的问题是没有能拱人的肚皮，肚脐眼倒是凸出的，但是那一点东西太小了。我的骨头架子很大，但是人太瘦了。我前妻的话不是认真说的，而是想挑逗我。据说尚不是数盲的人一想到未来，就会性欲勃发，而得了数盲症的人不管你说些什么他都不勃发。谁都知道，我不会得数盲症，要是能得早得了。但我也不是那么容易挑逗的——

我已经四十八岁了。到了这个岁数，人不得不一本正经。

有关拿肚皮拱人的事，还有些补充的地方。我们都知道，在二十一世纪，最具危险性的是信息。做爱这件事，除了纯生物的成分，就是交流些信息。爱抚之类全是堕落的信息，带有危险性。中外格言则是些好的信息，但对勃发没有助益。好在他们的肚子不管勃发不勃发，老是挺着的。

我前妻对我说，你又吓坏了？因为这时说服工作（马上就要谈到，不是针对我的）也不管用了。自从要了一回汽油，我们就和好了，她天天都要来。这时候我们都赤身裸体，躺在我家的地毯上。我告诉她，我不再是年轻人了，不能要求得那么多。事实却不是这样的。我想起了红毛衣就魂不守舍。那个小姑娘清纯俏丽，乳房紧凑，最主要的是傻乎乎的，一勾就能上手。从一个方面说，年轻人属于年轻人，不属于我。从另一个方面说，我觉得我是个傻瓜。像这样的事决不能告诉我前妻，否则她会敲着我的脑袋说：送上门来的都不搞！你真是不可救药了！

我不可救药了，这一点领导上早就知道。主要的问题是谁是领导。一方面，领导是一些全秃顶或半秃顶的大肚子数盲，负责做报告和接见外宾，这些人谁都不知道我。另一方面，领导是一些女秘书，负责接电话、批计划，这些人都知道我，因为每天都要打交道。今天早上我给省物资处摇电话，催问我们的铸铁和铜材,摇着了一个陌生的女秘书。我马上自报家门:我是北戴河王二,眼看过年了,今年的铸铁怎么还没到?对方应声答道:知道你!你是寂寞,是乡愁,是忧郁的老大哥……这就发生了一件常常发生的事,给上级机关打电话,必须忍受调戏。她说的那些鬼话和我的照片都登在这期的妇女杂志上。假如你不顺着她说几句,以后永远别想和她谈铸铁问题。结果一扯就是一个半钟头,一直扯到"你还和老左好?真是不可救药"。为了工作,不得不做点牺牲。我说:我正在考虑改变一下呢,告诉我你的三围好吗?电话就断了。再摇也摇不通了,真叫人恼火。我原准备谈完了三围,就谈铸铁哩。这是电话之一。另一个电话打给供应处,要绘图纸。一通了对方马上就说:上次告诉你的三围,记住了吗?你答:记住了——三十四、二十二、三十四。你是玛丽莲·梦露。快给我纸。这样答是不行的,对方勃然大怒:怎么?就这态度?纸没了!你必须像接色情电话那样哼哼着说:三十四啊啊二十二啊啊三十四,我的心肝梦露,你还记得我的事吗?这样就能得到合理的回答:记着呢。三箱子纸。你派某某来拿(某某是她的傍肩)。其实她对你一点意思也没有,这种调戏是因为她在首长身边工作,烦得要命,非说点带危险性的话不可。最怕一通了电话,是个男声:你哪里?一整天就泡上了。你绝不敢挂,否则他叫公安局追查。然后就从纸的问题讲开去,咿咿啊啊说个不停。这叫做"被电话粘上了",只能打手势叫人给你搬躺椅,躺下以后再叫人给你围上毯子,最后打手势叫他们把茶杯拿来,与此同时,嘴里应着"是的是的"。所有的女秘书都是满嘴胡说八道,因为在首长身边工作可不容易啊,连女人都被逼得要发疯。我前妻也疯得很。说实在的,近二十年,我没见过一个正常的人。

今天是星期五,明天是星期六,后天就是星期天。有一句话最不该说,但我禁不住要把它说出来,我就是有这种毛病。星期六要去会老左。说出来以后,我前妻翻身就爬起来穿衣服,说道:你真让我恶心!我赶紧把她的外套压在身子底下,但她半裸着身子跳出屋子,扔下一句:留着你的外套,送给鼻涕虫吧!然后外面就响起了汽车发动的声音。她是开着市长的丰田轿车来的,我的小摩托追也追不上,所以我根本就没去追。我只是躺在地毯上,和我前妻的外套以及无限的懊悔躺在一起。

我爱我前妻,这种爱从她给我打开手铐那时开始从未改变。所以我几乎做到了平生不二色。我前妻也爱我,所以假如我被哪个女孩子勾引,一时糊涂犯了错误,我想她能原谅我。现在她还巴不得我犯这种错误,这说明我那种过于老实的天性已经有所改变。但事实上我是不能改变的。所以到了星期六下午,我着意地打扮了一下——修剪了胡子,脱下黑夹克,换上一件黑西服上衣,打上黑领带,带上一束纸做的花(现在根本找不到鲜花),骑车到市府小区的北门外面等着。天冷得很,穿得又单薄,等了十分钟,我就开始发抖。今天没有风,好处是不太冷,坏处是天上开始落烟炱。这种东西落到领子上你千万不要掸，而是要用气把它吹开，否则就会沾到衣服上，用任何溶剂都洗不掉。因为它是柴油不完全燃烧形成的炭，既不溶于任何溶剂，化学性质又无比稳定。除了往头上、领子上掉，它还会往毛孔和鼻孔里钻，使你咳出焦油似的黑痰。这种情景和我设计的蹩脚柴油机大有关系，所以使我两眼发直，考虑如何让它们不那么蹩脚的问题。有一个办法是在排气孔附近放些粘蝇纸，把烟炱粘住，但是粘蝇纸太贵了。还有一个办法是雇些农村孩子，手拿纱网，把烟炱都逮住。这样是便宜，只是看起来有点古怪。就在这时，有人挽住了我的手臂，把我手上的纸花抢了过去，把我手背都抓破了。这个女人又瘦又高，手比我的手还大，而且永远不剪指甲，嗓音粗哑。虽然我不想抱怨，但是她让我在寒风里等了十五分钟——这也太过分了。

　　星期天我到碱场去看小孙和红毛衣，带去了我的百宝囊和大家捎的东西。一切都是老样子——一望无际的大碱滩、小铁道，还有人推的铁矿车。他们俩在单独一个地方，这也是老规矩。我们是政治犯、责任事故犯和刑事犯隔离。老远我就看见他们俩了，红毛衣在砸碱，小孙披着大衣蹲在地上。我一驶过去，他们俩就换了位置，红毛衣在后面吆喝，小孙在前面挥着十字镐。他脚上还带着大铁镣，足有二十公斤。这说明他们俩是傻瓜，把规定、定额等等还当回事。你要知道，碱场的主要任务是折磨人，出多少碱无关紧要。不过一个星期，他们俩都瘦了，样子惨得很，但偏说是很幸福,还说碱滩上空气好——这就叫嘴硬。空气好是好,西北风的风力也不小。碱场发的大衣里全是再生毛,一点不挡风。我问他们是不是饿惨了。红毛衣说饿点没什么。但是听说我带来了吃的东西,又非得马上看看不可。后来我们在碱滩上野餐了一顿。我说小孙的镣太重了,红毛衣说都挑遍了,这是最轻的。于是我拿出一副假脚镣来。这东西是铝合金的,又轻又不磨脚,是技术部的无价之宝——有一半人已经用过,另一半也会用到。我再三关照红毛衣,可别叫别人偷走了。还有假鞭子假警棍,看上去像真的,打着又不疼。我建议她常在大庭广众下修理小孙,这样显得立场坚定(其实是一种性游戏,但她现在体会不到)。还有一把手枪,和上级发的一模一样,只是轻飘飘的,但是同样的容易走火(这样不露破绽),只是打不死人。这样她就可以立场坚定地用手枪对准小孙的胸膛。我问他们晚上冷不冷。红毛衣说两个人不冷,小孙又说也不暖和。我说我带的全是急用的东西,下礼拜小赵会来在他们的木棚里安上各种偷电的电器,那时家才有家的样子。红毛衣说:这儿是天堂嘛——不回去了。但我知道是过甚其辞。最后我给了小孙一大把特供的 condom——顺便说说,特供是指带有危险性,只有领导才能接触的东西,比方说,丙烷气打火机,只有领导用。我们用煤油打火机,打一百下才能打着。数盲用钢刀子,我们用铁刀子。但是 condom 有什么危险,实在难以理解——他赶紧红着脸接过去。红毛衣问明了是什么，却很大方地吻了我一下，说：谢谢老大哥雪里送炭。然后把condom都收了去，说道：我掌握。这些日子他们都用国产工具凑合。那种东西是再生橡胶制的，像半截浇花的管子，有人叫它皮靴，这是指其厚，但是当鞋穿稍嫌薄了点。又有人叫它"穿甲弹"，这是指其硬，打坦克又嫌稍软。用以前要煮半小时，但是年轻人未必能等。假如他们不堪忍受，什么都不用，红毛衣就会怀孕。在碱场怀孕是一等一的丑闻，我作为老大哥，绝不能让这种事发生。

现在我想到，condom的危险一定在于其物理性能，太薄太软，容易破；而穿甲弹就无这种危险。要不然就是因为戴上它感觉太好，使人喜欢多干，故而有害于健康；穿甲弹也无这种危险。从数盲一方想问题，总是乱糟糟。能避免还是不要这样想为好。

我和我前妻在碱滩上服过两年刑，也用过穿甲弹。我不愿意这样的事也发生在他们身上。这是因为我喜欢红毛衣，做梦总梦见她的裸体。学美术的人在这方面最具想象力。当然，想是想，真正干起来会有困难——就是和我前妻干也有困难。看着那些鲜嫩的肌肤、紧凑的乳房，我就会想到我已经老了，这不是我该干的事。非得面对老左那种又黑又皱的躯体，才会勃起如坚铁。我前妻说我恶心，大概是指这一点吧。

四

星期六下午,老左早就看到了老大哥,但是别人还没看见呢。在这段时间里,她躲在暖暖和和的传达室里,看着那个大个子男人在寒风里,手里拿着花站着等她,心里暖洋洋的。她说这是个动人的景象。但是在我看来一点也不动人。我倒希望看到她拿了花在街上等我,当然,那个景象也不动人。更正确的说法是吓人,但是我不敢说。说出来以后她会更吓人。

我们俩在小区里走,她用右手挽着我,用左手擦鼻子下边的清鼻涕。经过一番内心的痛苦挣扎,我把手绢掏出来给了她,但是她给揣到兜里了。我并没说把手绢送给她,所以这是偷。手绢没有什么,有时她连我的内裤都偷。偷去以后给别的女人看,证明她也有傍肩。这件事使我沦为大家的笑柄。但这只是她很多不讨人喜欢的素质中最不重要的一种。王二认为,她最不讨人喜欢的素质是认为别人有的东西她都该有一份;而且她懒得要命,什么都不肯干。简言之,这种毛病就叫做等天上掉大饼,在等待时嘴里还不干不净。几年前她在技术部工作时,每天只管给自己织毛衣,并且骂所有的女人是骚货,男人都不是好东西。因为这个缘故,所有的人都不理她;于是她就服了三十片安眠药,打算自杀。因为是在班上服的药,所以大家不能坐视,就把她送进了医院,并且分班到医院去看护她,以防她再次自杀。等到轮到王二时,她对他说：老大哥，难道我真的那么不讨男人喜欢吗？在这种情况下他只能答道：才不是呢，你很可爱嘛。她就这样把王二搞到手里了。我现在一想自己说过她"可爱"，就要毛发直立，恨不得把自己阉掉。但是现在阉已经晚了。

我实在想不出老左有什么用处：在技术部没有用，调到上级机关也没用。至今她还是个科员，没当上首长秘书，所以对部里一点贡献都没有。连首长都不要她——这说明首长对女人还有点鉴赏力——我就更不该要她。但是作为老大哥，我不能让她没人要。

老左的套间里有一股馊味，她自己大概也能闻到，所以点上了卫生香。她的窗帘、沙发套、床单等等都是黑的——这对一个讨厌洗衣服的女人是个好主意。她进了一次卫生间，拿了一大卷卫生纸出来，然后就干净利索地脱了衣服，钻进被子，在那里不断地撕纸，擦鼻涕。被子上面马上就堆满了。这个女人心情一紧张就流鼻涕，所以有鼻涕虫的外号。在身体方面，她还有很多奇异之处，其中包括体温只有三十五度，所以服安眠药那一回在医院里住了三个多月，直到大夫发现她的正常体温就是这样才出来。我从口袋里掏出香烟，她就说：你要是抽烟，就把窗子打开。所以我就把窗子打开。抽完一支烟，她又说，把窗子关上。我又把窗子关上，把小碟子里的烟蒂倒掉，洗净了碟子，就脱掉衣服上床去，和她做爱。做这件事从来没有发生过困难，虽然她丝毫不配合，只管擦鼻涕和提要求。除此之外，她还像僵尸一样硬，使我觉得自己像个奸尸犯——然后她忽然两眼一翻，尖叫起来。与此同时，邻居就敲暖气管。这是因为单身女秘书的房子建筑标准很低，一点不隔音。这也是因为她很想叫邻居知道她在干什么事情。这样等我回去时，邻居就在走廊上等着，对我说：老大哥，你真行。我只好说：不是我行，是老左行。这种感觉一点都不好。

人们说，领导有数盲症，老左有性盲症。我认为这种说法是对的。领导上不识数，但是做报告时总有大量的数字和百分比——其实他根本不知是多少。老左不懂性，但她最喜欢谈论。在她开口说话前，先要流一会儿鼻涕——她心里一紧张就这样。然后说：我的膀肩王二，阳具伟岸。她的同事对她打着哈哈，就把我的老底盘了出来：二十四公分长，直径四十毫米——老左学过机械，会使卡钳——我要是知道她这么无聊，就绝不让她量。然后那些骚娘们就拿我寻开心。见了我就伸出右手做V字形，伸出左手，并齐四根手指做铁砂掌之势，合起来是二十四，就是我的尺寸。我要是说此时我不恨老左，就是伪善。

等到事情一完，她伸手到床头柜上拿日历，找到两周后的星期六，在上面画个红圆圈。这说明我已经尽到了义务，可以回家去了。这件事我丝毫都不喜欢。但是到了画圈的日子我必须来。如果我不来，她就会服安眠药。她丝毫也不爱我，甚至丝毫也不喜欢性生活，但是却坚信女人每两周应该有一次性生活，因为报纸上是这么说。假如不过性生活就会早衰——顺便说说，我觉得她老一点更顺眼——为此需要一个傍肩。对此我没有不同意见，唯一的问题是，为什么非得是我呢？

五

我讲给小孙他们送东西的事，还有到老左那里的事，讲得七颠八倒。这说明我就要发数盲症了。数盲既不懂什么叫顺序，也没有时间观念，星期一上午听报告，报告人就是这样七颠八倒。其中还停下来几次问大家：今天的题目是什么？引起了哄堂大彩。大家鼓掌的时候，报告人站起来笑着点头，大概把我们笑什么也忘了。我坐在第一排，看到他一根接一根地吸万宝路，馋得要命。吸烟是我唯一的嗜好，咱们国产烟其实也很好，就是烟叶里什么都有，有时吸出螺丝钉，有时吸出电影票；有时候不起火，有时一声爆响，把头发全燎着——里面有黑色火药，烟厂的人也有幽默感。我前妻给了我一盒烟，同时劝我戒烟（她总是这样的）。我想，应该戒，健康要紧。所以我狠狠心送给小孙了。但是红毛衣马上就夺了去，说是抽烟时管我要。这个女孩子有控制人的品行，和我前妻一模一样。

有关这个报告会，还有些要补充的地方。这个报告人原来是我们部里的，现在则是我们部长。他是正部长，这就意味着不再是我们的人了。他现在很白很胖，秃了的头顶又长出一层黄毛来。不仅头发是黄的，眉毛和睫毛全是黄的。不管你信不信，所有得了数盲症的人都要变成白种人——这是因为吃得好，穿得好，又不见阳光。而我们正在变成黑种人，假如我的贝宁同学现在送我木雕，底座上准写着：我们是黑人。这是因为我们喝的水里有苦咸味，这就是说，有大量的钙镁离子。钙镁离子到了体内会催化迈拉德反应——也就是造酱油的反应，这在速校里学过，以致大家肤色黝黑，像酱油一样。除了肤色黑，头发眉毛也打卷。这我就不知是为什么了。我们的体质太怪了，体内不光有酱油，还有苯、酚、萘、茚、茚、芘等等古怪的东西，含量都高，而且都能点着。所以死了以后到火葬场非常好烧。他们说，我们进了炉子，给火就着。烧着烧着还会爆炸，这一点不好，但也炸不坏什么。烧出来的骨灰是造上等玻璃的好原料，因为骨灰里铅多钙少。这就是说，我们像上个世纪的猪一样，浑身是宝。这是因为上个世纪生产的全部铅酸电池都到了中国，不仅不要钱，还倒给些钱。同时到达的还有大量化工废料。数盲认为这很好，因为能挣外汇；而我们认为妈的逼非常不好，会把大家都害死（除了数盲，因为他们不接触这些东西）。数盲听了这样的汇报，就笑嘻嘻地说：有污染不怕，慢慢治理嘛。我操你妈，要是能治理，人家会大老远给你送来吗？

除了白白净净，数盲还有件怪诞之处，死掉后极难烧，不管你怎么喷柴油，都是不起火光冒泡。你别看那么大的肚子，光是水没有油。这就是说，庞大的身躯像三岁的女孩那么嫩，大概是因为吃得太好吧。这种情况使火葬场极头疼，因为只要死两个数盲，就能把全年的柴油都用掉。火葬场的老大哥问计于我，我让他做台压榨机，先把水榨榨再烧，不知他照办了没有。

我小的时候，我哥哥给我讲过他们插队的事。当时有一种情形和今天很相似，那就是一种负筛选的机制。我哥哥年轻时，每一个身心健康的年轻人都要下乡去插队，而有病的人却能得到照顾，在城里工厂工作。这两种处境有很大的差距，下乡的人吃不饱，穿不暖，而在城里就可以吃得很饱，穿得很暖。现在则是有数盲症的人可以做领导，在机关工作，得到"特供"商品；而没有数盲症的人必须做技术工作，待遇差不是大问题，真正的问题是要负各种责任。小孙砸碱去了，工业锅炉那一摊就没人敢接。我也收到一大堆群众来信，骂我的柴油机噪声大效率低。领导上只管大方向，不问具体工作，所以也不负一点责任。我不知在这种情况下应该得到何种结论，反正我哥哥那时候的结论是装病。在这方面有很丰富多彩的知识。他们中间有些人给自己用了肾上腺素，就得了血压高的毛病；有人在胸部透视时在衣袋里放上撕碎的火柴盒上的磷皮，就得了肺结核。肝炎也能装出来，只要请一位真正的肝炎患者吃顿饭，然后让他替你到化验室抽血。其中最为简便的是装肾病，不冒任何风险，也不用请人，只要一个新鲜鸡蛋。在验尿时往尿样里滴几滴蛋白，就得了肾炎——当然，急性肾炎还要刺破指尖，往里滴几滴血。不过谁也不愿得急性的，怕被留下住院。后来领导上发现得肾炎的太多，就规定了必须在化验室里取尿样。但是知青们把蛋清事先抹在龟头上，也就解决了这个问题，陆续病退回城。事实上有病的人不能装成没病，没病的人要装有病谁也挡不住。

但是这些知识对我没有用——我现在尿里就有两个加号，肝功能也不正常。我们部里人人都有点病（因为环境是那么的脏），所以不能照顾。只有数盲没有身体上的病——他们住的地方有干净的水、滤清了的空气。但是他们病得最厉害，连数都不识了，所以不能不照顾。这种情形真让人无话可讲。我现在要考虑的是让谁来做工业锅炉的设计——当然，最合适的人选是小徐。这小子是学化工的，有点靠谱。但是他决不肯干。别人又都不在行。算来算去只能我接下来。但我一点也不懂锅炉，我只懂柴油机。现在谁想要锅炉，就会得到一台柴油机，用汽缸烧水，用废气烧蒸汽，而且还会嘣嘣响。可以想见下面那些需要锅炉的工厂——纸厂、印染厂等等，见了这种东西一定会气疯。但我也没办法。让他们去疯吧。

六

今天是星期一,我的生日过去四天了。在这四天里,发生了很多事情。现在我不能把它们全记下来,因为我的脑袋被打了一个大洞,脑子里昏昏沉沉——除此之外,夜也深了。所以把到今天早上以前的事做个总结就睡觉。我和我前妻和好,后来又把她气跑了。这件事(把她气跑)从表面看来是因为我和老左睡了觉,其实不是的。因为我完全可以不去和老左睡觉,所以真实的原因是我很违拗。我受不了她比我强。假如她听到这些话,就会说:王犯,我们又何必分出个彼此呢?我就会答道:是!管教。——做出个恭顺的样子。其实我想:凭什么我是王犯你是管教?

三　蓝毛衣&我前妻

一

　　有关老大哥王二这个人,还有好多需要补充的地方。这个人像白痴一样笨,像天才一样聪明,在这两方面都是无与伦比的。他设计过上百种柴油机,除了几种早期作品,都是莫可名状的怪物,这是他鲁钝的地方;但是每一种都能正常转动,这又是他天才的地方。他还设计过一种公共汽车。接到设计任务,他就去对数盲说他刚刚参加了一个仿生学的学习班,仿生学是二十一世纪的技术,故而这辆公共汽车如果是普通外形的轮动车辆,就未免落伍。他要把它设计成步行机械,并且有某种动物的外形。数盲一听说二十一世纪的技术,登时表示支持。过了半年,一架生铁造成的老母猪就蹒跚走过大街,喷着浓烟,发出巨响,肚子底下悬着十几个假乳房,里面是乘客席。这辆公共汽车后来被日本人买了去,放到一个游乐场里了。这种奇妙的设计能力是年轻同事模仿的对象，但是谁都比不上。因为他不是存心要出洋相，他这个人本来就是这样。

据他前妻说，王二的身体也有很多奇异之处，这其中就包括他的阳具。那东西总是懒洋洋的，和它主人那种勤奋的天性很不一样。要使它活跃起来，还得做一番说服工作。你对它说：同志，你振作起来！它就能直起身子。你对它说：立正！它就能直挺挺。在干那件事时，你说一声：同志，你走错了路。它还能改变方向。当然，最后还要对它说：稍息，解散。这个东西就被叫做二等兵王二，而那件事则被叫做出操。因为这些缘故，王二对女孩子来说很有魅力。但是这些事他自己一点都不知道。他一点也不觉得自己有什么与众不同的地方。

不管数盲怎样看我，我觉得自己仍是个艺术家。作为艺术家必须要有幽默感，而幽默感有两个传统来源：宗教（在我们这里是数盲）和性器官。这是因为在中世纪，只有宗教和性在影响人的思维。由此产生了一些笑话，比方说，领工资时，拿到了那些微不足道的钱，就闭上眼睛说：我要是数盲多好。但是这个笑话一点都不逗，因为数盲不领工资，人家是供给制——换言之，共产主义对他们早就实现了。还有一个笑话说，我得了数盲症以后，每天都要洗澡，还要抽十支万宝路。这个笑话比较短，因为数盲不知道每天洗澡，要到你安排了才洗，抽烟也根本没数。

有关共产主义，也是个很有意思的问题。教科书上说，到了那时各尽所能各取所需，连数都不用数。根据这个道理，那时候的人就该都是数盲。假如不是从小数钱、数冰棍，谁会识数？但是到那时都不识数了，谁来算题？假如没人算题，就没有科学技术，又怎能各取所需？对这个问题我有个天才的答案：到了共产主义也会有人犯错误。对于有错误的人，就不让他各取所需。然后他就会识数。然后就可以让他算题。这只是个笑话，不能当真。因为不识数的人不可能犯错误，错误就是识数，由此堕入了循环定义。

我做梦都想患数盲症，就像我哥哥当年下乡时做梦都想患一种重病一样。假如我成了数盲，就能躲开柴油机，重新获得我的雕刻刀、画室、彩色毛线等等，要知道我天生就是这么一块料。我哥哥当年想得一种病，则是因为他在乡下吃不饱——要知道他天生是一个饭桶，粗茶淡饭吃多少都不饱，非吃肉不可。我现在就落到了他当年的困境里。我们哥俩都只有一种方法来脱困，就是真的得上这种病。他的病是夏天睡潮地、大冬天只穿运动短裤得上的，虽然有往龟头上抹蛋清等等绝妙的手段，他却不敢尝试。所以他就得了风湿性关节炎，一辈子都好不了，现在住在得克萨斯的沙漠里。而我则只能朝数盲的方向努力改造自己。凭良心说，我一点不想争当数盲，只要能做原来的工作就完全满意了。这一点数盲一定能知道。我个人以为，一个人设计的公共汽车是一口老母猪，足以说明他已经无可救药，不一定非要让他完全不识数。但是我也知道，什么人是无可救药，什么人不是，只有数盲才知道。

我说我做梦都想得数盲症，但是梦醒后会为这些梦感到羞愧。假如我们都得了数盲症，一切都要完蛋。老人们怎么办？孩子们怎么办？他们要饿饭了。至于我们自己，也就是中年男人们，倒是不值得同情。因为我们都有数盲症，没饭吃，可以吃鸡鸭鱼肉毒蛇王八。女人们又怎么办？假如所有的男人都浑浑噩噩，世界上就会没有爱情，她们怎么活呀。但是我们自己又没问题——我们按组织上的安排和家属过家庭生活就够了。

我和我前妻是在速校认识的，速校是一片雪地上三座小楼房。其实那不是雪，而是一片盐碱地。当时的土地盐碱化已经很严重了。楼房前面有几棵杨树，所有的叶子全都卷着。当时的污染也已经很严重了。我在班上又是老大哥（班长），上课时坐在第一排。第一课是扫盲课，我们都是科盲。老师进来我喊起立，发现她是我所见过的最漂亮的女孩子，但是穿了一件极难看的列宁服。所以坐下之后就举手发言道：报告老师，你的衣服很难看——我给你打件毛衣吧。那时候她工学院还没毕业，在速校实习，一看学生都有胡子，心里已经发慌，我的发言又有调戏之嫌，登时面红耳赤。后来她就专拣我来提问，比方说，在黑板上画个根号，问道：老大哥，你看它像个什么？我看了半天，它像个有电的警告符号，故而答道：伸手就死，老师！她又画个积分号，这回不用她问，我就说：

这像一泡屎！在她看来，我像个存心捣蛋的混蛋（其实我不是的，不管什么时候我都很真诚），同时我又是她生命里的第一个男人。她决心迎接这种挑战。

礼拜一早上，接到我前妻的电话。她先问老左床上如何——这话一早上听了十遍了，我听了着实恼火，吼了起来：你们不要这样墙倒众人推！老左怎么了？再怎么她还有点同情心！（其实她是没有的，否则就不会让我摸她那干瘪的乳房，那东西像抹布一样，能够摸透，握在手里成一束，虎口以上溢出的部分还算有点模样。）……我前妻听了以后，叹口气说：是嘛，我没同情心——告诉你，你的事有希望了。这几天你自己当点心。我听了面红耳赤，因为我一直在托她给我办出国手续。这件事难于上青天，但她居然办出了眉目。我觍着脸问，是怎么个情形？她说，电话里不能讲，下班她过来。但是下了班她过来，我既不在家，也不在部里。我坐在个小黑屋里，脑袋上满是血。

二

对于一个识数的人来说，自己存在是唯一确定无疑的事。这可以叫做实事求是，也可以叫做无可奈何。假如肯定了有自己，就能肯定还有一个叫做世界的东西，你得和它打交道。承认了这些事，就承认了有所谓无可奈何。你识数，这就是无可奈何。有的声音好听，有的声音不好听；有的东西好看，有的东西不好看。这些都不能随心所欲。因为你是如此的明白，只好无可奈何地去上班干你该干的事。但假如你不明白的话，就可以随心所欲。一般人到了这种境地，就能想到当个领导，但我有另外的主意。我想去美国，和我哥哥、嫂子、我年过八旬的母亲生活在一起。除此之外，还想弄个画室重操旧业。我哥哥隔段时间就托人带一份文件，让我办出国手续。但这是不可能的事：技术人员出国，因公因私都不可能。我哥哥在电话里说：你干吗非识数不可？这是一种暗示——他一定记得好多年前给我讲过知青装病的事，所以知道我能听懂。但是，现在你也知道了，数盲这种病不能装，只能真的去得。而真的去得这种病，我还下不了决心。

有关不准技术人员出国的事，还有一些需要补充的地方。前几年还是让我们出国的，但是大家出去了就不回来，简直无一例外。现在的规定是出国前要体检，没有数盲症的男性一概禁止出国。但这是内部规定，明明是没得数盲症，体检证上偏写成三期梅毒，不但出不了国，还要被关进医院打青霉素。那种青霉素是进口的，却是兽用药，杂质很多，打在屁股上浑身都疼，而且发高烧。自从打过了那种针，我就老有点黄疸。因为这个缘故，我再也不敢打这种主意。患了数盲症的领导可以出国访问，这方面大家都服气，人家没有不回来的。这也说明数盲在外国也治不好，得吃救济——外国人抠得很，不肯救济我们的人。女人可以出国，内部也有掌握——年轻漂亮的不成。洋鬼子精着哪，见了年轻漂亮的就娶去做老婆。老左就出过国，但是大家都服气，因为她回来了，并且在床上对我说：还是祖国好。这个女人觉悟高，明明是我对她好，她却记在祖国账上，让人没话讲。我前妻也可以出国，但是要到六十岁以后。不管怎么说，她总是有个盼头，我却是一点盼头也没有。

我前妻说，我有张卑鄙的嘴，这是全身上下最恶劣的东西。好在还有一件好东西，那就是二等兵王二。她帮我的忙，全是看它的面子。但这话打击不了我。别人有困难都去求傍肩，傍肩也帮助，你说是看谁的面子？只是没有求帮出国的，这事太难。我前妻办出了眉目，不知是怎么办的。这件事她始终不告诉我，后来这事失败了，她也不说当初的眉目是什么。

现在可以说说"眉目"是怎么没的。接完了这个电话，我就去听报告。要是推个事不去，就好了。"数盲症可不是装的"——报告人又一次引起哄堂大笑时，小徐对我说：装得真像！我就这样回答他。假如不理他就好了。就在这时，在我们身后巡逻的保安员用警棍在我脑袋上敲了一下，引起了短暂的昏迷。这些农村来的小伙子工作很认真，但是下手不知轻重。他们看到我们老笑，已经很气愤了——会场秩序不好要扣他们薪水。小徐也挨了一下，不肯吃哑巴亏，回头就和他们打了起来，登时演成群殴的场面。

他们手里有警棍，我们身上也有东西，有的是铁链子，有的是半截水管子，有的是发射橡皮棍的气动手枪，有的是喷射阿摩尼亚的气罐——听大报告时大家都有准备，而且我们的人也不少，除了各机关的技术人员，大企业的人都来了。坐在我们边上的是玻璃公司，那帮家伙对打群架兴趣极大，早就把板凳腿拆下来了。一动手就有人递给我一根板凳腿，我也瞎挥了几下，打倒了几个保安员，自己也挨了几下警棍——年纪大了，身手不灵活——而会计部的小姑娘则是假装劝架时朝保安员的裆下施以偷袭。转瞬之间，就把保安员打得落花流水，大家溃退而出，一哄而散。当然，也得有几条好汉留下来顶缸，否则会有大麻烦。今天的事是因我而起，我留下来。等保安的大队人马来了后，我就带头扔下板凳腿，举手投降。人家看我血流满面，也不好意思再打我。别的投降者，不是真伤员，就是体质单薄者，还在脸上涂了红药水。这正是我们的狡猾处，你要是审问，就说：什么都没干，只是挨了打。所以人家问都不问，直接押去关小号，半平米的地方塞两个人，是聊大天的好地方。我和一个穿黑夹克的小伙子塞在一起，我看他很面熟。进去以后才知道，是那个穿蓝毛衣的姑娘。等我前妻来放我时，她正坐在我腿上，但这是因为没地方坐。那孩子连忙解释说：大姐，我们是清白的，信不信由你。而我前妻摸了她脸一把说：当然是清白的，可怜的小家伙——快点回去睡觉吧！

　　考虑到礼拜一的群架里有人伤得很重，还破了相，想让保安把我放了可不容易。这件事要劳动市长亲自打电话："你们那里有个王二，是我家属的前夫，如果没什么严重问题就放了吧。"除此之外还有好多治安方面的指示，把保安的头儿烦得要死。他来开锁时还念念叨叨：什么叫"家属的前夫"。我要承认，这种关系实在古怪。但这还是直截了当的说法，还有人是某数盲的"家属的前小叔子的哥哥"，有人是"小姨子的前姐夫"，不得数盲也搞不清楚。不过这无关紧要，数盲只要知道是和自己有关系就够了。具体是什么，人家并不想弄清楚。对于我们来说，这种关系很明白，我们是绿帽子的发放者，他们是绿帽子的接受者。好多人认为这种暧昧的关系，有助于和傍肩间性生活的和谐。我个人不这样想。因为这个缘故，我前妻说我笨。

我前妻把我放出后，就朝我冷笑。她看我愣愣怔怔的样子，就递给我一面小镜子——那样子很难看，我早知道头破了，但不知流了那么多血。但我还能挺住。她说，你那件事吹了。我听了就晃起来，幸亏她从我兜里摸出了救心丹，塞在我嘴里。后来她带我到医院去处理伤口，出来时更难看了——剃了个阴阳头。我一直觉得昏昏沉沉，回到家就睡了。躺下时，我前妻睡在我身边，醒来时天已大亮，我身上有张纸条，上面写着：一、接着睡；二、今后少惹事，还有希望。希望是指出国的事，我知道原来的希望是打架打没的。我就接着睡了。

有关保安的情况,需要补充如下:那些人在现在这样的天气里穿着蓝色的棉大衣,戴着藤帽,手持木棍,戴红色袖标,在街上维持秩序。上级说,现在城市治安混乱,警力不够用了,从农村征调保安员进城,是个好办法。但是这帮人来了以后,秩序就更加糟糕,因为他们上了班什么都不管,下班以后什么都偷。除此之外,他们最感兴趣的事就是揍我们——当然,我们也不是那么无辜。你要以为北戴河是新兴科技城市,大家都是知识分子,故而只有挨打的份,那就太天真了。我们挨揍多年,早就懂得怎么还手了。

而我和蓝毛衣的事是这样的:小号里面像个电话亭,架着一块木板,可以坐一个人,另一个只能站着。保安的头头问我,要不要单间。我说,你给我个人做伴吧。这时候黑皮夹克就钻了过来,站在我身边。保安把我们塞了进去,隔着门和我说了会儿话,先说他很公道,是他的人先动手打了我,这是他们的不对,明天就打发那小子回家种地。我说你用不着和那孩子为难,等等。他说这事你不用管,打了别人我不管,可不能打你,什么时候都得敬老——我没理他,知道自己在外人看来已经老了,没有什么好感觉。后来他又说,你们的人用了手扣子,把我的人脸打坏了,你看怎么办。——这是真的,我看见他们的人有脸上受伤的。回去以后要说说:打架不准用利器。但是不能嘴软——我说你公事公办呗,我们都在你手里。送我们去砸碱好了,我们又不是没砸过。——我知道他想让我帮他把使手扣子的人找出来，但是我不能这么干。任何时候都不能把自己人交出来。我还说：我脑袋也被打破了，这也得有个说法。他说，送你们砸碱是公安的事，但是告诉你的人小心点，别再落到我们手里吧。这就是说，谁要是落了单被他们逮住，就会被打得稀烂。我说，我会告诉大家的，不过你们也要小心点，有人知道你们都住在承德棒槌山，全村出来干保安，家里只有老人孩子，别以为我们找不到——我这是唬人，其实我们远没有那么坏。他就悻悻地走了。

这时我才觉得头疼，还有骑在我腿上的这家伙不对劲。那里像地狱一样黑，但是气味不大对。他拉着我的手往皮夹克底下伸时，我以为他是个homo。知道他光板穿着皮夹克时，我说了一句：你不冷吗？后来手伸到胸前，摸着两个圆滚滚的东西，我才大吃一惊：这是什么？你怎么长了这种东西？她吃吃地笑，我听出是蓝毛衣，马上关照她不要高声。一个女孩子到了这里是很危险的。保安员可不是些太监。后来她又拿一个冷冰冰的东西让我摸——是个带锯齿的手扣子。原来就是她用了手扣子！这下把我气坏了，骂道：混账！谁叫你使这东西！她轻描淡写地说：怕啥。我说：你是不怕，今后谁落到保安手里，怕也没用了。她说：哪个乡巴佬敢犯坏，咱们就到村里去抄他的老窝，烧他的房子，这不是你的主意吗。——听着真可怕。这一位可不像红毛衣，不是纯情少女，伸手就拉我的裤子拉锁。我说：学校里就教了你这个？她就说：老生常谈。老大哥，你太老派。后来她又说，有一种传闻，说我是个gay，看来是真的。我说放屁，我要不是后脑勺正在流血，准能表现出男儿本色。后来她拿手绢给我捂着伤口，就这样聊起天来，直到我前妻知道了消息，赶来把我们都放出来。她把我腿都坐麻了，半天不能走路。要是个男的，还可以轮轮班。下回关小号可不能挑女的。昨天的事就是这样。

三

有关和保安员打架的事，还有些可以补充的地方。从某种意义上讲，我们和保安员都是诚实的人，都在尽自己的本分。我们在诚实地劳动——设计各种东西；他们也在诚实地劳动——监视我们。我们觉得他们的监视十足可恨，他们觉得我们不老实十足可恨，所以就经常打架。结果是双方都常有人受伤住院。数盲十分公允地决定：不管谁受了伤，不能报销医药费，不能上班算旷工，结果是越打越厉害。这一回保安有好几个人被打断了鼻梁，他们肯定不甘心，想要从我们身上捞回来。作为老大哥，我要时时刻刻提防在心。假如蓝毛衣是男的，我会毫不客气地揍她一顿。但是对女孩子不能这样办。再说，她不归我管。她在我们这里是客人。

在聊天的时候，有人说假如没有保安就好了。世界上只剩下了三种人：我们、数盲、傍肩，生活会愉快得多——我们干我们的工作，数盲发他们的昏，傍肩居间调和。这种建议当然是居心叵测——没有保安，我们会把数盲都吃下去，连骨头渣都不剩。如果把傍肩们划掉，那就不成个世界。如果世界上没有数盲，我们就会和保安爆发战争——要知道他们恨的就是我们。这场战争胜负难以预料，我们狡猾，会制造各种武器，保安人多，他们在村里有大量的预备队。就算我们获胜，中国人口也是百不存一。算来算去，只有我们可以划去。勾去我们，顶多中国倒回中世纪。那时的技术水平可以养活三亿人——这也不可怕，饿死一些就是了。

我秃着脑袋去上班时，别人问我是不是和蓝毛衣出过操。我想说没有，但是蓝毛衣面红耳赤地看着我，露出一点乞求的样子——这就是说，她已经夸下了海口，说和我出操了。但我又不会扯谎，于是就说：这种事可是讲得的吗？大伙就起哄，让我请大家吃雪花梨。我出了钱，蓝毛衣就去买了半筐来。今年的雪花梨可真怪，有苯酚味，吃起来像药皂。人吃下大量的苯酚会有什么结果，是个极复杂的医学问题。我现在知道的只是我打嗝是股药皂味。后来我偷偷问蓝毛衣，是不是真想和我出操，她说其实并不想，只不过和别人打了赌。她还说，我太老了，恐怕满足不了她。现在的女孩子越来越坏了，不但拿我打赌，还要打击我的自尊心。

后来我和我前妻说起这件事，她说我是个笨蛋，人家不是这个意思。假如她是我的话，就会说：那也不一定——这是针对蓝毛衣的"满足不了她"说的。这样就能听到更多挑逗性的话。我听了这些话，就开始乱琢磨起来。忽然之间，听见我前妻厉声喝道：混账东西，站好了！没让你稍息！听了这话，我马上就要站起来，但是她扯着我说：别乱动——没说你。我又老老实实地趴着不动，她又掐我：混账东西，动起来，这回是说你。你们两个简直要气死我。事情完了她想起这件事，笑得打滚，还说我装起傻来像真的一样。我说我没装傻，她就开始不高兴，说，再装就不逗了。最后我只好违心地承认自己在装傻。这也是出于十年来的积习。

我说现在的女孩子越来越坏，是认真说的。过去的女孩子，比方说，我前妻，有很重的责任心。当我们犯下错误去砸碱时，她们当管教，我们不砸碱时，她们调到上级单位当秘书，不管干什么，都是为了庇护我们。假如她们不庇护，我们就都会完蛋。她们从来不参与打架。而现在的女孩子就不然，她们对生活的理解就是傍肩和打架，所以不能帮忙只能捣乱。但是也不能一概而论，还有像红毛衣那样比较好的孩子，现在对我们有用，将来就更有用。

我前妻还说，她一直盼着我再犯下砸碱的罪过——到那时她就扔下市长秘书不干，再当一回管教。说实在的，我对那件事从来就不喜欢。在碱场里她问我：王犯，喜欢不喜欢砸碱？我就得答道：报告管教，喜欢！国家需要碱！

当年我去砸碱时，我前妻把我押到木棚里，然后命令道：现在，和我做爱。因为她路上差一点把我打死，我犹豫起来，过了一会儿才答道：报告管教，犯人王二正在服刑！坚决服从命令！就朝她猛扑过去，但是劳而无功。这原因我已经说过，路上吓得着实不轻。她摸着我的阳具，说道：可怜的小家伙，吓坏了。也不知为什么，那东西弹动了一下。她嗖的一下坐起来，说：这家伙懂人话！我也嗖的一下坐了起来，说道：你别拿我寻开心了——士可杀不可辱！她板着脸一指手提包（我们拿它当枕头用），说道：躺下！不然我给你上铐子！我只好老老实实躺着，让她对它轻声细语。过了一会儿，那东西就精神抖擞挺在那里，她又躺下来说道：开始吧——它比你乖。你当然能够明白，这件事使我感到很难堪。它是我的东西，却听别人的命令，是个叛徒和奸细。以后发生的事就更让我难堪，每天下工回了棚子，她就说：脱裤子，我要和它说会儿话。你不准偷听。我躺在那里，又冷，又寂寞。但有什么办法——她是管教嘛。

老大哥王二在碱场是模范犯人，这个荣誉称号很有分量。这说明他在思想改造、劳动、服从管教方面取得了很大成就。假如数盲必须信任一个非数盲的男人，而候选的人里有一个先进生产者、一个模范设计师，还有王二，他就是首要的人选。理由是明摆着的：先进生产者、模范设计师都可能是假的，模范犯人总是货真价实。他肯定能经住考验，因为所有的模范犯人都曾自愿放弃减刑。当年狱领导来问我：王犯，想不想早回家？我就答道：不想，国家需要碱。但这不说明我觉悟高，而是我前妻事先告诉我，这是个圈套，要求减刑的一律加刑。领导上问我：王犯，我们认为你的案子可能判错了，你写个申诉吧。我就答道：我申请加刑——我要为国家的碱业贡献青春！这也是我前妻教我的。结果就被减了刑。说实在的，一开头我不大敢听她的，我怕她万一搞错，真被加了刑——国家真的需要碱。但是她又说，加刑怕啥，不还有我陪着你吗；与此同时，圆睁杏眼，露出要发火的样子，我就不敢和她争，只敢服从。如其不然，就会被罚，天不亮时手执木棍，到广场上走正步，高唱各国国歌。二百多首国歌可不那么容易记住。走着走着——"报告管教，忘了词！""就地趴下，五个俯卧撑！"或者是："王犯，先去喝口胖大海——我对你怎么样？""报告管教，恩比天高，情比海深！""知道就好！从《马赛曲》接着唱吧。"她的心真狠，我都唱到了《上帝保佑女皇》(U.K.)，又让折回去唱法国国歌——我们是按字母顺序。最后各国国歌都被我唱成了一个调，和数盲唱得差不多了。我前妻说，只要你事事听我的，就能得数盲症。我估计是真的，但是我不肯听她的，起码是出了碱场就不肯。这是因为在恭顺的外貌下，我还有一颗男儿的心。

等我被放出来以后，我们就结了婚。我们的事迹上了报纸的头版。报道的题目是：女管教和男犯人——一条成功的经验。我老婆文章的题目是：心慈手狠——改造王二经验谈。我文章的题目是：为国家服一辈子刑，砸一辈子碱。又过了一阵子，我们俩就离了婚。除了别的原因（老左），还有一个原因是她老把我当两个人，使我险些精神分裂。

四

我从碱场回到技术部工作时，被我前妻管教得甚好，早上一到班，就跑到部长面前报告：报告管教，犯人王二身体良好，今天早上尚未大便！假如是我前妻，就会答道：稍息！先去大便，回来上镣。发现痔疮，及时报告。我答道：是！就跑去蹲茅坑。但是部长不这么回答，在全体同事的哄笑中，他扭扭捏捏地说：老大哥，对我有意见，可以单独谈，别出洋相。我说：是！可以去大便吗？他却不理我，扭头就跑。这套仪式就进行不下去了。你要知道，在释放的仪式上各级领导都说，要我们把碱场的好思想好作风带回原单位发扬光大。不知为什么，回来就行不通。部长还一再托人和我说过去的事是他不对。要知道，就是他把我送去砸碱的。那时候他还没有数盲症，听我报告怪不好意思的。等到他得了数盲症,就不是这样了,听着报告就会笑眯眯地说:身体好就好呀!按时大便也很重要——同志们都要重视这个问题,当然还有别的问题。——就这样一点两点说下去,不扯到天黑不算完。到了这个时候,我再也不敢找他汇报,躲他还来不及。这主要是因为我真的要大便,不能老陪着他。总而言之,拿这一套对付他是不行的。

我前妻听我报告时,常常忽然用手遮住嘴,额头上暴起青筋——那就是她憋不住笑了。报告完了,她押我去砸碱。到了地方,我挥起十字镐来。我喜欢砸碱。砸着砸着,忽然她厉声喝道:够了,省点劲别人来时再用。开了镣,陪我走走。我就打开脚镣陪她溜达,走到一个土丘上,只听她长叹一声:天苍苍野茫茫呀!我连忙答道:是!管教!她嗔怪地说:老大哥!现在边上没人嘛!我低下头去,过一会儿才说:报告管教,我脑子里只有一根筋,你最好别把我搞糊涂。她伸出小手来,拍拍我的脸,说道:我是不是对你太狠了?你是不是记恨了?这一瞬间我身体都有了反应——换言之,这时不用她对那东西悄声细语,也能干成。我心里觉得有些委屈,想和她说说话——比方说,我原是个很有前途的艺术家,名字都上了若干艺术殿堂的收藏名录,怎么搞到了这个样子,靠女人庇护,等等;但是没等我开始说,她就转过脸去,说道:天苍苍野茫茫呀,王犯,你有何看法?我只好答道:是,管教!如果能风吹草低见牛羊就好了。她说:王犯,牛羊能让你想起什么？我就答道：诗曰，马牛其风，管教。她说：大天白日的，咱们俩总不好真像牛羊一样吧。我就答道：报告管教，我看见那边有辆废矿车。她说：很好，王犯，你很能领会领导意图。咱们就到那里去。开步走，一二一！一二一！我很爱我前妻，但是始终没有爱成。她也很爱我，但也没爱成。我们俩之间始终有堵墙。

把时光推到我初做技术工作时，我三十刚出头，英俊潇洒。那时候我前妻就看上了我，但是我却看不上她。说实在的，我谁也看不上，心里想的只是我是个艺术家。那个时候搞技术的艺术家很少，别人都是些退休返聘的老家伙，我在女实习生那里极红，所以狂妄至极，朝秦暮楚，害得她几乎自杀。这种事当然应该遭到报应，所以她就押我去砸碱。等到我报应遭够了，她要和我认真谈谈时，我已经改不过口了——"是，管教！"假如你有个丈夫是这样的，也会觉得离婚较好。另外一方面，虽然我前妻的身体很美丽，但是和她干的感觉还没有和老左好，所以我也想离婚。这件事总的来说是命里注定。有一件事也是命里注定：我这一辈子谁也不佩服，包括毕加索（艺术家都不肯佩服别人），只佩服我们部长（工程师必须佩服比自己强的人）。这家伙简直什么都会，声光电热、有机无机高分子，加上全部数学，虽然他是个混蛋。等我砸碱归来时，他的样子很悲惨，得了溃疡病，只有九十多斤。这是因为他的事业全都失败了，大规模集成电路厂成品率为零，化工厂天天爆炸，电厂一送电就会电死人。一切和我预料的一样，他的高技术路线不符合国情。所以他找我谈话：老大哥，以前是我的错，咱们合作吧——重新来过！但是我却向他报告说，要大便。当然，我也可以报告说，可以，咱们合作。以他的能力，加我的经验，事情会有改观，但我觉得不到火候。结果是他顶不住，傻掉了，现在胃病好了，变成了个大胖子。我却成了技术部的实际负责人，顶他的差事，这种事就叫命里注定。刚出碱场时，我是一条黑大汉（窝窝头养人），现在瘦得很，也得了溃疡病，一天到晚盼着傻掉。现在的问题是，没有我前妻的指导，想傻也傻不掉。

五

我前妻说过，想要有前途，就得表现好。"表现好"这句话我是懂的，就是要坦白交待。头上的伤刚刚不疼，我就把她约到家里来，开始坦白。从写条子的事开始，蓝毛衣给我写的条子是中文，内容挺下流，用了一个"玩"字，还用在了自己身上。然后又交待在小黑屋里的事：那孩子才是真有恋父情结，她说她喜欢老一点的，有胡子更好。口臭都不反对，只是要用胶纸把嘴粘上。但是绝不能是数盲。老、嘴臭的人有的是，但全是数盲。所以就不好找。我一时色迷心窍，说了些挑逗的话，什么自己比数盲强点有限，等等。她说她是想做爱，又不是想解数学题，只是要点气氛。我就说等出去好好聊聊，我搞过舞美，会做气氛，等等。其实她要是真找上门，我还得躲出去，当时无非是胡扯八道，以度长夜罢了。

我坦白了之后，我前妻冷笑一声说：我以前说你浑身最坏的部分是嘴，现在知道错了。你最坏的部分是良心。我说：是，管教！她说，是什么呀你，是。人家小姑娘的话，你怎么能告诉我？我听了直发愣，觉得自己是坏了良心。她又说，你自己想想吧，为什么和我说这个。我说，是想让你帮助我。她瞪起眼来说，你真混！我什么时候不帮你？一边骂一边哭。我赶紧找块干净手绢给她。等哭够了，她才说，可怜的家伙，你是真急了——要不然也不这样。你不是这样的。

我到底是怎样的，她根本就不知道。连我自己都不知道。除了不能发数盲症，我什么卑鄙的事都能干出来，因为我已经受够了。我讨厌爱，讨厌关怀，讨厌女人的幽默感。假如生活里还有别的，这些东西并不坏。但是只有这些，就真让人受不了。我不是工程师，我是艺术家。难道我生出来就是为了当一辈子的老大哥吗？

我现在在日记里坦白我的卑鄙思想，而这本日记除非我死了，她绝看不到。在表面上，我是个善良、坦白、责任心强的人。其实不是的，我很卑鄙。昨天晚上我前妻在我这里睡，等她睡了之后，我爬起来看她的裸体。她的裸体绝美，作为一个学美术的人，对女人的身体不会大惊小怪,我再说一遍,她的裸体绝美。她真正具有危险性。只要她睡着,我看到她的裸体,就会勃起,欲念丛生,但她永远看不到。我不相信有什么男人可以抵挡她的魅力,哪怕他是数盲。所以她一定能把我送出国去。我一定要让她做到这一点,而且我自己还不肯得数盲症。这是因为我恨透了她——她把我撇下,去嫁了个数盲——但是恨透了首先是因为我爱她爱得要死。这一点她也永远休想知道。

四 Party

一

星期四早上我在图板上画一台柴油机,画着画着把笔一摔,吼道:不干了!开party!于是惹出一场大祸来。这件事告诉我,每个人都可以从正反两面来看。从正面来理解,我是个小人物,连柴油机都画不好,简直屁都不是;从反面来理解,我可以惹出一场大祸,把北戴河的西山变成剥落坑(出自《浮士德》),招来好几万人在上面又唱又舞并且乱搞——顺便说一句,"乱搞"使不止一位数盲得了心脏病死掉,我把火葬场的老大哥害惨了——这说明我是摩菲斯特菲里斯,在世界七大魔鬼中名列第四。我倒想知道一下,其余六位藏在哪里。这个两面性使这篇日记相当难写,我还是像数盲做报告,先正面后反面,然后回到正面上去。顺便说一句,数盲做报告时,眼前有个提示器,上面有两盏灯,一会儿闪绿，这就是说不能光讲正面的，也要谈点反面的；一会儿闪红，这就是说要以正面为主，负面不要说得太多。提示器还显示讲稿，但是数盲决不照念——嫌它太短。我没有这种东西，反面很可能会谈得过多。先说我没画完的柴油机，这是个大家伙，是矿山抽水用的；既不能画成狮子，也不能画成鲤鱼，而是要正经八百地画，因为这东西坏了就会把井下的矿工都淹死。我把它画成方头方脑的样子，十二缸 V 形，马力够了，看来不会有什么问题。假如我把它画完了，世界上就会再多一个嘣嘣乱响的蠢东西。假如给它纯粹的烷烃，就能发出八百匹马力，虽然它是球墨铸铁做的，也能长久地工作。但是给它的是水面上捞起来的废油，所以连二百马力都不会有，而且肯定老坏。所以它还有一桩奇异之处，配有一个锅炉，假如柴油机坏了，烧起火来，就是台蒸汽机，能够发出一百匹马力，并且往四面八方漏蒸汽。一百马力能使矿工有机会逃生，但是矿井还是要被淹掉。至于它的外形，完全是一堆屎。对我来说，正面的东西就是一堆屎，连我自己在内。

虽然我能把柴油机画好，但是我根本就不想画它。我情愿画点别的，哪怕去画大粪。在一泡大粪面前，我能表现得像个画家，而在柴油机的图板面前，我永远是一泡大粪。假如我想变成个人，就得做自己能做好的事，否则就是大粪。为此我要出国，或者得数盲症。这件事别人能做成，但就是我做不成。

在那个星期四早上,因为工作让我很头疼,所以我就把铅笔一摔,吼道:不干了!开 party!去把你们的傍肩都请来!大厅里哄的一声,大家都往外屋拥,去抢电话,通知他们的人。这以后的事就是反面的了。只有我和小徐坐着不动。他是考勤员,问我:今天怎么算?我说:所有的人都病了。他说:那得派人去医院搞假条。我说:你去。这个混蛋斗胆要借我的车,我一时糊涂就借给他了。结果他骑着到处兜风,不光耗尽了油,连挡泥板也撞瘪了。最糟的是被保安逮了去,挨了两下之后,就信口胡招,把我们在医院里的关系出卖了,口袋里的一沓病假条就是罪证。他这个人干出了这种事,我倒是不意外。只可惜我们的大夫去砸碱了。但这些都是后话了。

小徐一去就没回来,他死掉了。在这件事上,数盲肯定比我要悲痛。进了局子我才发现,我们的一举一动上面都知道:知道我们拿柴油换白薯,拿铸铁换雪花梨。这些事都是我领头干的,因为工资不够花;当然更知道谁在和谁乱搞,不过数盲表示这些事不必深究,他们教育家属的工作也没做好。我个人认为这些事双方不提最好,省得大家都不好意思。但是不提不等于不重要。

我的问题主要是经济问题:有人管我要储藏室钥匙,我连问都不问就给了他。储藏室里就是些铸铁、柴油,捣腾没了可以找别人借。过一会儿又有人管我要地下室钥匙,说要动用战略储备,去开动部里那辆旧北京吉普。我问他要干什么,他说去把小孙接回来。为此还要开介绍信，说咱们这里提审他。我批准了——我是常务副部长，手里有介绍信。然后大胖子进屋来，高声唱道：有螃蟹——要两桶柴油换。我也批准了，但是要他少带几个人去——搞得那么沸沸扬扬不好。他答应了，但是他们把那辆柴油车开走时，车上至少有十个人。过一会儿又走了一辆车，说是去拉雪花梨，去的人也不少，拉走了不少铸铁，拿去换梨；但是又有好几辆车开进来，上面是外单位的人。我跑出去要把他们撵走，party 是晚上的事，白天来干什么？我不想有人来帮我们折腾。但是我发现是玻璃公司的人，前几天人家刚帮我们打了一架，交情非比寻常。更何况人家也不是空手来的，带来了几箱鲅鱼，还有好多铁棍。鲅鱼是吃的，铁棍干什么用，我都没敢打听。然后会计部的人也来了，都是女孩子，撵人家就更不恰当了。有个小姑娘撞到我屋里来，管我要铁筷子，要烫头发——我没理她。她就跑出去说，屋里坐了个人，一声不吭，好可怕！别人告诉她说，这是我们老大哥，他总这样。其实我不是总这样，人来得太多，我心情坏。

有关战略储备，也是个严重问题。我存了两桶八十升汽油，这是违法的。汽油是危险品，可以造燃烧弹，威胁到数盲的安全。但是可以造燃烧弹的东西多着哪，比方说，苯，自来水里有的是，只是领导要它没有用。搜我家时又发现了一把钢制的水果刀，这也是危险品，钢刀可以杀人。假如哪位数盲乐意试试，我能用铸铁刀把他杀死。根据以上事实，我认为汽油和钢的危险性并不表现在它可以伤人。主要的问题是它们对数盲有用。凡对他们有用之物，则危险。我还存了一件最大的危险品——吉普车。这东西开得很快，当然有危险。我存它的目的是万一有人得了重病，可以在几个小时内把他送进天津或北京的医院，救他一命。然而我们谁都不是高速车辆驾驶员（政审通不过），开车上高速公路当然要威胁到数盲的安全。

以前开 party 没来过这么多人。我前妻打个电话来，说你那里好像来了很多人，是怎么回事？我说到了年终，和关系单位联欢。她说你小心点，我们这里有反应。这使我想到了小徐借了我的车去医院，肯定是先到了她们那里。没想到的是再过一会儿他就要死掉了。我想请她来，但在市府的电话上不敢乱讲，就没有说。中午时分我就开始和大家打招呼，让他们少招人，但是不管用。到了午后，不知哪来这么多人，连保安的人都吓跑了，怕我们找他们报仇——我们的人太多了。然后我就豁出去不想后果了——要玩就让大家玩高兴。

二

那天早上我还想到这样一些事：其实我过去是有数盲症的，

上小学时连四则运算都算不好——当时我就画得很好了,所以觉得算不好没有关系。上中学时物理化学全是一塌糊涂。几何学得还可以,代数不及格。高考之前觉得数学吃零蛋太难看,找我哥哥恶补了一下,在一百五十分里得到了三十来分,就把老师和同学吓了一大跳。假如他们知道我现在是工程师,一定要吓死了。

那天早上我想到四十年前,我们家住在北京的一个四合院里。冬天我哥哥从乡下回来,和我住在一间房子里。那房子中间有一个蜂窝煤炉子,我把全部身心投入了炉子——这时因为我怕冷,还有一个原因是我喜欢摆弄炉子。我哥哥歪在靠窗户的床上看书。那个窗户下面是玻璃,上面糊着纸。当时的情形就是这样的。

我哥哥正在插队,每年冬天都带着一肚子的疑惑回来——比方说,当时的年轻人只有少数能上大学,按理说应该选最聪明的人上学才对,但实际情况是选了一些连字都不大识的傻瓜。另一个例子是:大家都在田里出苦力时,要选几个聪明人去县里开会,住舒适的招待所,吃很好的伙食;但实际情况又是选了一些不可救药的傻子,到那里讲些老母猪听了也要狂笑起来的傻话。顺便说一句,那种傻话叫做"讲用",我当时只有八岁,已经觉得它愚不可及。他老在唠叨说,这世道也不知是怎么了。考虑到我当时的年龄,当然回答不出来。

我哥哥年轻时经历的事,现在也存在。当然,现在男孩子不用去插队了，在高中毕业时，大家都要去兵营里军训。然后根据教官的意见，把最聪明的孩子送到技工学校受训，比较傻的却送到各种管理、外交、艺术院校里去。后者假如没有数盲症的话，在那里念上几年，肯定就不识数了。当然，这两类孩子将来的待遇会有天渊之别。教官在鉴别孩子的智能方面比任何心理学家都在行——众所周知，聪明的男孩子会调皮捣蛋，而说什么信什么的，肯定是笨蛋。

我们俩住在一间平房里时，我哥哥总在读书，先读各种"选读""选集"之类，因为那些书里有读不懂的地方，所以他又开始涉猎思辨哲学和中国传统哲学，黑格尔和《朱子语类》《曾国藩家书》，等等；不读书时就坐在窗边疯狂地咬手指。我哥哥非常聪明，根据他后来的表现，他是百万人里挑一的数学天才。

有关我哥哥读的书，有一点需要补充，现在各种男孩上的学院里，还在用它当教本。而技工学校的教本，说来惭愧，都是我们编的。这是因为我们都要到技工学校任教，高深的教本我们教不动。当我为误人子弟而内疚时，就在工程课上教几节素描，还有人在数学课上教美声唱法，在物理课上教唐诗宋词，所有的学生都被我们教得乌七八糟，将来想发数盲症都发不了。

有关我自己的智力情况，我还没有提到过。在碱场里，我前妻对我有个评价：王犯，在工程上你是个天才，但你十足外行。这都是因为你先灌了一脑子艺术才来学工。你应该去搞艺术，这方面虽然我不懂,但我觉得你一定非常人可比。我听了这话,心里很舒服,马上说道:报告管教!今天晚上我睡门口,给你挡着风!她说:混账东西,你想感冒得肺炎吗?我又说:那我睡你脚下,给你焐脚!她又说:身上冷怎么办?最后还是睡在老地方,和她并着头,哪儿冷焐哪儿。

我前妻从来不拍我的马屁,她也用不着这么做。所以她说的话一定属实。假如我也算个聪明人的话,家兄聪明到什么程度就难以定论了,因为他比我聪明了一百倍都不止。但是读了一冬思辨哲学以后,出了一件古怪的事:有一天早上他对我说,我有五块钱,花了三块,怎么只剩了两块了?出于对他智力的尊敬,我犹豫着回答道:你说你有五块钱?对呀。花了三块?对呀。那么应该剩几块呢?他这才哈哈大笑起来,说哲学书都把人读笨了。这当然是从反面来讲,要从正面来讲,就不能说是读笨,应该说读聪明了才对。

有一件事必须说清楚,我努力做了近十几年的技术工作,水平毫无进展,甚至可以说是越做越笨。我们周围的情形也越来越糟了,凭我的笨脑子什么办法也想不出来。看看我的同事,和我一样。假如谁看上去比较聪明,比较有前途,就会得数盲症。只有我这样的笨蛋不得数盲症。

假如我哥哥的一生被"文革"毁掉了的话,我的一生就被数盲症毁掉了。他现在是个数学教授，不是数学家。我现在是工程师，不是艺术家。假如时局有利的话，我们是可以做成后一种人的。这些事情使我很烦闷。这些事当然是从反面讲的，从正面讲，就根本没有烦闷这回事。

我哥哥当然是个反面人物，他拿短期护照出国，逾期不归。现在他转到了正面上了：拿了绿卡，成了美籍华人。按领导上的布置，我早就通知他了——"我们的政策是既往不咎"——但他还是不回来，并且说：借我十个胆子也不敢回来。在此我要坦白一点，假如给我个短期护照，我要干出反面的事来。不给我护照，我也要干反面的事——开 party——我们就是想干反面的事，故而我们才是危险的。

三

现在可以说说为什么要开 party——因为好久没开 party 了，大家都烦躁得很。比方说大胖子，画着图忽然就会引吭高歌，震得玻璃嗡嗡响；还有人会冷不防用小号吹个花腔，能把人吓出一头冷汗。还有几位抒情诗人会冷不防跳起来朗诵一首抒情短诗，但是本钱不够，尚不足以把人吓出神经病。不会制造噪音的人吃了烤白薯，皮都不扔，留着打他们。我们这屋里很热，所以老有股馊白薯味。所有的设计工作都没有正进展,有的还有负进展,这就是说,无缘无故把好好的图纸撕掉。我自己也有点不正常,时时在图板上画出裸体女人来。这就是说,再不开 party 就要出事:和保安打架、和傍肩殉情自杀,或者把摩托车开到别人轮子底下去。前几天和保安在会场上打了一架,就是个危险的信号。如果听之任之,架就会越打越大。

除此之外,上级机关也越来越难打交道了,秘书们说话都带有进攻性、挑逗性,而且她们还常常擅离职守,上班时间跑出来会情人;我们一打电话就会被数盲粘上。数盲在办公室里也越来越坐不住了,经常开大会做大报告;会场秩序也越来越不好,保安员也越来越混蛋。除此之外,还该谈到有好几个礼拜没刮风了,天上的烟越来越黄,像小孩子屙的屎;整个城市一天到晚嘣嘣乱响,像个弹棉花的工厂。这种情形早晚要把人逼疯了。

数盲同志们对我的辩解反驳道:你说天是黄的?我怎么没看见?对他们来说,玻璃是蓝的,不论家里、办公室的玻璃,还是汽车的窗玻璃都是蓝的。这种玻璃表面有层有机硅透光膜,都是进口的。假如我们能读到些国外科技书刊,没准也能造出这种涂料,但是那些书刊里常夹有半裸女郎的广告,所以有危险,不让我们看。我们看到的全是正面的、没有危险的东西,所以心情烦闷,走向反面。

开 party 就一定要在上班时间折腾,消耗大量的公款公物;否则就等于没有开。然后就折腾一夜,傍肩也不回家。数盲问起来,就说回原单位联欢了。不要以为数盲蠢,所有的"家属"都不见了,还不知道是怎么回事,于是整天气呼呼,碍着数盲风度不便发作,而我们(非数盲男人和傍肩们)见了这种景象就十分开心。这些行径最起码是犯错误,有些还是犯法的,但是开 party 就是要犯错误和犯法,否则就没有效果。等到犯过错误和犯过法后,大家都能正常一段时间。当然,作为老大哥我要承担责任,去砸一段时间的碱,或者关一段时间的小号——这要看犯的事有多大而定。但是这对我不是大问题:哪里我都熟。等把这些道理都讲够了以后,还有一点我明白:各单位都可以开 party,各单位都有老大哥可以承担责任,干吗非是我不可呢?

外单位的老大哥总给我打电话,问你们什么时候开 party。我听了当然气愤,反问道:你们为什么不开?这班混蛋说:我们不行——我们没有号召力。再说,你们都是文艺单位下来的人,开出的 party 有趣。不管怎么说,你们是老大哥单位。这话听来有理,但却是混账逻辑。这种逻辑要把我害死。

不等公安局的人来找我问星期四 party 的事,我就知道此事绝不能善了;我叫大家搜集硬币,越多越好。这个 party 上了电视新闻,是近年来罕见的集体旷工事件,光这一条就得去砸碱,更何况浪费了大量的宝贵物资。光电石就用了十来桶,但我们没有动气焊,只是用来点乙炔灯,给广场照明——由此你就可知那 party 有多大。硬币是铝的,准备熔了造假脚镣。那东西一文不值,只是有点不好找。蓝毛衣说她要押我去碱场,不准别人争。我告诉她,她也得准备去砸碱了。因为这回上面和我们算总账,连打架用手扣子的事也发了。挨打的保安举报说,凶手是女的。我正在抵赖,但未必能赖掉。蓝毛衣知道以后分毫不惧,反而到处去吹嘘:姐们要去砸碱了——照我看她也该砸碱,她把人家的鼻梁都打断,彻底破了相。我们要赔出人家买老婆的钱。但是最后谁也没去砸碱,而是比那更糟。我们国家学习新加坡二十世纪的先进经验,改用鞭刑,数盲决定,拿我们这桩事试点。这就是说,要在背上挨几鞭子了。以前没挨过,挺他妈的新鲜。也许就因为这个,蓝毛衣主动坦白了(她很想挨几鞭,大大地出个风头),还把手扣子交了出来,就被公安局的请走了,再没回来。

有关蓝毛衣闯的祸,还有补充的必要。我说过,那一天小徐借了我的车去拿病假条。拿到了病假条,在回来的路上和别人撞了车,与对方驾驶员口角,被保安请去了。人家一查他的证件,发现是技术部的人,除此之外,对方发现他很面熟,星期一下午打架就是他先动的手。在这种情况下,对方当然对他发生了很大的兴趣,当他把一切可交待的事都交待了以后,这种兴趣还是有增无减,这一下就闯了个大祸,小徐进医院后也没醒过来,径直死掉了。尸检时发现肝脏碎了,而且是连同好几根肋骨一道被打碎的。身上还有很多伤，但已没有深究的必要，因为这一处就足以让他死了。这种事当然不能由着它发生，所以保安方面一个死刑，三个无期徒刑。保安方面当然也有些要申诉的事：在星期一的斗殴中有人用了手扣子，把他们的人破了相，所以他们的人才会下狠手打人。因此数盲要把使手扣子的人找出来，抽上一顿，以示公允。

讲了这么多反面的事，也该讲点正面的了。星期四我开了party，等到过完了周末，公安局的人就到部里来，客客气气地说：请问谁是王二？您有麻烦了，要跟我们去一下。说完给我戴上铐子，这个铐子是不锈钢的，有两个顶针那么大，套在两个大拇指上。我认为假如我是摩非斯特的话，设计这个铐子的就是撒旦本人了——用这么点钢就把人扣住了，怎么能想出来。那位警察听了，摘下大檐帽说：您高抬我——没法子，就给那么点钢。当时我吓得够呛，他就是这种拇指铐的发明者。骂人家是魔鬼，这事怎么得了。谁知他在我对面坐了下来，说道：你这儿挺暖和，我多坐一会儿。你有什么事要办就先办办。别怕，我没数盲症。我赶紧说：看得出来，看得出来！我以前以为你们都有那种病哩。他说：这就是外界对我们的工作不理解了。这说得很对，别人对我们也不理解，说我设计的机器是大粪，还要求枪毙我。所以，理解万岁。

假如可以和数盲们说理的话（其实和他们没法说理），我可以辩解道：星期四我只说了一句"开 party"，此外什么都没干。这句话只是振动了一下空气而已——当然它和后来发生的事有一种极牵强的关系。数盲就顺着这种关系找到了我，让我挨鞭子。除此之外，蓝毛衣与保安打死小徐然后又偿命一事的关系也很可疑。假如保安该给小徐偿命，毙了他活该。假如不该偿命，把他放了也没什么不可以，这么胡搅蛮缠干什么。再说一遍，我知道说理是不许可的。但是我觉得他们实在不讲理。刚进局子，警察就告诉我说，我的案子上面要直接抓，让我做最坏的准备。事实上没有那么坏。

我的案子数盲们很重视，所以警察一直劝我交待出个把别人来，但是我不肯。我倒不是皮肉痒痒想挨鞭子，而是身不由己——身为老大哥，如果让别人去挨鞭子，今后没法做人。这件事一连拖了半个多月，其间还被带到公安医院查了几次体。最后人家说，你年纪大了，心脏也不行，有生命危险——你可要想明白。我听了也有点犹豫，要知道我挺怕死。后来弄明白生存率有百分之七十（后来知道实际上是五十）就鼓起了勇气，签了认罪书，住进了公安医院。这里生活还蛮好的，睡单间，一流伙食，每天看病吃药。住医院有两个好处，一是先把我身上的病控制住，鞭刑后的生存率就能比百分之五十高；二是假如让我住在家里，鞭刑前准会服止疼药、打吗啡针，这样鞭刑的意义就失掉了。

后来我知道，我是命里注定要挨鞭子的，公安局的同志问我那么多，是觉得两个人太少，想多拉几个。他们后来说，人多了热闹，也显得不疼。但我不这么想。他们又说，你这个案子上面动了真怒，多报几个人好，少了可能毙了你。这可让我够害怕的，但我挺住了。这样好，万一后来知道不招也能活就会后悔。宁可当场死，也不吃后悔药。

有关小徐，有必要补充几句。首先，他已经死了，我不说死人的坏话，所以本日记里一切他的坏话都取消。其次，虽然他死了，我还是不喜欢他；因为他什么都不肯干，和老左简直是一样，而且公开宣称他想得数盲症。最后，他已经死了，至死都没患数盲症，所以他是我的人；故此上面说的那句话也取消。而且这件事我也有责任，假如早发现他不见了，就可派出人去找他。发现他被保安逮走了，我可以率大队人马去救他——玻璃公司的哥们儿带来了铁棍，就是为这样的事预备的。荡平保安总部，冲到地下室把他救出来，在这个过程中，肯定要出人命。假如我干了这样的事，等待我的就不是鞭刑——额头上要吃子弹了。

四

星期四我去参加那个party——现在我是从反面来说，坐的是技术部开出的最后一辆车。当时天已经黑了,但是我也能看出来,这车不是往东山上开——东山上有好多疗养院,现在都空着,我们过去开 party 都在那里——而是往西山上开。西山上也有很多疗养院,现在也空着,但西山是禁区。这里是中央的地方。自从海里满是柴油,人家就不来了,连警卫部队都撤走了,但别人还是不敢进去。最可怕的是它离市府小区极近,肯定会让数盲们发现。不过,我既然已经豁了出去,也就不问了。车进了西山的围墙,空气登时变得很好闻,因为这里有很多的树,甚至可以说,整个西山就是座大树林。现在树很少见,城里的树都被农民偷走了,所以有好多年没闻见这么好闻的松树味。出于一种朴素的敬畏之心,农民还没到这里来偷。连小偷都不敢来的地方,我们来了,这件事不怎么好。

等到车开到广场上,看到那里黑压压的人群,我脑子里又嗡的一声。整个北戴河,整个秦皇岛没得数盲症的人都在这里,甚至还有天津和北京来的人,开来了各种柴油车、烧焦炭的煤气车、电石车,以各种垃圾为燃料,这些是各单位的公务车,一个个千奇百怪;还有新式的日本车、德国车、美国车、瑞典车,烧高级燃料,还有用电池的无污染车,每年要到日本去充一次电,然后就可以开一年,都是首长专车。这两种车的区别在于前一种开起来地动山摇,后一种寂静无声;前一种跑得慢,后一种开得快;前一种车上没有玻璃,驾驶员暴露在外,跨在各种怪模怪样的机件上，一不小心就会摔出来，后一种很严密；前一种车上有各种管道、铸铁手柄、传动皮带等等，后一种没有这些东西，倒有录像机加彩电、小酒吧、电子游戏机、卫星天线、全球定位系统等等；前一种很难开，后一种是人就能开，除了数盲本人，但他也不是真不能开，只是觉得开车失了身份。除了这些之外，还有别的区别。前一种车是我的人开来的，后一种是傍肩们开来的。现在他们正在广场上换车开，三五十辆结成一个车队，浩浩荡荡开出去，到山道上赛车；剩下的人在广场上，有五六千人，有个骡马大集的气概。这么大的集会，假如我不是头儿就好了。但是我们这辆车开来时，所有的人都对我们鼓掌，并且有人在扩音器里说：老大哥王二来了，可以开始了。这就是说，这本烂账又记在我头上。我觉得有股要虚脱的感觉，但是挺住了。站在车头上，大声问道：吃的东西够吗？底下人就哄我：老大哥，闭嘴！俗气！车还没停稳，就有些女人叫我们车上的人：喂！陈犯！我在这里！刘犯，快滚过来！这是弟兄们的傍肩在打招呼，都是砸碱时傍上的。但是没有叫王犯的——我忘了通知她了。

在医院里我又见到了蓝毛衣，她和我一样穿上了白底蓝条的睡袍，跷着二郎腿，坐在走廊里的沙发上和小护士吹牛，说这一回她肯定上吉尼斯大全。假如先抽她，她就是二十一世纪第一个受鞭刑的人。假如先抽我，她就是二十一世纪第一个受鞭刑的女人。这孩子身材不高，有一点横宽，体质极佳，十之八九打不死。

我们俩在医院里大吃大喝，鸡鸭鱼肉不在话下，还吃王八喝鹿血。原来定的是我八下，她六下。上级的指示有两条：一、一定要抽得狠，抽得疼，把歪风邪气打下去；二、一定不能把我们俩打死，以免国际上的人权组织起哄。说实在的，这两条指示自相矛盾，乱七八糟。可以想象有一条是首长的意图，还有一条是秘书加上去的。但是都要执行。所以就把我加到十二下，把她加到了八下，给我们俩吃王八，还请了些五迷三道的大气功师给我们发气。除了这些措施，别的医疗保障方案还很多，但是都怕负责任，让我们自己定夺。这些方案都是胡说八道——试举一例，让我练铁裆功健体，在睾丸上挂砖头——只有一条有道理，我们接纳了。那就是在受鞭刑前灌肠导尿。大庭广众下，被打出屎来可不好。

现在我知道这件事正在紧锣密鼓的筹备中——国家花了宝贵的外汇从新加坡的历史博物馆买来了藤鞭，那种东西浸了药物，打一下疼得发疯，事后又不感染——只是对我来说，有没有"事后"大成问题；从外省调来了武警，以防那天出乱子；与此同时，海滨路正在搭台子。这些事和我没有关系，我应该在日记里多写点我的问题。

星期四晚上，有人运来了一台很大的音响设备，有他妈的逼好几十千瓦，对着话筒吹口气，山海关都能听到。先有人说，上星期是我们技术部老大哥生日！我们的老大哥王二，万岁！万岁！

万万岁！我乍听时几乎晕过去，一切不受惩罚的幻想都破灭了。到了这个地步，心里挺平静。在我看来，僭称万岁的事最严重，一有人提就死定了。但是居然就没人问。现在看来，是有关心我的人把这事按下了。

有关万岁的事，我要补充几句：我们部里有好几位浪漫诗人（我不能举出名字，以免他们也受鞭刑），但我认为，诗人的定义就是措辞不当的人。当然，数盲诗人不在此列。他们的问题不是措辞不当，而是诗写得太长而且永不分行。我个人的意见是措辞不当相对好一些。上星期有位数盲诗人在广播里朗诵诗篇，从早九点到晚八点，连题目都没念完，是否过分了一点？

那天晚上的餐桌上有各种好东西：香槟、茅台、鱼子酱，我们预备的东西全扔掉了。等到 party 散了以后，桌上还剩了大量的食品，全是特供。后来数盲让我招出这些东西是怎么来的。说实在的，我不知道。他们又让各特供点清点，仿佛我犯下了抢劫罪。我认为他们应当回家清点。但是局子里的人说，不能这样报上去，否则会说我偷到他们家里去了。

从正面来说，我已经体会到鱼子酱为什么是特供（危险品）了：这种东西太好吃，足以使人为之厮打起来。而在数盲那里就没有危险，他们好吃的东西多极了，犯不着为它打架。

后来大胖子要露一手美声唱法，不幸的是话筒有毛病，他嗓门又大，故而完全失真，满山满海都是驴鸣；别人就把他撵下台去。上来一个乐队，玩的又是重金属，好在我及时用棉花把耳朵塞住了。后来有人建议让砸过碱的大哥大姐们跳迪斯科，我就没有听见，糊里糊涂地被人放倒上了镣铐，这回可是铸铁的真家伙。爬起来以后看见大家跳，我也跳。别人是一对一对的，我是一个人瞎扭，自得其乐。忽然有人在我背上点了一指，回头一看，是我前妻。穿着套装，很合体，脸上浅笑着，妩媚至极。我赶紧把棉花掏出来，这会儿不是乐队吵，而是铁链子哗哗地吵。因为所有跳舞的男人都戴镣。我说：报告管教，忘了通知你。她说：没有关系。我说：又要劳烦你送我去砸碱了。她说：大概吧。你是有意的吗？我想了想说：对我来说，没有什么事是有意，也没有什么事是无意。她凑过来，贴住我的脸说：你很诚实。这时候有人宣布说，各房间都有热水，可以洗澡，也可以喝。这就是说，早有人把深井启动了。深层地下水是特供的，它的危险性在于可以洗澡，洗澡很舒服，洗了还想洗，就会把水用光；我们用当然犯法，这是因为假如我们抽走了深层地下水，表层带有盐碱的水就会渗下去——数盲抽才没有问题，虽然他们抽了地下水，表层水也会渗下去。这件事我负完全责任——听到这条通知，她就带我去出操。进了房间才发现镣铐都打不开——后来是用手锯打开的——所以只好戴着干。那天晚上她没有发口令，我自己就行——事后她说：这样的情形是第一次吧。我说：是。她又说：这说明，你爱我？我说：

大概吧。她一听，眼睛里全是泪，因为这回答不能让她满意。她又问道：那你可爱过别人？我斩钉截铁地说：没有。她就说：那我死了也不亏。后来又干了两三次，都是我主动。然后我们开着她的车回我的小屋，喝了很多酒，又干了很多回。后来就睡了，再以后我醒来，我前妻已经走了，到现在还没见着。

假如我在受鞭刑的时候死掉的话（这一段是我受刑前写的，现在知道我并没有死），希望领导上能把这个日记本交给我前妻。这个笔记本里有好几处说到我爱她，希望她看了能够满意。我一直不肯告诉她，是因为她是我的管教，我是她的"王犯"，这种关系比爱不爱的神圣得多。而那天晚上我告诉她，我大概爱她，情形和现在差不多，我觉得自己快完蛋了。当时我们那间屋里点着床头灯，挂着窗帘，但还是一会儿红、一会儿绿。这是因为有些混蛋带来了船上用的救生火箭，正在不停地燃放，而且火箭朝小区飞去。还有人在喇叭里说些放肆的话，恶意攻击——我没有说过这些话，但要对此负责任。窗帘上火光熊熊，不知烧了什么东西，很有可能在烧房子；后来才知道是烧木板箱。在这个地方开这种party，罪在不赦，因此我觉得自己很有可能被枪毙。当时我还想过，假如要枪毙我，千万别遇上球墨铸铁的枪。那种枪虽然不危险，但是拉好了架式等它不响，响的时候又没准备，死都死不明白。在这种情况下和她肌肤相亲，一切禁忌都不存在了。

除了告诉她这些，我还要告诉她，在小木屋的地板下面，有个木箱子,里面有点贵重的东西。有一套雕刻的工具、钢制的小刀等等,这些东西别人见了就会抄走。谁知道呢?也许她的下一个傍肩也是艺术家,这样就能派些用场。有些旧版的图书画册,还有我过去全部作品的幻灯片,给她留做纪念。还有几千美元,是我哥哥托人带来的,绝不是黑市上换的,送给她——当然,假如要没收,我也没意见。有意见也没用——我已经死了。

五　鞭刑

一

我住进医院时，脊梁还完整。中间出来一次，是到广场上挨鞭子。后来还在里面住了很久。初进去时，还要交待问题。每个新见面的警察都先递个小本子过来，说道：老大哥，先给我签个字，然后咱们再谈。我成了明星了，虽然我什么都没干。就说市府小区断电的事吧，我事先一点都不知道。那天晚上我刚下了车，整个西山忽然灯火通明，我倒大吃一惊：这儿怎么有电哪？顺便说一句，电也是危险品，可以电死人。早就没有电了，自己发的不算。领导那里当然有电，他们勇于承担风险。正好电业局的老大哥在我身边，告诉我说：西山一直接着小区的电网，日本机组，好使着哪。我又问：会不会超过负荷？他就哈哈大笑：这边一接通，那边就断掉了。所以那天晚上市府小区一团漆黑。本来一团漆黑时还有件事可干（拿肚皮拱人），但是夫人们也都不见了——跑到我们这里来了，来之前还洗劫了家里的电冰箱、贮藏室。既然没有电，暖气也就停了，数盲们在黑暗中，又寂寞，又冷，还没人给他们做晚饭，生生饿了三天，只吃了些饼干。因此这个祸就惹得很大。公安局的老大哥后来说：你也该挨抽——第一，那天晚上不请我们；第二，我替你挨了多少骂！电话都炸了窝，让我派人上山拿人，都是我按住了。顺便说说，老大哥是常务副职的俗称，另一个意思是非数盲，各单位都有。我回答说：第一，以前我真的不知道公安局也有老大哥和弟兄们，（他当即反驳说，屁话，数盲能办案吗？）假如挨了鞭子不死，一定补过。第二，我认为不值得感谢，因为那天夜里我们人多，你们敢来，恐怕是走着来，爬着回去。他听了哈哈大笑，说：你这张臭嘴——但是说得对。所以我们没上山拿人。我尽量安排，不让你死，但是万一有个三长两短，也别怪我。

根据从国外买来的卫星图片分析，星期四晚上有上万人、成千辆车到过西山，但这还不算多。星期五和星期六还有人从各地赶来，星期一party才散。高峰期是星期天，西山上有三万多人，在每个房间里都留下了用过的避孕套，搜集起来装了半垃圾车。但是我早就下山了，没有看到这种盛况。在这三天里，数盲们遇到了很大的困难：既没有秘书，也没有专车，既不能工作，也没有家庭生活，所以感到很失落。西山上扩音器地动山摇地响，又有些信号火箭飞过来，市里的数盲就从小区里跑掉，去了山海关空军机场，等 party 完了才回来。后来他们到现场去看，看到半垃圾车的实物，又觉得心里酸溜溜的，一致认为对王二要严惩不贷。在此我要郑重声明，这件事和我无关。我没有这等身手，一人造出半车货来。

有关 party 的事，我还最后有些要补充的地方。那几天我们成了数盲——吃数盲的饭，喝数盲的水，用数盲的电，和数盲的老婆睡觉；数盲成了我们——没了吃的、饮水、电、老婆，一切都要自己想办法。他们本可以像我们一样，到自由市场买块烤白薯、到饮水站要点饮水、点一盏电石灯，或者到地下室启动应急发电机，然后自己去找个傍肩，但是这样做证明他没有数盲症，所以他们不肯。假如不是我星期四在西山上开那个 party，那么就会有别人在别的时间、别的地点开这种 party。这是因为在此之前，我们，各种工厂的技术员、工程师，以及各种科技机构里的男人，还有所有的女秘书、夫人等等，觉得生活很压抑，需要发泄。这件事不能怪王二一个人。那半垃圾车的货就是证明。只有数盲才不觉得压抑，也不觉得有什么要发泄的，所以这个道理和他们说不通，他们认为这些事都怪我一个人。除此之外，他们也没有数量的概念，认为我一个人射出半垃圾车精液完全可能，并且不肯想想，射出半垃圾车后，我还能剩下什么。等到这件事过后，大家都发泄过了，感觉良好；但数盲们却觉得受了压抑，也需要发泄，要抽我的脊梁。我没有数盲症，只是个小人物，所以脊梁就保不住了。当然，这件事也不那么简单。听说有不少夫人旗帜鲜明地对丈夫表示：要是王二有个三长两短，我就和你一刀两断！但是在大是大非面前，数盲总能站稳脚跟的。所以她们的努力也就能保住我一条命。除此之外，听说各机关都增加了夫妻生活的次数。这说明数盲们也会接受教训。虽然数量增加了，质量还是没改进。根据可靠情报，他们现在还是废话连篇，而且还是在拿肚皮拱人。

我现在可以坦率地说出一切，就如那位希腊勇士——当被带到暴君面前，被问到"你凭什么反对我"时，他坦然答道：老年。我现在的样子和老人差不多，但是问题还不在这里。我现在已经做好了死去的准备，这是最主要的。在我看来，数盲最讨厌的一点是废话连篇，假如你不制止他，可以说上一百年。除此之外，他讲的每一句话，我们都听过一千遍。当然，在这一点上，双方见仁见智，永远谈不拢。数盲们说，这话我讲了一千遍，你还是没有听进去；我们说，你讲了一千遍我还是听不进，可见就是听不进。数盲又说，一千遍没听进，那就讲一千零一遍。但是他根本不知道一千遍是多少遍，更不知这么多遍可以让人发疯；尤其是一面听这些废话一面挨肚皮拱，就更要发疯。除此之外，我还有点善意的劝告，在干那事时，要把注意力从废话上转到女人身上，这样肚皮和阳具就能有点区别。当然，他们的绿帽子绝不是我一人给戴上的——只要有数量的概念就能明白,我一个人戴不上那么多绿帽子,但他们是没有数量概念的——讲出了这些话,我就可以挨鞭子和死掉了。

二

受刑日早上五点我就起来了,到手术室里接受处理——情况和手术前备皮差不多。然后穿上我自己挑的衣服,经过消毒的中山装,从手术室里出来,有位年轻的警察给我戴上铐子。那铐子看上去是不锈钢的,但戴上才知道,它又轻又暖,是某种工程塑料。我就开始琢磨它,想方设法把它往硬东西上蹭,发现它的表面比钢还要硬。问它是什么做的,押送的警察也不知道,只知道是进口的。看来世界上的技术正在日新月异地进步,不学习就会落伍。走到医院门口,遇上蓝毛衣,她穿着黑皮夹克、黑皮短裙、黑色长袜、高跟鞋,也戴着那种高级手铐,几位女警押着她。我吻她时,别人都扭过头去,然后我们就上了一辆囚车,这是一辆装甲车,也是特供,因为装甲不像球墨铸铁。她坐在我身边,然后就把脑袋倚在我肩上,说,起得早,困了。然后就睡了。这孩子长了张大宽脸,厚嘴唇,脸上有雀斑,但是相当耐看。她在睡梦里一再咂嘴。她用了一种法国香水,非常动人。这是特供。今天也有给我用的特供，那就是进口强心针。虽然还没用，但肯定能用上。

她睡了一小会儿，起来说道：老大哥，和你商量件事。呆会儿我先上。我说：你要破吉尼斯纪录吗？她说不是的，把你打个血淋糊拉，我看了害怕。听到了"血淋糊拉"这四个字，我背上开始刺痒，说：难道我就不怕？她愣了一下才说：好，你先上就你先上。我闭上眼睛——说着就使劲闭眼。我说：算了，和你逗着玩，让你先上。于是我就开始想象她挨打会是什么样，这些想法都很刺激。她说害怕，我就能懂了。这就是说，她和别的女人是一样的。

我前妻也说过害怕，那是在砸碱的时候，晚上她要上厕所，让我陪着去。到了地方，她进去了，我在外面遇上巡逻队，就有麻烦。

——黑更半夜，你怎么出来了？

——报告，是管教拿枪押出来的！

——那就不同了。怎么枪在你手里？

——报告，她拿着嫌累！

——那又不同了。她不拿枪，你跑了怎么办？

——报告，我逃跑时先把枪还她。

——你要是不还她怎么办？

——报告，不还是犯错误，我不敢不还。

——那你就在这里等着吧。你都把我绕糊涂了！

我前妻在里面都听见了，出来时就说：王犯，对答甚为得体！

我回答说：是管教教导有方。她说：真他妈的冷！把枪还我。快点回去暖着我。向后转！跑步走！一二一！一二一！

在那辆东摇西晃的囚车里，我和蓝毛衣聊了一会儿。我问她爱看什么书。她睁大双眼，连雀斑都放出光彩来：《塔拉斯·布尔巴》！！！这是果戈理的书，里面有战争、酷刑、处决等等，是一本关于英雄的书。这比我想象的好得多，但这绝不是说这书不危险（它也是禁书），而是我心里有更不祥的猜测——$Story\ of\ O$。当然，是我猜错了。

后来蓝毛衣就又睡着了，又把头歪在我身上，十分沉重。在受鞭刑的早上，前往刑场的途中，我想一个人消停一会儿，看来也是不可能。这个女孩子我真是猜不透。本来挨鞭子是我们的事情——首先是我的事，因为我是老大哥——莫不成她也想来当老大哥？但是她硬要来插一杠子。首先，根本没人请她来帮我们打架；其次，更没人请她去把保安的鼻梁打断。要知道我们和保安的关系并不像表面上那么坏，在她插一杠之前，保安打我们，我们也打保安，双方都留有分寸；至多打到头破血流，从来不把骨头打断。这甚至可以说是一种游戏。她插一杠以后，双方都死了人（我们的人被打死，他们的人被枪毙），以后就再没法算一种游戏了。这件事实在让人痛心。

三

我既胆小又怕疼,原本宁可自杀也不会去挨鞭子。这一点在我坐在囚车上前往刑场的路上已经充分表现出来:我出了一路的冷汗,服了三片救心丹,虽然早上导过尿,弹力护身里还有点潮湿的意思。最可怕的是到了刑场上多半还要出乖露丑,让大家都看到我是孬种。我在鞋底里藏了一片保险刀片,随时可以拿来割脉。但是我挺着没用,主要是今天这么大的场面,假如主角畏罪自杀,数盲恼羞成怒,谁知会出些什么可怕的事。可以想象的后果是:一、随便揪另外一个人抽一顿;二、把该我挨的鞭子加在蓝毛衣背上。不管发生了什么事,别人都要看不起我。我不能让这样的事发生。我的责任心极强,这就是我总是当老大哥的原因。

我哥哥也是个负责的人。他得了关节炎从乡下回了城,进了一家小工厂,每天拐着腿去上班,哪怕是天阴下雨腿疼时也按时前往,夜里往往还要加班。我问他为什么,他说:你还看不出来吗?假如大家都不好好干,国破民穷百业凋零之时,我们就会有另一次"文化革命",或者和外国开战,或者调军队进城来军管。总而言之,领导上想要破罐破摔,有好多种摔法,你想象都想象不出来。想要避免被摔碎,我们必须要表现得像个好罐子。在我看来,像他那样负责的人还是挺多的,在青少年时期,我只见过一两次摔罐子的情形。到了中年，该我负责任时，我想我是尽心尽力了，人家要抽我的脊梁，我都让抽了。

我哥哥王大和我极相像。下乡插队时，他是集体户的户长，除了干活，还要管大伙的吃喝。进工厂以后，他是班组长，上班总是早来晚走，还不敢拿加班费。后来他又当过学生班长、工会小组长、各种会议的召集人等等，直到他当得不胜其烦，逃到美国再也不敢回来。有个老美一见了他就说：你在军队里呆过，当过二十年军曹！当然，这是想当福尔摩斯的老美。其实我哥哥一天兵都没当过。现在王大一想起自己干过的各种不伦不类的差事就做噩梦。我和他的经历大体上差不多，但是不做噩梦，因为我还在噩梦中。我们俩在遗传上一定有点古怪。假如我死了，应该有人解剖一下我的尸体，找出毛病的所在，最好还能找出个矫正的办法来。

在乘车前往刑场的途中，我一直在想今天的要点。第一，我不能被人抽出屁滚尿流的样子。这是因为在场的会有大批我们的人，假如我屁滚尿流，会伤大家的心。虽然按我的体质和性格一定会显出屁滚尿流的样子，但我要拼命顶住。第二，今天我不能死掉。假如我死掉，就会出天大的乱子。其实作为受刑人，死活不是我该考虑的问题，但是作为老大哥，必须把不该考虑的事全考虑到。数盲对出乱子的看法是：不怕，不就是死几个人吗。听起来没什么,但你要想到他们不识数,根本不知几个是多少——也许大伙都死光,他还觉得只有几个。但是这两个要点又是自相矛盾的。公安局的老大哥告诉我说:今天抽人的是保安的人,他管不着,所以"你要是挺不住千万别硬挺,装出个屁滚尿流的样子,我就能插手了"。这就是说,假如我要保命就要屁滚尿流,不屁滚尿流就不能保命。这两方面都要顾及,事先难以拿主意,只有等鞭子抽上再作定夺了。

到了地方,看到海滨广场上黑压压的一大片人,少说有一万。一半是我们的人,另一半是警察,手里拿着小巧玲珑的冲锋枪。那东西做得真是精巧,我一看就入了迷。我们还真有不少好东西,不光有球墨铸铁,只是平时不肯拿出来。有关球墨铸铁的枪,我有一些补充说明。那种枪放的时候"嗵"的一响,冒出一股浓烟来。假如那枪对着你放,有一定的危险性,看见浓烟后,就有一颗半斤重的铅弹发出蜣螂飞翔的声音朝你飞来。这种子弹中在身上必死无疑,但是赶紧躲的话,还能躲开,或者拼命逃跑,那个铅屎壳郎未必能追上你;假如是你拿枪朝别人放,危险就更大,沉重的枪身要猛烈地往后撞,所以在开枪前最好在胸口垫个包装纸箱。我和我前妻在碱滩上打野兔子时,放过铸铁枪,像这样精巧的冲锋枪却没放过——大概是进口的吧。对于这种枪,我也有点要补充的地方:它完全是危险品做的,所以真是好看。故而它当然是特供。见到了这种东西,说明我闯的祸真是不小。

广场上有一座木板搭的台子,上面有桌子、麦克风、数盲等等。台子后面有座 X 形的木架子,看来要把我们拴在上面。我们从囚车上下来时,遇到了山呼海啸般的掌声,还有人高呼欢迎老大哥,然后这掌声又被更大的声响压下去了。会场周围的武警齐声喝道:"不——准——乱——动!"那种嗓门和保安是一个类型的。蓝毛衣听了,禁不住往后一缩,撞在我身上。我却推了她一把,说:别怕,不是冲咱们来的。然后我们就进到台子背后的棚子里等候。这个棚子是铝合金和玻璃做的,里面就我们两个人。隔着玻璃往外看,到处是戴钢盔的武警,我们好像进了笼子一样。瘆人的是这棚子很隔音,所以很静,这里有一把长条椅子,太阳晒得很暖和。我指指椅子说:请坐。蓝毛衣坐下来,我隔着玻璃往外看,看见数盲在做大报告。平时我对报告不感兴趣,今天倒想听听,但是听不到。棚里有台黑白电视机,放着外面会场的实况,但是无伴音。我给了它几巴掌,想把伴音打出来,但是不成功。不仅没打出伴音,倒打出大片的雪花。反正闲着没事,我又打了它一顿,把雪花打掉,还打出一点彩——原来不是黑白电视,是彩色的,但伴音还是打不出来。今天见到的都是特供,只有这台电视例外。这使我想起了数盲常说的话:好钢要用在刀刃上!我今天就是到了刀刃上。

四

我和蓝毛衣住在医院里养伤，讨论受刑那一天的感受，一致认为在铝合金棚子里等待的时候最难熬。那一天市长和四个副市长都发了言，一共讲了五个多钟头，只有寥寥数语提我们的事，大多数时间却在谈精神文明问题、生产问题、污染问题、计划生育。考虑到我们就要血肉横飞，闲扯这些淡话真是有点奇怪，所幸我们在棚子里一点都听不到（这是后来知道的），只看见武警在打呵欠。隔了老半天，才有人把玻璃门打开一条缝。蓝毛衣"刷"地站了起来，正要走出去，那人却说：不要着急，还早。我就是告诉你们这个。然后关上门走掉了。蓝毛衣就在棚里来回走，我却坐了下来，想打瞌睡，但是睡不着。要知道也许再过一会儿我就要死了。所以我就琢磨那个手铐——那东西是那么像不锈钢，仔细看却能看出，它的颜色有点灰暗。真的钢比它亮。这也许是因为镀了一层无光膜。后来我又把手铐举到玻璃边轻轻地敲，声音很脆，但是有点轻飘飘。敲着敲着来了一个哨兵，对着我蹲下来。我还是继续敲，他就张大嘴巴，让我看嘴形——干——什——么？我也这么答道：不干什么。不干什么。他说：不——准——敲。我说：就——敲。他端起枪来，对准我的胸口。我把胸膛往上一挺。他就笑了。然后回头看了看，走开了。

后来人家告诉我们说，那一天电视在向全国转播，大家等着看北戴河抽人，等来等去不见动手，不是数盲的人都熬不住，睡着了。数盲倒是瞪着大眼在看着，但也早忘了等着干什么。电视镜头一会儿照照这个，一会儿照照那个，终于照到了一个人在啃面包，就转播了那个面包消失的全过程。然后他像眼镜蛇一样张开大嘴，让全国人民看他的扁桃腺，还用舌头舔面包渣，这使我好一阵见了面包就恶心。然后又转播了一个人抽烟，抽了一口，憋住了气，用左眼看看烟头，再用右眼看看烟头，最后用两只眼看烟头，把自己看成了对眼，足足憋了四分钟，才把那口淡淡的烟呼出来。后来知道，那个人原来是个蹼泳运动员，肺活量大得惊人。我要是有那么好的肺，就绝不吸烟。还转播了一个小会计给自己化妆，先是仔仔细细给自己画眼晕，画完了，照照镜子，用纸擦掉，再画一遍。忽然之间，她拿出口红，给自己画了个大花脸，然后吐着舌头给别人看。我要是像她那么年轻漂亮，就绝不在电视上糟蹋自己。后来才知道，电视摄像机位置很隐蔽（同样很隐蔽的还有一大批狙击手），会场上的人一点也不知自己上了镜头。后来这些上镜头的人都倒了霉。然后有人嘘起来，等到嘘声很大的时候，武警朝天鸣枪，大家都趴下，数盲往天上看。但是我们在棚子里看不到武警鸣枪，也听不见。只看到大家趴下数盲朝天上看，所以一点也看不明白。假如不是在屏幕上见到了熟人，我还以为放错了频道，这是个电视剧哪。看见这种情形，蓝毛衣就哭起来了。

我在受鞭刑之前，在一个玻璃亭子里关了很久才去挨抽。当时我以为自己很可能马上就会死掉，但是没有，虽然挨第八鞭后死了一会儿，吸了氧气，打了强心针。醒过来以后，有人要把我解下来送医院——余下的下回再打。我坚决不同意，并且抱着柱子不撒手，说自己没问题。我可不乐意再被关在棚子里。数盲们尊重我的意见，又打了我四下，然后七手八脚地把我解了下来，要架我上担架。但经过现场抢救，我还能自己站住，就把搀扶的手都推开，从台上走下去。这时候会场上已经乱了，到处都在和武警扭打，还有枪响。只有台前一片人端坐不动——都是我的同事。不动是对的，动就会有伤亡，而且伤了谁都不好。我不在，也不知是谁在为头。我朝那边走了几步，又被人架住。公安局的老大哥凑着耳朵说，你还是快走为好。我点点头。就在这时，有个女人站了起来，她戴着墨镜，穿一件薄呢子大衣，高跟靴子，径直走过来，原来是我前妻。原来她回到部里，掌握着这帮人，这我就放心了。我对她说：你给我根烟。她拿出烟来，吸着了放到我嘴上。我抽了一口，猛烈地呛咳起来，同时眼前阵阵发黑，赶紧取下烟来又递给她，说道：给别人吧，别糟蹋了。然后我就人事不知了。

我说过，蓝毛衣在棚子里哭过，当时她说：你看看，他们都在干什么？一点都不尊重我们。我赶紧安慰她说：会尊重的——不尊重我们，也得尊重国家的鞭刑。但是我心里却在想：看来他们把我们安排成了个会尾巴。所谓会尾巴，就是很不重要的议题，万一来不及进行，就推到下次会。看情形，我们要被押回医院。以后还要五点起来，灌肠导尿——导尿这件事最可怕，因为二等兵王二不经折腾，动不动就直起来，那些小护士面面相觑，然后说：老大哥，可喜可贺。她们的意思是说我这把岁数了还这样可喜可贺，但我觉得自己为老不尊，难堪得很——这些还可以忍受，还要在这个棚子里等候，不知会等到什么时候。因为有了这些细节，所以真被绑到 X 形架上时，我倒感到如释重负。

现在我知道，其实数盲们很重视我们，那天唯一的议题就是揍我们，但是不管揍谁，哪怕是揍自己，数盲们都要讲两句，两句并不多，在这方面我们没话可讲；不幸的是数盲根本就不知两句是几句，讲起来就没完。因为这个缘故，蓝毛衣哭得很伤心。我让她把头倚在我肩上，因为我是老大哥，比她大二十多岁，我显得既端庄又体贴。其实我也一阵阵地想撒癔症。在一个静静的玻璃棚子里，看着外面的浑浑噩噩，再加上自己生死未卜，我心情坏得很，但我能控制得住。这一切得益于我前妻对我的训练。当年在碱场里，她训练我走正步，喊了"一"后，就这样对我说：王犯，你脾气很坏！而我保持着金鸡独立的姿势，朗声答道：报告管教，一定改！她压低了声音说：看着点人。然后凑过来吻我一下说：告诉你，不准改，改了就没意思了。你只要控制住自己就行了。因为有这样的训练，所以我不但能控制自己，而且能眼观六路耳听八方。一下在电视上看到了玻璃棚子，透过玻璃还看见我和蓝毛衣拥在一起,就说,咱俩上电视了。蓝毛衣转过身来,把哭哭啼啼的样子暴露在大庭广众之下。等到看明白这一点,她暴跳如雷,原地跳了好几下高。后来又对我说:老大哥,你得为我作证,我可不是怕了才哭的。我说:当然,但也得我能活着才成。

后来电视调了一下焦距,棚子、玻璃都不见了,只剩下我们两个,坐在椅子上。我们俩笑着朝电视招了好多次手,但是没什么反应。我眯着眼睛,想把摄像机找出来,但是阳光正从那个方向来,所以什么都看不到。蓝毛衣倚着我说,她有个好主意,假如我挨了鞭子不死,我们俩就傍起肩来。我说,这是老生常谈。我有个更好的主意。她振作起来,说道,结婚?生个孩子?我说,不是的。我想认你当我干女儿。她勃然大怒,跳起来用并在一起的手打我。后来她说,你们这些混蛋,都不和我好,都让我当女儿!我的便宜这么好占吗!这种说法引起了我的注意,这孩子的脾气、体态、相貌无一不是当女儿的料。但是她的亲生父母怎么了?假如有父母的话,谁也不敢来挨鞭子。这个问题的答案是这样的:用不着你操心!他们是数盲!早不认我了!然后她问我,当你女儿也可以商量。你爱我吗?我说,爱。与此同时,双眼平视着她,用交叉在一起的食指指向她的胸膛。她的胸脯很大,对她那个年龄的女孩子来说,实在是太大了。

五

我前妻训练过我怎么说"爱",这一手在受鞭刑之前,面对蓝毛衣的时候用上了。这种训练是这样的:在走正步时,她喊二(如前所述,"一"的内容是有关我的脾气),我换了一条腿站着,她问道:王犯,说"爱"的要领是什么?我就答道:报告!双眼平视对方,平静、缓和、深情地,用胸音!她说,转过来,做一遍!我保持着"二"的姿势,单腿转过身来——这一手就是少林寺武僧也要佩服的——对她说了爱。她问:周围有人吗?我说:没有(当时是清晨四点半,天还不大亮)。她说:很好。还有呢?我说:报告。你得先说稍息才成。她说:稍息。我就放下腿,走过去吻她,做得和热恋的情人一样。这时候她说:你要是能"情不自禁"就好了。我说:是!管教!请指示要领!她勃然大怒,说:混账!我要揍你!我就咔嚓一转身,面对我们的木棚做好了跑步的准备姿势,朗声答道:是!管教!拿鞭子还是拿棍子?我以为能把她气疯,但是没有。她叹了口气,说道:不和你怄气。现在——解散!我受训的事就是这样的。等到开 party 那晚上,我们俩躺在双人床上,我用胳臂揽着她。她问我,在碱场干吗这样怄她。我憋了一口气,好半天才吐出来,什么也没说。她猛地翻身起来,扑在我身上,用手指划着我的胸膛说:等你死了,我要把你的心扒出来,吃下去！我说：用不着等那么久，现在就吃吧。于是她在那里咬了一口，留下几个牙印。后来在医院里，一个女医生也看见了，她问我谁咬的，我问她问这个干什么。她说没什么，这个女人的牙很好呀。但是这又扯远了。

我在玻璃棚子里对蓝毛衣说了爱，就照要领行事，但因为两个人都戴了铐子，所以我往左扭，她往右扭，就这样往一块凑，从头顶往下看，一定像个太极图。就在这时，棚子的拉门哗一声拉开了。我们俩站了起来，站得笔直。门口站了一大群人。公安局的老大哥说：你们俩谁是头一个？我看了一眼蓝毛衣，发现她脸色苍白，就朝前跨了一小步——但是蓝毛衣已经大步走了过去，我就退回来坐下。她把手伸过去，人家给她开了铐，她就往外走，但是被好几只手推了回来。拉门又关到只剩一条缝，那位老大哥在外面说：别着急，还要等等。这下连我都沉不住气了，跳起来问道：等到什么时候？他说：这我也不知道，和我急没用。他对蓝毛衣说：再叫你就脱掉外衣，快一点，大家都少受罪。然后拉上门，上了锁，走了。所有的人都走了。蓝毛衣转过头来，说：现在干什么？声音发抖。我知道她怕了，就说：活动活动。语气平缓，一如平日。这可不是我前妻训练出来的，而是我的本性。当初她在身后一枪打穿了我的帽子，我还是不急不慌。而不急不慌的原因是我极傲，甚至极狂。我已经说过，狂妄是艺术家的本性。这种品行深为我前妻所不喜，所以她常拿着手枪对准我的脑袋，说道：王犯，我要一枪崩了你,然后自杀。我真的吓得要命——谁知枪里有子儿没有——但我还是挺得住,说道:报告管教,崩完以后,您就说走了火,不用自杀。她把枪口拿开,说道:王犯,你是瘦驴屙硬屎,你承认了吧。我真的是瘦驴屙硬屎,但我就是不承认。哪怕她真的崩,我也认了。

我在玻璃棚子里老想起我前妻,而眼前的事却是蓝毛衣在伸臂,下腰,踢腿。一活动起来,她的胆子就大了。后来她在屋里翻了一个跟头,然后走到屋角,脱下高跟鞋,倚墙倒立起来,于是夹克、裙子都溜了下来,露出了肚皮、内裤、吊袜带、大腿等等。要知道,我们现在正上电视,我就朝她摇头道:不好看。她又正过来,穿上鞋,搓着手上的土,走到我身边来,说道:我的腿不好看?我说其实是好看的,但是咱们在上电视,你别毒害青少年。

有件事必须解释一下,我们的电视没声音,于是我就以为电视是无声的。其实不对,电视有声音,所有的地方都被人下了微型话筒。所以我们在棚子里说话,全中国,乃至全世界都能听见。这是因为全世界的电视台都买了转播权。这句话就被上级数盲听见了,发出指示道:我们的好多同志,觉悟还不如一个犯人!乱七八糟的镜头怎能上电视!这个指示就往前方(这是电视行业术语,指转播现场)传,但是怎么也传不到,电话一会儿打到新疆,一会儿打到西藏,当地的数盲就大慌大乱,打听他们觉悟为什么不如犯人，不如哪个犯人。平时乱七八糟的事也有，都不如那天糟糕，但是这件事当时我们并不知道。我们在等待，太阳逐渐不那么厉害了，棚子里也没有刚才热。我们都冷静下来，并肩坐着看电视，电视里就是我们自己。只要心平气和，就能觉得活着是好的，不管是怎么活着。

六　认识

一

受过鞭刑后,我的头发都白了,还多了一种咳嗽的毛病。这不能怪别人,尤其是不能怪受刑,要知道我身体一直不好,还有吸烟的恶习。现在我戒了烟,但是我的肺已经被烟熏了三十年,病根深入每个肺泡。上级通知我,可以办出国,但是我拒绝了。这是因为我的手抖了起来——这不是病,而是年老。挨过了鞭子,我已经不止四十八岁了。不管怎么说吧,作为一个艺术家,我已经完蛋了,虽然还能凑合画几下。我现在能做的事,就是写作,而写作只要能说话就可以。我一点也不想出国,因为我生在这里,就死在这里也好。按我的身体外表来看,已经有七十岁,该做这方面的考虑了。在此我申明自己的态度——鞭刑是新鲜事物。作为一个受刑人,我认为它对我有好处。当然,它对身体有点损害,但是皮肉之苦可以陶冶情操；另一方面，假如犯了法就送去砸碱，我国的识数人口就会不够用了。人力资源是我国最伟大的资源，有二十亿之多。唯一的问题是识数的人太少了。在这种情况下，让不识数的受徒刑，识数的受鞭刑，实属英明之举。另外，正如数盲们已经指出的那样，我们需要疼痛。疼痛可以把我们这些坏蛋改造成新人。

有关鞭刑，还可以从其他方面来认识。它可以使社会上有关方面心理上得到平衡。我们心情烦了就开 party，数盲们也会烦，特别是感到戴了绿帽时。这时候就该找个人抽一顿。当然，要把全体绿帽子的发送者都抽一顿是不可能的，人力物力都不许可。所以就来抽我。这是应该的——我是老大哥。

而蓝毛衣挨抽也有道理：保安同志最恨城里人。我们吃得好（其实也不好，只是相对他们而言），住得好（同前），干活也轻松，这是凭什么？无非是凭了脑子聪明。这一点他们真比不上，所以心里有气。有气了就来打架，在斗殴中又总吃亏。好容易逮着一个落单的，又把他打死了，自己贴进一条人命。他们需要有个机会，既安全又有效地抽我们一顿。蓝毛衣就给了他们这样的机会。事后保安同志们一致认为抽蓝毛衣过瘾，但是数盲们不这样看。

蓝毛衣经过治疗，身体完全恢复了。她现在常来看我，提到我们之间的事，我就说：现在不行了，我认你做干孙女吧。她勃然大怒，摔了我的茶杯，还说：混账，你真是占便宜没够！——这是因为我们一起受刑，我很爱她。假如受刑日我和蓝毛衣在棚子里的举动有什么不妥，我愿负全部责任，并愿受鞭刑。上次抽了我的背，把我抽老了二十岁，这回请抽我胸口，没准能把我抽回来。

至于那些不妥的举动是这样的：我和蓝毛衣在棚子里坐着，直到日暮时分。忽然听见有人在敲玻璃门。回头一看，是公安局的老大哥，他往台上比了个手势。蓝毛衣点点头，回过身来，拿出条黑丝带，在脖子上打了个蝴蝶结，问我怎么样。我说：好看。她站起来，俯身吻了我的脸，笑笑说：老大哥，和你在一起真好！我走了。我说：你走吧。然后低下头来，不去看她。因为她笑起来很好看，所以我已经爱上了她——按我现在的情形来看，这种爱有乱伦之嫌。

后来她就走到一边。听见她嗖嗖地拉拉锁，我禁不住扭头看了她一眼——我的卑鄙动机是这样的，没准我就要死了，不看白不看——看见她只穿了黑三角裤，长袜，高跟鞋；脖子上系着黑蝴蝶结，皮肤白皙，很可爱。后来所有的人（数盲不在内）都要交待，那天看见了没有，承认看见的要办学习班。我什么都看见了，而且在极近的距离内，所以早该去学习班。她的乳房又大又圆，一边长了一个，总共是两个。然后她朝我露齿一笑，走到我面前说：摸摸。我往直里坐了坐，捧起那两个东西，用嘴唇轻轻触她的乳头，两边都触过了，然后把她推开，拍拍她屁股，说：你去吧。这当然是危险动作，但是我当时生死未卜，不怕危险——她就往门口走。门已经开了，进来不少人。我没有回头，在看电视。从电视上看见有两位警察奋勇摘下大檐帽，遮在她胸前。还有些人揪住她的头发，扭住她的胳臂，拿个黑布口袋要往她头上套，她在奋力挣扎。后来同志们又把她放开了。考虑到国际影响，我认为是对的。对外宣传的口径，是我们俩犯下罪行后，天良发现，自愿挨一顿鞭子，用皮肉抵偿国家财产的损失和别人的鼻梁，这样说很好，但唯一的问题是国家要我们的皮肉干什么。我和蓝毛衣就是按这个口径进行。过了一会儿，她走到台上，朝四面招手、飞吻，但是身前总是有两个人，举着大檐帽。然后就被带去挨鞭子。我知道上级对我们很重视，从外省请来了好几个赶大车老把式，还反复操练过，所以一鞭子就把她打得像猫一样悲鸣。这个过程相对比较快，因为蓝毛衣身体很棒，只晕了一次，而且用水一泼就醒过来。后来她破口大骂，和宣传口径配合不上了，这样一来只好速战速决，赶紧把她解决掉。等到抽我时，架子上还热乎着哪。我挨打时紧贴在她的体温上，这种体温在某种程度上抵消了疼痛。假如没有这种抵消作用，我就是死定了。

对于我们挨鞭子的事，有必要补充一点：作为一个前美术工作者——或者按南方的说法，作为一个美术从业员，我认为自己在受鞭刑时很难看。假如不是看录像，我还不知自己上身长下身短，更不知自己手臂是那样的长；在台上举起双手向观众致意时，简直像双鹤齐唳。除此之外，我身上没什么肉，却有极复杂的线条：肋骨、锁骨、胸骨等等，从正面看，就如从底下看一只土鳖虫。应该有人举着大檐帽遮在我胸前，但偏不来遮。挨打时我就如土鳖受到炙烤，越打背越弓，最后简直缩成了一个球。而且我一声也没吭。而蓝毛衣受刑就很好看，她肉体丰满，挣扎有力，惨呼声声，给人以精神上的震撼。受刑后，信件从全世界飞来，堆在医院的门厅里。不管是男是女，都是向她求爱，让我离她远点。因此，谁可爱谁不可爱，谁表现好谁表现坏，昭然若揭。但是数盲们认为我的表现比蓝毛衣还好，真是糊涂油蒙了心了。

二

我以为挨了鞭子之后所有的事就算结了呢，现在知道没这么简单。上级让我谈受鞭刑的认识，谈好了再出院。我觉得这事很古怪，住院是因为我有伤，现在我拄着棍能走路了，还住在医院里干什么。有什么要谈的，等我上了班再谈也可。上级说：这里条件很好嘛，你为什么要出院？我说我想上班。他们就说：我们认为你不必上班，就住在医院里吧。因为他认为这是对你好，所以就不听你申辩，只有对你坏时才让你申辩，但是申辩又没有用。

我说我要出院想上班是真的，虽然听上去有点难以想象。我听说我前妻辞掉了市府的位子，回技术部工作了，像这样的事近十年不曾有过一起，但是现在每天都有好几十起。虽然领导上没让她当常务副部长，但是部里人叫她老大姐。这使我发了疯地想出院回到部里去。这个鬼医院不准探视，也逃不出去，比监狱还监狱。我对数盲说，你们是不是想等我养好了再抽几鞭子？不要拖拖拉拉，现在就抽好了。他们说绝不是的，只是要请我谈谈认识。我已经谈过了（上一节就是），以为他们看到那样的认识会把我放出去。数盲说，那样认识是不行的，还要再进一步。他妈的，不知往哪里进。说实在的，挨了一顿鞭子，我对世界的认识是进了一步，但是我知道把它谈出来不是很恰当，尤其是谈给数盲去听。

数盲们一会儿说我受刑表现很好，一会儿又说，应该再抽我几鞭子才好，简直把人搞糊涂了。他们说我表现好，我就说：谢谢。他们说要再抽我，我就问：什么时候抽？他们目瞪口呆，接不下话茬。这说明这些话都不是认真说的，换言之，是废话。至于蓝毛衣的表现，他们一致认为是恶劣之极，但是谁也不说要抽她。据说有几位数盲看抽她时发了心脏病，这是她裸露身体受鞭之过。这件事不足为奇，他们想看到的是抽我。蓝毛衣是另一个节目，不是给他们看的——放错频道了。

女孩子受鞭刑时必须要露出肉体，但是电视上不能有女人的肉体，这是个两难命题。所以听说现在有了这样一种做法：在受刑前，先在她身上涂一层迷彩，涂得哪是乳房、哪是屁股，全都看不出来。但是这又引出了另一个问题：涂了迷彩后，她在哪里也看不大清。所以现在进口了热像仪供掌鞭人使用。但是还有一个问题，就是在热像仪上看不清谁是谁，除此之外，车把式也不够聪明，操作不了热像仪，所以经常把警卫打着，但是这个问题已经很小了。

至于我表现不好的地方，是当众亲吻了蓝毛衣的乳房。我的态度是：反正亲都亲过了，你看怎么办吧。我的认识就是这样的。顺便再说一句：数盲们把我除名了，我现在不是老大哥了。现在让我谈认识，谈好了放我出国。但我一点也不想出国。既不在技术部工作，也不是老大哥，我还出国干什么。

他们让蓝毛衣出院了，理由是她表现不好，还给了她延长实习期的处分。这对她没有什么，我看她乐意在技术部里干，但是对我就很严重。我现在被转到一个单间里，除了送饭的老太太，谁也不让进来。假如蓝毛衣在，她会打进来，我还能有人说说话。现在除了拿着录音机来听我认识的数盲，我谁也见不着了。我这一辈子从来没有这种经历，所以我脾气变得很坏。

有位数盲对我说：你想想，你为什么会住在这里？我们又为什么把你从技术部除名？我说实话：我不知道。和我拐弯抹角地说话是没有用的，除非你是想露一手幽默感。但是众所周知，数盲没有幽默感。等他走了以后，我想：他这不是暗示我得了数盲症吧？假如是这样，这小子就有了幽默感啦。

三

在 X 架上，最能感觉自己是个造型艺术家，有丰富的空间想象力。比方说，有一鞭是斜着下来的，你马上变成两块硬面锅盔，或者是 cheese cake，对接在一起。假如有一鞭横着抽在腰眼上，就会觉得上半身冲天而起，自己有四米多高。假如鞭子是竖直地抽下来，你就会觉得自己像含露的芙蓉，冉冉开放。每一鞭的感觉都不一样，这是因为每一鞭都换个把式，每个把式鞭打的概念都不一样——一样的是他们都是农村来的，痛恨我们，说我们在城里吃得好住得好，不好好干活还闹事，就是该揍——疼痛也在变化，一开始像个硕大的章鱼，紧紧吸在胸前，后来就变得轻飘飘，像个幽灵，像一缕黑烟。到了这个程度，就快不行了。我这样说，数盲们本该很高兴。但是他们不高兴——这些比方他们听不懂。

蓝毛衣挨抽的感觉肯定和我大不一样。本来该抽脊梁，却常常歪到屁股上。因为这个缘故，受刑之后刚把她放下来，她就冲到车把式面前，挨个儿啐人家，一连啐了三个人，才晕死过去，被人抬走了。年轻人就是身体好。我被放开时，像水银一样往地上出溜，就地抢救了一阵，才能爬起来。这就是我挨抽的认识，可以断言，不是数盲们爱听的那种。

以下的认识，数盲们大概也不爱听。而我这样谈，是因为我已经烦透了。当我露出一身骨头，站到台上向大家致意时，有一种投错胎转错世的感觉。假设有位数盲光着脊梁腆着大肚子到了台上，低头找不到肚脐眼，也会有这种感觉，因为谁生下来也不是为了挨鞭子呀。后来人家用皮绳捆着我手腕往架子上吊（那帮家伙手真狠，把我下巴颏撞破了），让我的光板胸膛体会到 X 形架的厚重和蓝毛衣的体温，这时候我抬着头看到头顶棕黄色的烟云——万籁无声。此时在我视野里，只有一个血迹斑斑的 X 形架的上半部，还有楔形黄色的天空，万籁无声，还有背上冷飕飕的，时间停住了。你说这是在干吗呢？我不知别人会怎么想，反正我此生体验到的一切荒诞，在此时达到了顶峰。

数盲们说，我们花了宝贵的外汇进口了鞭子，开了万人大会向全国转播，市长副市长都讲了话，难道，就是为了让你体会到这些？这是巧妙的发问，但也属于我此生体会到的种种荒诞中的一种。所谓外汇、万人大会等等，都是为了铺垫数盲们的殷切期望和拳拳爱心，而我，渺小的王二，怎敢不感动？我的回答是：你不妨把我想象得更渺小，就说我是个分子，物理学证明，分子有分子的轨道——假如说我不配，那就说我是个原子，原子也有轨道，更小的东西更有轨道，凡是东西必有轨道——你去把你的期望和爱心投到分子上面，看看可能把它从轨道上移动分毫？不管怎么说，挨鞭子的是我，认识是我的事。我的认识还没说完呢。我说过，此生体会到的一切荒诞，都在鞭刑架上达到了顶峰。这就是说，我觉得一切都不对头。不是一般的不对头，而是彻头彻尾的不对头。

  数盲们要我说明什么叫不对头，我能想到的一切比方都和数学有关，比方说，你在证一道数学题，证出了一些触目惊心的结论：三角形内角和有七百二十度、四方形是圆的等等；此时就会觉得不对头。但是数盲早把数学全忘了，所以就说不明白。这件事说明会讲话不等于会思维。数盲们做大报告，就如坐在马桶上放松了括约肌，思维根本来不及。事实上思维就是分辨对头和不对头，而数盲就是学会了如何做报告而忘记了如何思维。我的这些认识都是说给会思维的人听的。我认为我们该做的事是把一切已知的事都想明白，然后再去解偏微分方程不迟。现在我就能想出件不对头的事，是有关蓝毛衣的：又要抽人家，又不让人家露肉，这对不对。假如这样想，就会发现世界上根本没有两难命题，只有从根上就不对的事而已。我被绑在架子上等着挨鞭子时，就觉得从根上都不对。假如这事不是发生在我身上，我就不会这样想。

四

小的时候，我哥哥告诉我，这世界上有种东西叫做"荒唐"，它就像关节疼，有时厉害，有时轻微，但是始终不可断绝。但是我八九岁时哪儿都不疼，所以就耸耸肩，表示不能想象。现在我身上疼的地方可多了，所以认为它是个很好的比方。我小的时候，听到"形势一片大好""前途是光明的，道路是曲折的"之类的话，只觉得它是一些话而已，绝不会像我哥哥那样笑得打跌。人是不会在八岁时就体会到什么是荒唐的，但像我这样一直到了四十八岁，挨了一顿鞭子才明白，就实在是太晚了。

我在X形架上感到的荒唐是这样的：眼前这个世界不真实，它没有一点地方像是真的，倒像是谁编出来的故事——一个乌托邦。刚这样想了，背上就挨了一鞭子，疼得发疯——假如你想知道什么是疼得发疯，就找个电钻在牙上钻一下子——这时候我不禁口出怨言:妈妈的,你让我怎样理解才对！在冥冥中得到了回音：你怎么理解都不对，这就叫荒唐！像这样的鬼话，数盲们看了以后一定气得要死。假如真是这样，我的目的就达到了。他们抽了我一顿，还让我谈认识。谈了很多次，却说不懂我的意思。

我对荒唐的理解是这样的：它和疼痛大有关系。我们的生活一直在疼痛之中，但在一般条件下疼得不厉害，不足以发人深省。就以我哥哥来说，去插队（挨饿），得了关节炎，他都不觉得有什么。

直到关节炎发展到了心脏病，做手术，可巧那一回上级要求做个针刺麻醉的手术给外宾看，就把他挑上了。领导上要求始终面带微笑,他做到了。但是事后告诉我：针刺一点作用没有,完全是干拉。拉到要翻白眼时，大夫说：病人挺不住了,上麻药吧。领导上却说：念段毛主席语录给他听——这是"文化革命"里的事。我哥哥始终微笑着，是怕领导说：这小子做怪相,甭给他做手术了——就这样开着胸腔在手术台上，肯定比疼还糟。做完手术后，他告诉我,有荒唐这种事，但我不懂。砸过碱、关过小号、被保安开过瓢后，还是不懂。等到吊上了架子，挨了一鞭子才懂了。那是一种直接威胁生命的剧痛，根本挺不住的,可是我被吊在那里，还有十一鞭子等着你哪，你说往哪里跑吧。由此就得到了疼痛的真意：你的生命受到了威胁；轻度的疼痛是威胁的开始，中度的是威胁严重，等到要命的疼时，已经无路可逃了。

我住医院的时候,他们发现了我的日记本,拿去研究了一番,又还给我了,还问我以前的日记哪里去了。以前我是不记日记的,原因就是怕数盲们看见。现在我变了主意,不但记日记，还把它放在数盲们能看见的地方。如果有话不说，就是帮助他们掩饰荒唐。在这本日记上，数盲在幽默感有两个传统来源（见"三、蓝毛衣 & 我前妻"）"数盲和生殖器"处打了个大问号。据我所知,保安员同志们的幽默感也有两个来源,"眼镜"和生殖器。眼镜就是我们,这提示了幽默感从何而来。当你发现有什么人和东西比你聪明，你莫奈他（它）何时，就会开怀大笑。我们比保安员聪明，这是不争的事实，而生殖器比我们聪明也是不争的事实。它最知道自己要什么，一次都不会搞错。当然，最聪明的是数盲，他们不但知道自己要什么，而且都能得到。数盲最伟大的地方，就是能够理解，并且利用荒唐。因为他们如此聪明，就觉得那东西蠢得很，一点都不逗了。

有位数盲警告我说，我的认识很危险。这就是说，我已经和易燃易爆物品列入一类了。危险的东西应该由上级来掌握，这就是说，我再也别想从医院里出去了。

有关"危险"这件事，我现在是这么看的：假如有什么东西对他们有用处的话，数盲就说：这有危险！说了以后，它果真就有了危险——谁敢来拿就会挨顿揍——当然，这种危险是对我们而言。我不明白，我对他们有什么用处。我一个糟老头子，一条腿也被打坏了，走路都得挂拐。就算他们是同性恋，这个玩笑也开得过分了。

除此之外，我什么都能够解释通了。当然，危险的定义还要拓宽一些。除了对他们有用的东西，对他们危险的东西也在内。比方说，有魅力的女人，比方说，我前妻，其实对他们毫无用处，但是我们和她们在一起时什么都敢干，所以对他们有危险，要赶紧从我们这里调走。鬼聪明的男人，比方说小徐，也有危险，假如不吸收他入伙，就会把什么都揭穿。最重要的一点是：没有什么对我们是有危险的，甚至连鞭刑都不危险。活到这个份上，还有什么可怕的呢。

我还要说，数盲把一切有危险的东西都拿走了，也就拿去了活下去的理由。等到明白了这一点，我们就会有最大的危险性——这是对他们而言。这就是说，干什么事都要有个限度——物极必反。

五

有一件事我始终不明白，就是女人为什么不得数盲症。

他们把我从医院里放出来了。我也不知为什么。回到技术部一看，一个人都没有。有种直觉叫我到海滨广场去看看。这不是什么好兆头……

七　结局

老大哥王二在我受鞭刑时死掉了——我是他的前妻,这本日记现在在我手里。他住院时,领导上说他得了数盲症,但是我不信。他不会得数盲症,因为他是天生的老大哥,永远不会改变。我要说,他对危险的态度过于乐观了——他以为受过鞭刑之后,这世上再没有对他危险的事了——他就是因此死掉了。女人不得数盲症的原因很简单——得了没有好处,所以很少有人得,得了也只会受人耻笑。老左就有数盲症,她跑到我这里来,我们三个女人:我、蓝毛衣、老左,哭了一顿,纪念这个男人。对于爱上他这一点,我从来就没有后悔过,今后也不会爱上别的人了。当一个人爱另外一个人时,后者受鞭刑,鞭子就会打到前者心上。我是这样,他也是这样。唯一的区别是,我的心脏比他的好。现在我人活着,心已死。这是一件好事。我可以平静地干我该干的事了。

2015

一

从很小时开始，我就想当艺术家。艺术家穿着灯芯绒的外套，留着长头发，蹲在派出所的墙下——李家口派出所里有一堵磨砖对缝的墙，颜色灰暗；我小舅经常蹲在这堵墙下，鼓起了双腮。有些时候，他身上穿的灯芯绒外套也会鼓起来，就如渡黄河的羊皮筏子，此时他比平时要胖。这件事留给我一个印象，艺术家是一些口袋似的东西。他和口袋的区别是：口袋绊脚，你要用手把它挪开；艺术家绊脚时，你踢他一下，他就自己挪开了。在我记忆之中，一个灰而透亮的垂直平面（这是那堵墙的样子）之下放了一个黄色（这是灯芯绒的颜色）的球，这就是小舅了。

在派出所里能见到小舅。派出所是一个灰砖白墙的院子，门口有一盏红灯，天黑以后才点亮。那里的人一见到我就喊："啊！

大画家的外甥来了！"有种到了家的气氛。正午时分，警察在门边的小房间里煮切面，面汤的气味使人倍感亲切。附近的一座大地咖啡馆里也能见到小舅，里面总是黑洞洞的，不点电灯，却点蜡烛，所以充满了呛人的石蜡味。在咖啡馆里看人，只能看到脸的下半截，而且这些脸都是红扑扑的，像些烤乳猪。他常在那里和人交易，也常在那里被人逮住，罪名是无照卖画。小舅常犯这种错误，因为他是个画家，却没有画家应有的证件。被逮住以后，就需要人领了。派出所周围有一大片商店，是上世纪五十年代建造的大顶子瓦房。人行道上还有两行小银杏树，有人在树下生火烤羊肉串，烤得树叶焦黄，景色总像是秋天；后来那些树就死掉了。他住的地方离那里不远，在一座高层建筑里有一间一套的房子——那座楼房方头方脑，甚是难看，楼道里也很脏。不管你什么时候去找——我舅舅总不在家，但他不一定真的不在家。

我舅舅是个无照画家，和别人不同的是，他总在忙些正事。有时他在作画；有时他卖画，并且因此蹲在派出所里。他作画时把房门锁上，再戴上个防震耳罩，别人来敲门听不见，打电话也不接，独自一人面对画架，如痴如狂。因为他住在十四层楼上，谁也不能趴窗户往里看，所以没人见过他作画，除了一个贼。这个贼从十三楼的阳台爬上来，打算偷点东西，进了我舅舅的客厅，看到他的画大吃一惊，走过来碰碰他说：哥们儿，你丫这是干吗呢？我舅舅正画得入迷，呜呜地叫着说：别讨厌！老子在画画！那个贼走到一边蹲下看了一会儿，又忍不住走过来，揭掉小舅左边的耳罩说：喂！画可不是这种画法！我舅舅狠狠地搡了他一把，把他推倒在地，继续作画。那人在地上蹲了很久，想和我舅舅谈谈怎样作画的问题，但始终不得机会，就打开大门走掉了，带走了我舅舅的录像机和几千块钱，却留下了一张条子，郑重告诫我舅舅说：再这样画下去是要犯错误的。他自己虽然偷东西，却不忍见到小舅误入歧途。作为一个善良的贼，他对失主的道德修养一直很关心。我舅舅说，这条子写得很煽情——他的意思是说，这条子让他感动了。

后来有一天，我舅舅在派出所里遇上了那个偷他东西的贼，他们俩并排蹲在墙下。据我舅舅说，那个贼穿了一双灯芯绒懒汉鞋，鞋上布满了小窟窿。此君的另一个特征是有一头乱蓬蓬的头发，上面全是碎木屑。原来他是一个工地上的民工，有时做木工的活，这时候头发上进了木屑；有时候做焊工的活，这时脚上的鞋被火花烫出了很多洞；有时候做贼，这时候被逮住进了派出所。我舅舅看他面熟，但已不记得他是谁。那个贼很亲热地打起了招呼：哥们儿，你也进来了？我舅舅发起愣来，以为是个美术界的同行，就含混地乱答应着。后来贼提醒他道：不记得了？上回我到你家偷东西！我舅舅才想了起来：啊！原来是你！Good morning！两人很亲切地聊了起来，但越聊越不亲切，最后打了起来；原因是那个贼说我舅舅满脑子都是带颜色的豆腐渣。假如不是警察敲了我舅舅的后脑勺，小舅能把那个贼掐死；因为他还敢说我舅舅眼睛有毛病。实际上我舅舅眼睛是有外斜视的毛病，所以恼羞成怒了。警察对贼在艺术上的见解很赞成，假如不是他屡次溜门撬锁，就要把他从宽释放。后来，他们用我舅舅兜里的钱给贼买了一份冰激凌，让他坐在椅子上吃；让我舅舅蹲在地上看。当时天很热，我舅舅看着贼吃冷食，馋得很。

我常上派出所去领小舅，也常在派出所碰上那个贼。此人是唐山一带的农民，在京打工已经十年了。他是个很好的木工、管子工、瓦匠，假如不偷东西，还是个很好的人。据说他溜进每套房子，都要把全屋收拾干净，把漏水的龙头修好，把厨房里的油泥擦干净，把垃圾倒掉；然后才翻箱倒柜。偷到的钱多，他会给检察机关写检举信，揭发失主有贪污的嫌疑；偷到的钱少，他给失主单位写表扬信，表扬此人廉洁奉公。他还备有大量的格言、人生哲理，偷一家、送一家。假如这家有录像带，他都要看一看，见到淫秽的就带走，以免屋主受毒害。有些人家录像带太多，他都要一一看过，结果屋主人回家来把他逮住了。从派出所到居委会，都认为他是个好贼，舍不得送他进监狱，只可惜他偷得太多，最后只好把他枪毙掉，这使派出所的警察和居委会的老大妈一齐掉眼泪。这个贼临死还留下遗嘱，把尸体捐给医院了。我有个同学考上了医科大学，常在福尔马林槽里看到他。他说，那位贼兄的家伙特别大，躺在水槽里仪表堂堂，丝毫也看不出是个贼，虽然后脑勺上挨了一枪，但不翻身也看不出来。每回上解剖课，女生都要为争他而打架。

我舅舅犯的只是轻罪，但特别地招人恨。这是因为他的画谁也看不懂，五彩缤纷，谁也不知画了些什么。有一次我看到一位警察大叔手拿着他的画，对他厉声呵斥道：小子——站起来说话——这是什么？你要是能告诉我，我替你蹲着！我舅舅侧过头来看看自己的作品，又蹲下去说：我也不知这是什么，我还是自己蹲着好了。在我看来，他画了一个大漩涡，又像个松鼠尾巴。当然，哪只松鼠长出了这样的尾巴，也实属可恨。我舅舅原来是有执照的，就是因为画这样的画被吊销了。在吊销他执照之前，有关部门想做到仁至义尽，打出了一个名单，上面写着：作品一号，"海马"；作品二号，"袋鼠"；作品三号，"田螺"；等等。所谓作品，就是小舅的作品。引号里是上级给这些画起的名字。冠之以这些名目，这些画就可懂。当然，那些海马、袋鼠和田螺全都很古怪，像是发了疯。只要他能同意这些名称，就可以不吊销他的执照。但小舅不肯同意，他说他没画海马和袋鼠。人家说：你不画海马、袋鼠也可以，但总得画点什么。我舅舅听了不吭气也罢了，他还和人家吵架，说人家是傻逼。所以他就被从画家队伍里开除掉了。

如你所知，我的职业是写小说。有一次，我写了一个我大舅舅的故事，说他是个小说家、数学家，有种种奇遇；就给自己招来了麻烦。有人查了我家的户口存根，发现我只有一个舅舅。这个舅舅七岁上小学,十三岁上中学,美术学院油画系毕业,现在是无业游民。人家还查到他从小学到中学,数学最好成绩就是三分,如果他当了数学家,无疑是给我国数学界抹黑。为此领导上找我谈,交给我一个故事梗概,大意是:我舅舅出世时,是一对双胞胎。因为家贫难养,就把大的送给了别人。这个大的有数学才能,也能编会写,和小舅很不同,所以他和小舅是异卵双胞胎。有关这一点,梗概里还解释道,我过世的姥姥是山东莱西人,当地的水有特殊成分,喝了以后卵子特别多。就因为是莱西人,我姥姥像一条母黄花鱼。领导上的意思是让我按这个梗概把小说改写一下,但我不同意——我姥姥带过我,我和她感情极深。我还以为,作为小说家,我想有多少舅舅,就有多少舅舅,别人管不着。我因此犯了个错误,被吊销了执照——这件事已经写过,不再赘述了。

我去领小舅的年代,我妈也在世。我舅舅有外斜视的毛病,双眼同时往两边看,但比胖头鱼的情况还要好一些。我妈的眼睛也是这样。照起镜子时,我妈觉得自己各方面都漂亮,只有这双眼睛例外,她抱怨自己受了小舅的拖累。因为她比小舅先生出来,所以谁受谁拖累还不一定。她在学校里教书,所习专业和艺术隔得很远,但作为小舅的姐姐,我妈觉得自己应该对他多些理解,有一次说,把你的画拿来我们看看。小舅却说:算了吧,看了你也不懂。我妈最恨人说这世界上还有她不懂的事,就把盘子往桌子上一摔说:好,你请我看也不看了!你最好也小心一些,别出了事再让我去领你！小舅沉默了一会儿，从我家里走出去，以后再也不来。去派出所领小舅原是我妈的义务，以后她就拒绝履行。但是小舅还照样要出事，出了事以后放在派出所里，就如邮局里有我们的邮件，逾期不领要罚我们的钱。所以只好由我去了。

从很小的时候我就渴望爱情。我的第一个爱人是小舅。直到现在，我还为此而难为情。我舅舅年轻时很有魅力，他头发乌油油的，又浓又密，身上的皮很薄——他很瘦，又很结实，皮肤有光泽；光着身子站着时，像一匹良种马，肩宽臀窄，生殖器虽大，但很紧凑——这最后一点我并不真知道。我是男的，而且不是同性恋。所以你该去问小舅妈。

小时候我长得细胳臂细腿，膝盖可以往后弯，肘关节也可以往后弯；尖嘴猴腮，而且是包茎。这最后一点藏在内裤里面看不见。我把小舅从派出所里领了出来，天气很热，我们都出了一身臭汗。小舅站在马路边上截"面的"，要带我去游泳。这使我非常高兴，甚至浮想联翩。忽然之间，膝盖后面就挨了他一脚。小舅说：站直了！这说明我的膝盖正朝前弯去，所以我在矮下去。据说膝盖一弯，我会矮整整十公分。又过了一会儿，我又挨了小舅一脚。这说明我又矮下去了。我不明白自己矮点关他什么事，就瞪眼看着他。小舅恶狠狠地说道：你这个样子真是讨厌！我确实爱小舅。但是这个坏蛋对我不好，这很伤我的心。

我舅舅外斜视，我觉得他眼中的世界就如一场宽银幕电影，这对他的事业想来是有好处的。从科学的角度来说，眼睛隔得远，就会有更好的立体感，并且能够更好地估计距离。二十世纪前期，激光和雷达都未发明，人们就用这个原理来测距，用一根横杆装上两个镜头，相距十几米。因为人的眼珠不可能相距这么远，靠外斜视来提高视觉效果总是有限。

后来车来了，我和小舅去了玉渊潭。那里的水有股泥土的腥味，小舅还说，每年冬天把水放干净，都能在泥里找到几个只剩骨头的死人。这使我感到在我身下的湖底里，有些死尸正像胖大海一样发开，身体正溶解在这墨绿色的水里；因此不敢把头埋进水面。把我吓够了以后，小舅自己游开，去看岸上女孩子的身材。据我所见，身材一般，真有一流身材的人也不到湖里来游水。不管有多少不快，那一天我总算看到了小舅的身体。他的家伙确实大。从水里出来以后，龟头泡得像蘑菇一样惨白。后来，这惨白的龟头就印在了我脑海里，晚上做梦，梦见小舅吻了我，醒来擦嘴唇——当然，这是个噩梦。我觉得这个惨白的龟头对世界是一种威胁。从水里出来以后，小舅的嘴唇乌紫，眼睛里布满了血丝。他给我十块钱，叫我自己打车回去，自己摇晃着身躯走开了。我收起那十块钱，小心翼翼地跟着他，走向大地咖啡馆，走向危险。因为我爱他，我不能让他一人去冒险。

我舅舅常去大地咖啡馆，我也常去。它是座上世纪中叶建造的大屋顶瓦房，三面都是带铁栅栏的木窗。据说这里原来是个副食商场，改做咖啡馆以后，所有的窗子都用窗帘蒙住了。黑红两色的布窗帘，外红里黑，所以房子里很黑。在里面睡着了，醒来以后就不知是白天还是黑夜。除非坐在墙边的车厢座上，撩起了窗帘，才会看到外面的天光和满窗台的尘土。所有的小桌上都点着廉价的白色蜡烛，冒着黑烟，散发着石蜡的臭气，在里面呆久了，鼻孔里就会有一层黑。假如有一个桌子上点着无烟无臭的黄色蜡烛，那必是小舅——他像我一样受不了石蜡烟，所以总是自带蜡烛。据说这种蜡是他自己做的，里面掺有蜂蜡。他总是叫杯咖啡，但总是不喝。有位小姐和他很熟，甚至是有感情，每次他来，都给他上真正的巴西咖啡，却只收速溶咖啡的钱。但小舅还是不喝，她很伤心，躲到黑地里哭了起来。

我希望自己能看到小舅卖画的情形，下功夫盯住了他，在大地咖啡馆的黑地上爬，把上衣的袖子和裤子全爬破了。服务小姐端咖啡过来，手里打着手电筒，我也爬着躲开她们。偶尔没爬开，绊到了她们的脚上，她们摔了盘子高叫一声：闹鬼啊！然后小舅起身过来，把我揪出去，指着回家的路，说出一个字："滚。"我假装走开，一会儿又溜回来，继续在黑地上爬。在黑暗中，我感觉那个咖啡馆里有蟑螂、有耗子，还有别的一些动物；其中有一个毛茸茸，好像是只黄鼠狼。它咬了我一口，留下一片牙印，比猫咬的小，比老鼠咬的大。这个混账东西的牙比锥子还要快。我忍不住叫了一声"他妈的"又被小舅逮住了。然后被他揪到外面去，然后我又回来。这种事一下午总要发生几回,连我都烦了。

后来,我舅舅终于等到了要等的人,那人身材粗壮,头顶秃光光,不住地朝他鞠躬,大概为不守时而道歉吧。我觉得他是个日本人,或者是久居日本的中国人。他们开始窃窃私语,我舅舅还拿出彩色照片给对方看。我认为,此时他正在谈交易,但既没看到画,也没看到钱。当然,这两样东西我也很想看一看,这样才算看清了艺术家的行径。他们从咖啡馆里出来后,我继续跟踪。不幸的是,我总在这时被我舅舅逮住。

他藏在咖啡馆门边,或者小商亭后面,一把揪住我的脖领子,把我臭揍一顿——这家伙警觉得很。他们要去交割画和钱,这是可以被人赃并获的危险阶段,所以总是往身后看。在跟踪小舅时,必须把他眼睛的位置像胖头鱼考虑在内。他的视野比常人开阔,不用回头就能看到身后的事。一件事我始终没搞清楚:警察是怎么逮住他的。大概他们比我还要警醒吧。

有一天,我在街上遇上那个日本人,他穿着条纹西装,挎着一个身材高挑的女郎。这位女郎穿着绿色的丝质旗袍,身材挺拔,步履矫健,但皮肤粗糙,看上去有点老。我往她脸上看了一下,发现她两眼间的距离很宽,就心里一动,跟在后面。她蹲下整理高跟鞋,等我从身边走过时,一把揪住我,发出小舅的声音说:混蛋,你怎么又跟来了!除此之外,她还散发着小舅特有的体臭。开头我就怀疑她是小舅,现在肯定了。我说:你怎么干起了这种事？他说：别胡扯！我在卖画。你再跟着，我就掐死你！说着，小舅捏着我肩膀的指头就如两道钢钩，嵌进了我的肉。要是换个人，准会放声大哭。但我忍得住。我说：好吧，我不跟着。但你千万别这样叫人逮住！等他放开手，我又建议他戴个墨镜——他这个样子实在叫人不放心。说实在的，干这种事时把我带上，起码可以望望风。但是小舅不想把我扯进去，宁可自己去冒险。假如被人逮到，就不仅是非法交易，还是性变态。我还听说，有一次小舅在身上挂了四块硬纸板，蹲在街上，装做一个邮筒，那个日本人则装成邮递员去和他交易。但这件事我没见到，是警察说的。还有一次他装成中学生，到麦当劳去扫地，把画藏在麦当劳的垃圾桶里；那个日本人装成垃圾工来把画收走。这些事被人逮到了，所以我才能知道。但小舅不会次次被人逮到，那样的话他没有收入，只好去喝西北风。

有一次我到百花山去玩，看到有些当地人带着小驴在路边，请游客骑驴游山，就忽发奇想，觉得小舅可能会扮成一条驴，让那个日本人骑上，一边游山，一边谈交易。所以我见到驴就打它一下——我是这样想的：假如驴是我舅舅，他绝不会容我打他，必然会人立起来，和我对打——驴倒没什么大反应，看来它们都不是小舅。驴主却要和我拼命，说道：这孩子，手怎么这样贱呢！看来小舅还没有想到这一出——这很好，我可不愿让舅舅被人骑。我没跟他们说我在找舅舅，因为说了他们也不信。这是我游百花山的情形。

有一阵子我总想向小舅表白：你不必躲我，我是爱你的。但我始终没这样说，我怕小舅揍我。除此之外，我也觉得这话太惊世骇俗。小舅的双眼隔得远，目光蒙眬，这让人感觉他离得很近。当然，这只有常受他暗算的人才能体会到。我常常觉得自己在危险的距离之外，却被他一脚踢到。据说二十世纪的功夫大师李小龙也有这种本领，但不知他是否也是外斜视。

警察叔叔说，小舅也有一点好处，那就是被"抄"着以后从来不跑，而是迎着手电光走过来说：又被你们逮住了。他们说小舅不愧是艺术家，不小气，很大气。这个"抄"字是警察的术语，指有多人参加的搜捕行动。我理解它是从用网袋从水里抄鱼的"抄"字化出来的。在这种情况下，鱼总是扑扑腾腾地乱跳，所以很小气。假如它们在袋底一动不动地躺着，那就是很大气的鱼。可惜此种水生脊椎动物小气的居多，所以层次很低。我舅舅这条大气的鱼口袋里总是揣着一些卖画得来的钱，就被没收了。假如这件事就此结束，对双方都很方便。但这样做是犯错误。正确的做法是没收了赃款以后，还要把小舅带到派出所里进行教育。小舅既然很大气，就老老实实地跟他们去了。我总觉得小舅在这时跑掉，警察叔叔未必会追——因为小舅身上没有钱了。我舅舅觉得我说得也有道理，但他还是不肯跑。他觉得自己是个有身份的人，不是小毛贼，跑掉没有出息。有出息的人进了派出所，常常受到很坏的对待。真正没出息的小毛贼，在那里才会如鱼得水。

　　警察叔叔说，骑辆自行车都有执照，何况是画画。他听了一声不吭，只顾鼓起双腮，往肚子里咽空气，很快就像个气球一样胀起来了。把自己吹胀是他的特殊本领，其中隐含着很深的含意。我们知道，过去人们杀死了一口猪，总是先把它吹胀，然后用原始的工艺给它煺毛。还有一句俗话叫做死猪不怕开水烫，表示在逆境中的达观态度。我舅舅把自己吹胀，意在表示自己是个不怕烫的死猪。此后他鼓着肚子蹲在墙下，等家属签字领人。这本是我妈的任务，但她不肯来，只好由我来了。我是个小孩子，走过上世纪尘土飞扬的街道，到派出所领我舅舅；而且心里在想，快点走，迟了小舅会把自己吹炸掉，那样肠子肚子都崩出来很不好看。其实，我是瞎操心：胀到了一定程度，内部的压力太大，小舅也会自动泄气。那时"噗"的一声，整个派出所里的纸张都会被吹上天，在强烈的气流冲击之下，小舅的声带也会发出挨刀断气的声音。此后他当然瘪下去了，瘫在地面上，像一张煎饼；警察想要踢他都踢不到，只能用脚去踩；一面踩一面说：你们这些艺术家，真叫贱。我不仅喜欢艺术家，也喜欢警察。我总觉得，这两种人里少了一种，艺术就会不存在了。

　　小时候，我家住在圆明园附近。圆明园里面有个黑市，在靠围墙的一片杨树林里。傍着一片半干涸的水面，水边还有一片干枯的芦苇。夏天的傍晚，因为树叶茂盛，林子里总是黑得快；秋天时树叶总是像大雨一样地飘落。进公园是要门票的，但可以跳墙进去，这样就省了门票钱。树林里的地面被人脚踩得很瓷实，像陶器的表面一样发着亮；树和树之间拉上了一些白布，上面写了一些红字，算做招牌。这里有股农村的气味。有一些农民模样的人在那里出售假古董，但假如你识货，也能买到刚从坟里刨出来的真货：一想到有人在卖死人的东西，我心里就发麻。在那些骗子中间，也有几个穿灯芯绒外套的人坐在马扎上，两眼直勾勾盯着自己的画，从早坐到晚，无人问津，所以神情忧郁。有些人经过时，丢下几张毛票，他不动，也不说谢。再过一会儿，那些零钱就不见了。有一阵子我常到那里去看那些人：我喜欢这种情调；而且断定，那些呆坐着的人都是像凡·高一样伟大的艺术家——这种孤独和寂寞让我嫉妒得要发狂。我希望小舅也坐在这些人中间，因为他气质抑郁，这样坐着一定很好看，何况他正对着一洼阴郁的死水。一到春天，水面就要长水华，好像个浓绿色的垃圾场。湖水因此变得黏稠，不管多大的风吹来，都不会起波浪。我觉得他坐在这里特别合适，不仅好看，而且可以捡点毛票。但我忽略了他本人乐意不乐意。

我把小舅领出来，我们俩走在街上时，他让我走到前面，这不是不好意思。就在这样走着时，我对他提起我家附近的艺术品黑市，卖各种假古董、字画，还有一些流浪艺术家在那里摆地摊。圆明园派出所离我家甚近，领起他来也方便，但我没有把那个"领"

字说出来，怕他听了会不高兴。他听了一声不吭，又走了一会儿，他忽然给我下了一个绊儿，让我摔在水泥地上，把膝盖和手肘全都摔破了；然后又假惺惺地来搀我，说道：贤甥，走路要小心啊。从此之后，我就知道圆明园的黑市层次很低，我舅舅觉得把自己的画拿到那里卖辱没了身份。我舅舅总是一声不吭，像眼镜蛇一样的阴险；但是我喜欢他，也许是因为我们俩像吧。

由小孩子去领犯事的人有不少好处，其中最大的一种是可以减少啰嗦。警察看到听众是这样的年幼，说话的欲望就会减少很多。开头时，我骑着山地车，管警察叫大叔，满嘴甜言蜜语，直到我舅舅出来；后来就穿着灯芯绒外套，坐在接待室里沉默不语，直到我舅舅出来；我到了这个年龄，想要说话的警察总算是等到了机会，但我沉默的态度叫他不知该说点什么，实在没办法，只好说说粮食要涨价，以及万安公墓出产的蛐蛐因为吃过死人肉，比较善斗。当然，蛐蛐再善斗，也不如耗子。警察说：斗耗子是犯法的，因为可能传染鼠疫。既然斗耗子犯法，我就不言不语。开头我舅舅出来时，拍拍我的头，给我一点钱做贿赂；后来我们俩都一言不发，各自东西——到那时，我已经不需要他的钱，也被他摔怕了。这段时间前后有五六年，我长了三十公分，让他再也拍不到我的头——除非他踮起脚尖来。本来我以为自己到了七八十岁还要拄着拐棍到派出所去领舅舅，但事情后来有了极好的转机——人家把他送进了习艺所。那里的学制是三年，此后起码有三年不用我领了。

习艺所是给流浪艺术家们开设的。在那里，他们可以学成工程师或者农艺师，这样少了一个祸害，多了一个有益的人，社会可以得到双重的效益。我听说，在养猪场里，假如种猪太多，就阉掉一些，改做肉猪，这当然是个不伦不类的类比。我还听说现在中国人里性别比例失衡，男多女少，有人呼吁用变性手术把一部分男人改做女人。这也是个不伦不类的类比。艺术家太多的确是个麻烦，应该减少一些，但减少到我舅舅头上，肯定是个误会。种猪多了，我们阉掉一些，但也要留些做种；男人多了，我们做掉一些，但总要留下一些。假如通通做掉靠无性繁殖来延续种族，整个社会就会退化到真菌的程度。对于艺术来说，我舅舅无疑是一个种。把他做掉是不对的。

二

我舅舅进习艺所之前，有众多的情人。这一点我知之甚详，因为我常溜进他的屋子，躲在壁柜里偷看。我有他房门的钥匙，但不要问我是怎么弄来的。小舅的客厅里挂满了自己的作品，但是不能看，看久了会头晕。这也是他犯错误的原因之一。领导上教训他说：好的作品应该让人看了心情舒畅，不该让人头晕。小舅顶嘴道：那么开塞露就是好作品？这当然是乱扳杠，领导上说的是心情，又不是肛门。不过小舅扳杠的本领很大，再高明的领导遇上也会头疼。

每次我在小舅家里，都能等到一个不认识的姑娘。那女孩子进到小舅的客厅里，四下巡视一下，就尖叫一声，站不住了。小舅为这些来客备有特制的眼镜：平光镜上糊了一层黑纸，中央有个小洞。戴上这种眼镜后，来宾站住了脚，问道：你画的是什么呀？小舅的回答是：自己看嘛。那女孩就仔细看起来，看着看着又站不住了。小舅为这种情况备有另一种特制眼镜：平光镜上糊一层黑纸，纸上有更小的一个洞。透过这种眼镜看一会儿，又会站不住，直到戴上最后一种眼镜，这种眼镜只是一层黑纸，没有窟窿，戴上以后什么都看不见了，但是照样头晕；哪怕闭上眼，那些令人头晕的图案继续在眼前浮动。那些女孩晕晕乎乎地全都爱上了小舅，就和他做起爱来。我在壁柜里透过窄缝偷看，看到女孩脱到最后三点，就按照中学生守则的要求，自觉地闭上眼睛不看。只听见在娇喘声声中，那女孩还在问：你画的到底是什么呀？我舅舅的答案照旧是：自己看。我猜想有些女孩子可能是处女，她们最后问道：我都是你的人了，快告诉我你画的是什么。小舅就说：和你说实话吧，我也不知道。然后那女孩就抽他一个嘴巴。然后小舅说，你打我我也不知道。然后小舅又挨了一个嘴巴。这说明他的确是不知道自己画了一些什么。等到嘴巴声起时，我觉得可以睁眼看了。看到那些女孩子的模样都差不多：细胳膊细腿，身材苗条。她们都穿两件一套的针织内衣，上身是半截背心，下身是三角裤，区别只在内衣的花纹。有人的内衣是白底红点，有的是黑底绿竖纹，还有的是绿底白横纹。不管穿什么，我对她们都没有好感——既不是艺术家，也不是警察，想做我的舅妈，你配吗？

我舅舅进习艺所时，我也高中毕业了。我想当艺术家，不想考大学。但我妈说，假如我像小舅一样不三不四，她就要杀掉我。为了证明自己的决心，她托人从河北农村买来了六把杀猪刀，磨得雪亮，插在厨房里，每天早上都叫我到厨房里去看那些刀。假如刀上长了黄锈，她再把它磨得雪亮，还时常买只活鸡来杀，试试刀子。杀过之后，再把那只鸡的尸体煮熟，让我吃下去。如此常备不懈，直到高考完毕。我妈是女中豪杰，从来是说到做到。我被她吓得魂不守舍，浑浑噩噩地考完了试，最后上了北大物理系。这件事的教训是：假如你怕杀，就当不了艺术家，只能当物理学家。如你所知，我现在是个小说家，也属艺术家之列。但这不是因为我不怕杀——我母亲已经去世，没人来杀我了。

十年前，我送小舅去习艺所，替他扛着行李卷，我舅舅自己提着个大网兜——这种东西又叫做盆套，除了盛脸盆，还能盛毛巾、口杯、牙刷牙膏和几卷卫生纸，我们一起走到那个大铁门面前。那一天天气阴沉。我不记得那天在路上和舅舅说了些什么，大概对他能进去表示了羡慕吧。那座大门的背后，是一座水泥墙的大院，铁门紧关着，只开着一扇小门，每个人都要弓着腰才能进去，门前站了一大群学员，听唱名鱼贯而入。顺便说一句，我可不是自愿来送我舅舅，如果是这样，非被小舅摔散了架不可。领导上要求每个学员都要有亲属来送，否则不肯接受。轮到我们时，发生了一件事，可以说明我舅舅当年的品行。我们舅甥俩年龄相差十几岁，这不算很多，除此之外，我们俩都穿着灯芯绒外套——在十年前，穿这种布料的都是以艺术家自居的人——我也留着长头发，而且我又长得像他。总而言之，走到那个小铁门门口时，我舅舅忽然在我背上推了一把，把我推到里面去了。等我想要回头时，里面的人早已揪住了我的领子，使出拽犟牛的力气往里拉。人家拽我时，我本能地往后挣，结果是在门口僵住了。我外衣的腋下和背后在嘶嘶地开线；与此同时，我也在声嘶力竭地申辩，但里面根本不听。必须说明，人家是把我当小舅揪住的，这说明喜欢小舅的不止我一人。

那个习艺所在北京西郊某个地方，我这样一说，你就该明白，它的地址是保密的。在它旁边，有一圈铁丝网，里面有几个鱼塘。冬末春初，鱼塘里没有水，只有干裂的泥巴，到处是塘泥半干半湿的气味。鱼塘边上站了一个穿蓝布衣服的人，看到来了这么一大群人，就张大了嘴巴来看，也不怕扁桃腺着凉——那地方就是这样的。我在门口陷住了，整个上衣都被人拽了上去，露出了长长的脊梁，从肋骨往下到腰带，都长满了鸡皮疙瘩。至于好看不好看，我完全顾不上了。

我和小舅虽像，从全身来看还有些区别。但陷在一个小铁门里，只露出了上半身，这些区别就不显著了。我在那个铁门里争辩说，我不是小舅；对方就松了一下，让人拿照片来对，对完以后说道：好哇，还敢说你不是你！然后又加了把劲来拽我。这一拽的结果使我上半身的衣服顿呈土崩瓦解之态。与此同时，我在心里犯起了嘀咕：什么叫"还敢说你不是你"？这句话的古怪之处在于极难反驳。我既可以争辩说："我是我，但我是另一个人"，又可以争辩说："我不是我，我是另一个人"，更可以争辩说："我不是另一个人，我是我！"和"我不是另一个人，我不是我！"不管怎么争辩，都难于取信于人，而且显得欠揍。

在习艺所门前，我被人揪住了脖领，这是一种非同小可的经历，不但心促气短，面红耳赤，而且完全勃起了。此种经历完全可以和性经历相比，但是我还是不想进去。主要的原因是：我觉得我还不配。我还年轻，缺少成就，谦逊是我的美德，这些话我都对里面的人说过了，但是她们不信。除此之外，我也想到：假如有一个地方如此急迫地欢迎你，最好还是别进去。说起来你也许不信，习艺所里面站着一条人的甬道，全是穿制服的女孩子，叽叽喳喳地说道：拿警棍敲一下——别，打傻了——就一下，打不傻，等等。你当然能想到，她们争论的对象是我的脑袋瓜。听了这样的对话，我的头皮一炸一炸的。揪我脖子的胖姑娘还对我说：王二，你怎么这样不开窍呢？里面好啊。她说话时，暖暖的气息吹到我脸上，有股酸酸的气味，我嗅出她刚吃过一块水果糖。但我呼吸困难，没有回答她的话。有关这位胖姑娘，还要补充说，因为隔得近，我看到她头上有头皮屑。假如没有头皮屑，也许我就松松劲，让她拽进去算了。

后来，这位胖姑娘多次出现在我的梦境里，头大如斗，头皮屑飞扬，好像拆枕头抖荞麦皮。在梦里我和她做爱，记得我还不大乐意。当时我年轻力壮，经常梦遗。我长到那么大，还没有女人揪过我脖子哪。不过现在已是常事。我老婆想要对我示爱，径直就会来揪我脖领子。在家里我穿件牛仔服，脖子后面钉着小牛皮，很经拽。

我小舅叫做王二，这名字当然不是我姥爷起的。有好多人劝他改改名字，但他贪图笔画少，就是不改。至于我，绝不会贪图笔画少，就让名字这样不雅。我想，被人揪住了脖子，又顶了这么个名字，可算是双重不幸了。后来还是我舅舅喝道：放开吧，我是正主儿。人家才放开我。就是这片刻的争执，已经把我的外套完全撕破。它披挂下来，好像我背上背了几面小旗。我舅舅这个混蛋冷笑着从我背上接过铺盖卷，整整我的衣服，拍拍我的肩膀，说道，对不起啊，外甥。然后他往四下里看了看，看到这个大门两面各有一个水泥门柱，这柱子四四方方，上面有个水泥塑的大灯球，他就从牙缝里吐口唾沫说：真他妈的难看。然后弓弓腰钻了进去。里面的人不仅不揪他,反而给他让出道儿来——大概是揪我揪累了。我独自走回家去,挂着衣服片儿,四肢和脖子上的肌肉酸痛,但也有如释重负之感。回到家里就和我妈说:我把那个瘟神送走了。我妈说:好!你立了一大功!无须乎说,瘟神指的是小舅。进习艺所之前,他浑身都是瘟病。

我把小舅送进习艺所之后,心里有种古怪的想法:不管怎么说吧,此后他是习艺所的人了,用不着我来挂念他。与此同时,就想到了那个揪我脖子的胖姑娘。心里醋溜溜的。后来听说,她常找男的搬运工扳腕子,结过两次婚,现在无配偶,常给日本的相扑力士写求爱信。相扑力士很强壮,挣钱也多——她对小舅毫无兴趣,是我多心。习艺所里还有一位教员,身高一米四,骨瘦如柴、皮肤苍白,尖鼻子、尖下巴,内眼角上常有眼屎,稀疏的头发梳成两条辫子。她对小舅也没有兴趣。这位老师已经五十二岁,是个老处女,早就下了决心把一生献给祖国的特殊教育事业。在这两者之间,还有各种各样的女教员,但她们对小舅都无兴趣。小舅沉默寡言,性情古怪,很不讨人喜欢。在我舅舅的犯罪档案里,有他作品的照片。应该说,这些照片小,也比原画好看,但同样使人头晕。根据这些照片大家都得出了结论:我舅舅十分讨厌。看起来没有人喜欢小舅,是我多心了。

在习艺所里,有各种各样的新潮艺术家;有诗人、小说家、电影艺术家,当然,还有画家。每天早上的德育课上,都要朗诵学员的诗文——假如这些诗文不可朗诵,就放幻灯。然后请作者本人来解释这段作品是什么意思。毫无疑问,这些人当然嘴很硬:这是艺术,不是外人所能懂的。但是这里有办法让他嘴不硬——比方说,在他头上敲两棍。嘴不硬了以后,作者就开始大汗淋漓,陷于被动;然后他就会变得虚心一些,承认自己在哗众取宠,以博得虚名。然后又放映学员拍的电影。电影也乌七八糟,而且叫人感到恶心。不用教员问,这位学员就感到羞愧,主动伸出头来要挨一棍。他说他拍这些东西送到境外去放映,是想骗外国人的钱。不幸的是,这一招对小舅毫无用处。放过他作品的幻灯片后,不等别人来问,他就坦然承认:画的是些什么,我自己也不懂。正因为自己不懂,才画出来叫人欣赏。此后怎样让他陷于被动,让所有的教员头疼。大家都觉得他画里肯定画了些什么,想逼他说出来。他也同意这画是有某种意义的,但又说:我不懂。我太笨。按所领导的意思,学员都是些自作聪明的傻瓜。因为小舅不肯自作聪明,所领导就认为,他根本不是傻瓜,而是精得很。

我常到习艺所去看小舅,所里领导叫我劝劝他,不要装傻,还说,和我们装傻是没有好处的。我和我舅舅是一头的,就说:小舅没有装傻,他天生就是这么笨。但是所领导说:你不要和我们耍狡猾,耍狡猾对你舅舅是没有好处的。

除了舅舅,我唯一的亲戚是个远房的表哥。他比小舅还要大,我十岁他就有四十多岁了,人中比扑克牌还宽,裤裆上有很大的窟窿,连阴毛带睾丸全露在外面,还长了一张鸟形的脸。他住在沙河镇上,常在盛夏时节穿一双四面开花的棉鞋,挥舞着止血带做的弹弓,笑容可掬地邀请过路的小孩子和他一道去打马蜂坨子——所谓马蜂坨子,就是莲蓬状的马蜂窝,一般是长在树上。表哥说起话来一口诚恳的男低音。他在镇上人缘甚好,常在派出所、居委会等地出出进进,你要叫他去推垃圾车、倒脏土,他绝不会不答应。有一次我把他也请了来,两人一道去看小舅;顺便让所领导看看,我们家里也有这样的人物。谁知所领导看了就笑,还指着我的鼻子说:你这个小子,滑头到家了!表哥却说:谁滑头?我打他!嗓音嗡嗡的。表哥进了习艺所,精神抖擞,先去推垃圾车、倒脏土,然后把所有的马蜂坨子全都打掉,弄得马蜂飞舞,谁也出不了门,自己也被螫得像个大木桶。虽然打了马蜂坨子,习艺所里的人都挺喜欢他。回去以后不久,他就被过路的运煤车撞死了,大家都很伤心,从此痛恨山西人,因为山西那地方出煤。给他办丧事时,镇上邀请我妈作为死者家属出席,她只微感不快,但没有拒绝。假如死掉的是小舅,我妈去不去还不一定。这件事我也告诉了小舅。小舅发了一阵愣,想不起他是谁;然后忽然恍然大悟道:看我这记性!他还来打过马蜂坨子哪。小舅还说,很想参加表哥的追悼会。但是已经晚了。表哥已经被烧掉了。

德育课后,我舅舅去上专业课。据我从窗口所见,教室顶上装了一些蓝荧荧的日光灯管,还有一些长条的桌椅,看起来和我们学校里的阶梯教室没什么两样,只是墙上贴的标语特别多些,还有一种区别,就是这里的窗户上有铁栅栏、铁窗纱,上面有个带闪电符号的牌子,表示有电。这倒是不假,时常能看到一只壁虎在窗上爬着,忽然冒起了青烟,变成一块焦炭。还有时一只蝴蝶落在上面,"呲"的一声之后,就只剩下一双翅膀在天上飞。我舅舅对每个问题都积极抢答,但只是为了告诉教员他不会。后来所方就给他穿上一件紧身衣,让他可以做笔记,但举不起手来,不能扰乱课堂秩序。虽然不能举手,但他还是多嘴多舌,所以又给他嘴上贴上一只膏药,下课才揭下来。这样贴贴揭揭,把他满嘴的胡子全数拔光,好像个太监。我在窗外看到过他的这种怪相:左手系在右边腋下,右手系在左边腋下,整个上半身像个帆布口袋;只是两只眼睛瞪得很大,几乎要胀出眶来。每听到教员提问,就从鼻子里很激动地乱哼哼。哼得厉害时,教员就走过去,拿警棍在他头上敲一下。敲过了以后,他就躺倒打瞌睡了。有时他想起了蹲派出所时的积习,就把自己吹胀,但是紧身衣是帆布做的,很难胀裂,所以把他箍成了纺锤形——此时他面似猪肝。然后这些气使他很难受,他只好再把气放掉——贴住嘴的橡皮膏上有个圆洞,专供放气之用——这时坐在前面的人就会回过头来,在他头顶上敲一下说:你丫嘴真臭。

所方对学员的关心无微不至,预先给每个学员配了一副深度近视镜，让他们提前戴上；给每个人做了一套棕色毛涤纶的西服作为校服，还发给每人一个大皮包，要求他们不准提在手里，要抱在怀里，这样看起来比较诚恳。学校里功课很紧，每天八节课，晚上还有自习。为了防止学生淘气，自习室的桌子上都带有锁颈枷，可以强使学生弓腰面对桌面。经过一段时间的学习，学生个个呈现出学富五车的模样——也就是说，个个弓腰缩颈，穿棕色西服，怀抱大皮包，眼镜像是瓶子底，头顶亮光光，苍蝇落上去也要滑倒——只可惜有名无实，不但没有学问，还要顺嘴角流哈喇子。我舅舅是其中流得最多的一位，简直是哗哗地流。就算习艺所里伙食不好，馋馒头，馋肉，也到不了这个程度。大家都认为，他是存心在流口水，而且是给所里的伙食抹黑。为了制止他流口水，就不给他喝水，还给他吃干辣椒。但我舅舅还是照样流口水，只是口水呈焦黄色，好像上火的人撒出的尿。

像我舅舅这样的无照画家，让他们学做工程师是很自然的想法。可以想见，他们在制图方面会有些天赋；只可惜送去的人多，学成的少。每个无照画家都以为自己是像毕加索那样的绘画天才，设想自己除了作画还能干别的事，哪怕是在收费厕所里分发手纸，都是一种极大的污辱，更别说去做工程师。因为这个缘故，所以当他们被枷在绘图桌上时，全都不肯画机械图。有些人画小猫小狗，有些人画小鸡小鸭，还有个人在画些什么，连自己都不清楚，这个人就是小舅。后来这些图纸就被用作钞票的图案；因为这些图案有不可复制的性质。我们国家的钞票过去是由有照的画家来画，这些画随便哪个画过几天年画的农民都能仿制。而习艺所学员的画全都怪诞万分，而且杂有一团一团的晕迹，谁都不能模仿；除非也像他们一样连手带头地被枷在绘图桌上。至于那些晕迹，是他们流下的哈喇子，和嘴唇、腮腺的状态相关，更难模仿。我舅舅的画线条少、污渍多，和小孩子的尿布相仿，被冒充齐白石画的水墨荷叶，用在五百元的钞票上。顺便说一句，我舅舅作这幅画时，头和双手向前探着，腰和下半身落在后面，就像动画片的老狼定了格。制图课的老师从后面走过时，用警棍在他头上敲上一下，说道：王犯（那地方就兴这种称呼）！别像水管子一样！老师嫌他口水流得太多了。因为口水流得太多，我舅舅总是要口渴，所以他不停地喝水。后来，他变得像巴甫洛夫的狗一样，一听到上课铃响，口水就忍不住了。

我听说，在习艺所里，就数机械班的学员（也就是那些无照画家）最不老实。众所周知，人人都会写字，写成了行就是诗，写成了篇就是小说，写成了对话的样子就是戏剧。所以诗人、小说家、剧本作家很容易就承认自己没什么了不起。画家就不同了，给外行一些颜色，你都不知怎么来弄。何况他们有自己的偶像：上上世纪末上世纪初的一帮法国印象派画家。你说他是二流子，他就说：过去人们就是这样说高更的！我国和法国还有邦交，不便把高更也批倒批臭。所里另有办法治这些人：把他们在制图课上的作品制成了幻灯片，拿到德育课上放，同时说道：某犯，你画的是什么？该犯答道：报告管教！这是猫。于是就放一张猫的照片。下一句话就能让该犯羞愧得无地自容：大家都看看，猫是什么样子的！经过这样的教育，那个人就会傲气全消，好好地画起机械图来。但是这种方法对我舅舅没有用。放到我舅舅的水墨荷叶，我舅舅就站起来说：报告管教！我也不知自己在画什么！教员只好问道：那这花里胡哨的是什么？小舅答道：这是干了的哈喇子。教员又问：哈喇子是这样的吗？小舅就说：请教管教！哈喇子应该是怎样的？教员找不到干哈喇子的照片，没有别的办法，只好用橡皮膏把他的嘴再贴上了。我舅舅进习艺所一个月以后，所里给他们测智商。受试时被捆在特制的测试器上，这种测试器又是一台电刑机。测出的可以说是IQ，也可以说是受试者的熬刑能力。那东西是两个大铁箱子，一上一下，中间用钢架支撑，中间有张轻便的担架床，可以在滑轨上移动。床框上有些皮带，受试者上去时，先要把这张床拉出来，用皮带把他的四肢捆住，呈"十"字形；然后再把他推进去——我们学校食堂用蒸箱蒸馒头，那个蒸箱一屉一屉的，和这个机器有点像——假如不把他捆住，智商就测不准。为了把学员的智商测准，所里先开了一个会，讨论他们的智商是多少才符合实际。教员们以为，这批学员实在桀骜难驯，假如让他们的智商太高，不利于他们的思想改造。但我舅舅是个特例，他总在装傻，假如让他智商太低，也不利于他的思想改造。

我舅舅后来说，他绕着测智商的仪器转了好几圈，想找它的铭牌，看它是哪个工厂出产的，但是没找到；只看到了粗糙的钣金活，可以证明这东西是国货。他的结论是：原来有铭牌，后来抠掉了，因为还有铭牌的印子；拆掉的原因大概是怕学员出去以后会把那个工厂炸掉。那机器上有一对电极，要安到受测人的身上。假如安得位置偏低，就会把阴毛烧掉；安高了则把头顶的毛烧掉。总而言之，要烧掉一些毛，食堂里遇到毛没有燂净的猪头猪肘子，也会送来测测智商，测得的结果是猪头的智商比艺术家高，猪肘的智商比他们低些。总而言之，这机器工作起来总有一股燎猪毛的味道。假如还有别的味儿，那就是忘了那条标语："受试前先如厕"，标语后面还有一个箭头，指着厕所的方向。厕所的门和银行的金库一样，装了定时锁，进去以后就要关你半小时。里面还装了个音箱，放着创作歌曲——这种音乐有催屎催尿的作用。

受测时，学员都是这样要求的：我们还要会女人，请给我留下底下的毛。有时候操作仪器的教员却说：我想要留下上边的毛。这是因为习艺所的教员全是纯真的女孩子，有些人和学员有了感情，所以留下他的头发，让他好看一点；烧掉他的阴毛，省得他拈花惹草。除此之外，她还和他隔着仪器商量道：你就少答对几道题吧，别电傻了呀！坦白地说，这种因素不一定能降低学员的智商，因为他很可能瘦驴屙硬屎，硬充男子汉。宁可挨电，也不把题答错。等到测试完成，学员往往瘫成一团，于是就时常发生教员哭哭啼啼地把学员往外背的动人情景。

测智商的场面非常的刺激。房顶上挂了一盏白炽灯,灯泡很小,但灯罩却大,看起来像个高音喇叭。这盏灯使房间的下半截很亮,却看不到天花板。教员把学员带到这里,哗啦一声拉出放人的抽屉,说道:脱衣服,躺上去;然后转身穿上白大褂,戴上橡皮手套。那屋里非常冷,脱掉了衣服就起鸡皮疙瘩。有些人在此时和教员说几句笑话,但我舅舅是个沉默的人,他一声都不吭。抽屉里有皮带,教员动手把学员绑紧,绑得像十字架上的基督——两手平伸,两腿并紧,左脚垫在右脚下。贫嘴的学员说:绑这么紧干吗,又不是猪。教员说:要是猪也好,我们省心多了。多数学员被绑上以后,都是直撅撅的。教员就说:这时候还不老实?而学员回答:没有不老实!平时它就是这么大嘛。教员说:别吹牛了。就轰的一声把他推进去。我舅舅躺在抽屉里时也是直撅撅的,但人家问他话时,他一声不吭。教员在他肚子上一拍,说:喂!王犯!和你说话呢!你平时也是这么大吗?他却闭上眼睛,说道:平时比这要小。快点吧。于是也轰隆一声被推了进去。他们说,这抽屉下面的轮子很好使,人被推进去时,感觉自己是一个自由落体,完全没有了重量;然后就"嗵"的一声巨响,头顶撞在机器的后壁上,有点发麻。我对这一幕有极坏的印象——我很不喜欢被捆进去。当然,假如我是教员,身穿白大褂,把一些美丽的姑娘捆进抽屉,那就大不一样。

人家说，在那个抽屉的顶壁上，有一个彩色电视屏幕，问题就在这里显示。假如教员和学员有交情，在开始测试之前，会招待他先看一段轻松的录像，然后再下手把他电到半死，就如一位仁慈的牙医，在下手拔牙前先给病人一块糖吃。但轮到我舅舅，就没有录像看。教员不出题，先把他电得一声惨叫。每一个学员被推进去之前，都是一段冰冷的肉体，只在口鼻之间有口气，胯间有个东西像旗杆一样挺着；但拉出来时就会热气蒸腾，好像已经熟透了。但是这种热气里一点好味都没有，好像蒸了一块臭肉。假如他头上有头发，就会卷起来，好像拉力弹簧，至于那挺着的东西，当然已经倒下去了。但我舅舅不同，他出来时直撅撅的，比进去时长了两三倍，简直叫人不敢看。有些人哼哼着，就如有只牛蜂或者屎壳郎在屋里飞，有些人却一声不吭。而我舅舅出来时，却像个疯子一样狂呼滥喊道：好啊！很好啊！很煽情！如前所述，此时要由教员把学员背走，背法很特别。她们把学员放开，把他的脚拽在肩上，吆喝一声，就大头朝下地背走了——据说在屠宰场里背死猪就是这样一种背法。但是没人肯来背我舅舅。她们说：王犯，别装死，起来走！别人都是死猪，而我舅舅不是。我舅舅真的扶着墙晃晃悠悠地站起来，走掉了。

现在该谈谈他们的智商是多少。大多数学员的智商都在一一〇到一〇〇，有个人得了最高分，是一一五。他还说自己想得个一二〇非难事。但他怕得了这个一二〇，此后就会变得很笨，因为电是能把人打傻了的。至于我舅舅，他的 IQ 居然是零蛋——他一道题也没答对。这就让所领导很是气愤：就是一根木头棍子，IQ 也不能为零。于是他们又调整了电压，叫小舅进去补测。再测的结果小舅也没超过五十分。当然，还可以提高一些，但有可能把我舅舅电死。有件事不说你也知道，别人是答对了要挨电，我舅舅是答错了要挨电。有经验的教员说，不怕学员调皮捣蛋，就怕学员像我舅舅这样耍死狗。

测过智商以后，我舅舅满脸蜡黄地躺在床上，好像得了甲型肝炎。这时候我问他感觉如何，他愣了一阵，然后脸上露出了鬼一样的微笑说：很好。他还说自己在那个匣子里精液狂喷，射得满处都是，好像摔了几碟子肉冻，又像个用过的避孕套；以致下一个被推进去的人在里面狂叫道：我操你妈，王二！你丫积点德好不好！大概是嫌那个匣子被我舅舅弄得不大卫生。据说，有公德的人在上测试器之前，除了屙和尿，还要手淫几次，用他们的话来说，叫做捋干净了再进去，这是因为在里面人会失控。但我舅舅不肯这样做，他说，被电打很煽情，捋干净了就不煽情。我觉得小舅是对的：他是个艺术家，真正的艺术家都是些不管不顾的家伙。但我搞不清什么很煽情：是测试器上显示的那些问题（他还记住了一个问题："八加七等于几？"）很煽情，还是电流很煽情，还是自己在匣子里喷了一些肉冻很煽情。但我舅舅不肯回答，只是闭上了眼睛。

测过智商的第二天,早上出操时,小舅躺在床上没有动;别人叫他他也不答应。等到中午吃完饭回来,他还是躺着没动。同宿舍的人去报告教员,教员说:甭理他,也别给他吃饭,看他能挺多久。于是大家就去上课。等到晚上回来时,满宿舍都是苍蝇。这时才发现,小舅不仅死掉了,而且还有点发绿。揭开被子,气味实在是难闻。于是他们就叫了一辆车,把小舅送往医院的太平间。然后就讨论小舅是怎么死的,该不该通知家属,怎样通知,等等。经过慎重研究,得出的结论是我舅舅突发了心脏病,死前住了医院,抢救了三天三夜,花了几万元医药费。但是我们可以放心,习艺所学员有公费医疗,可以报销——这就是社会主义的优越性。与此同时,习艺所派专人前往医院,把这些情况通知院方,以备我们去查问。等到所有的谎话都编好,准备通知我们时,李家口派出所来电话说,小舅在大地咖啡馆里无证卖画,又被他们逮住了,叫习艺所去领。这一下叫习艺所里的人全都摸不着头脑了。他们谁都不敢去领人,因为可能有三种情形:其一,李家口逮住了个像小舅的人。在这种情况下去领,好像连小舅死了所里都不知道,显得所里很笨。其二,李家口派出所在开玩笑,在这种情况下去领,也是显得很笨。其三,李家口派出所逮住了小舅的阴魂。在这种情况下去领,助长了封建迷信。后来也不知是哪位天才想起来到医院的太平间里看看死小舅,这才发现他是猪肉、黄豆和面粉做的。这下子活小舅可算惹出大娄子了。

我的舅舅是位伟大的画家,这位伟大的画家有个毛病,就是喜欢画票证。从很小的时候,就会画电影票、洗澡票,就是不画钱,他也知道画钱犯法;只是偶尔画几张珍稀邮票。等到执照被吊销了以后,他又画过假执照。但是现在的证件上都有计算机号码,画出来也不管用。他还会做各种假东西,最擅长的一手就是到朋友家做客时,用洗衣肥皂做出一泡栩栩如生的大粪放在沙发上,把女主人吓晕过去。这家伙要溜出习艺所,但又要给所里一个交待,他叫我给他找几十斤肉,质量不限,我在农贸市场上买了半扇瘟猪,扛在麻袋里,偷带进习艺所。但我不知道他是做死人。假如知道的话,一定劝他用肥皂来做。把半扇瘟猪放到宿舍里太讨人厌了。

认真分析小舅前半生的得失,发现他有不少失策之处。首先,他不该画些让人看不懂的画。但是如他后来所说,不画这些画就成不了画家。其次,他应该把那些画叫做《海马》《松鼠》和《田螺》。但如小舅所说,假如画的是海马、松鼠和田螺,就不叫真正的画家。再其次,他不该在习艺所里装傻。但正如小舅所说,不装傻就太过肉麻,难以忍受了。然后是不该逃走、不该在床上放块死猪肉。但小舅也有的说,不跑等着挨电?不做假死尸,等着人家来找我?所以这些失策也都是有情可原。最后有一条,千不该、万不该,不该一跑出来就作画、卖画。再过几天,习艺所通知我们小舅死了,那就天下太平。那时候李家口派出所通知他们逮住了小舅,他们只能说:此人已死,你们逮错了。我以为小舅还要给自己找些借口,说什么自己技痒难熬等等。谁知他却发起愣来,愣了好久,才给自己额上重重一掌道:真的!我真笨!

三

生活里有各种情况,我有不止一个小舅妈,但在此提到的这个却是真的小舅妈。我很喜欢小舅,希望他和各种女人结婚;想来想去,一直想到玛丽莲·梦露身上。此人已经死掉多年,尸骨成灰,但听说她活着的时候胸围大得很。如前所述,我舅舅有外斜视的毛病,所以小舅妈的胸围一定要大,否则部分胸部游离于视野之外,视觉效果太差。事实上,我是瞎操心,真的小舅妈只用了一晚上,就把小舅的外斜视治好了。

小舅妈身材颀长,皮肤白皙,腰肢柔软,无论坐在床上,还是坐沙发,总爱歪着,用一头乌溜溜的短发对着人。除此之外,她总呈现出憋不住笑的模样。她老对我说一句话:有事吗?这是她在我假装无心闯到她住的房间里去看她时说的,此时她就是这个模样。这种事有过很多次。不过都是以前的事。

这件事开头时是这样的:我小的时候家住在一楼,后来搬到了六楼上,而且没有电梯。这些楼房有一些赤裸裸的混凝土楼梯,满是尘土、粉皮剥落的楼道,顺着墙脚散着垃圾,等等。准确地说,垃圾是些葱皮、鸡蛋皮,还有各种塑料袋子,气味难闻。谁都想扫扫,但谁都觉得自己扫是吃亏。有一天,这个楼梯上响起了沉重的脚步声;然后有个女声在门外说:王犯,就是这儿吗?一个男声答道:是。我听了对我妈说:坏了,是小舅。我妈还不信,说小舅离出来的日子还远着呢。但我是信的,因为对我舅舅的道德品质,我比我妈了解得多。等打开门一看,果然是他,还带来了一个穿制服的女孩子,她就是小舅妈,但她不肯明说。我舅舅介绍我妈说:这是我大姐。小舅妈摘了帽子,叫道:大姐。我舅舅介绍我道:这是我外甥。她说:是嘛。然后就哈哈大笑道:王犯,你这个外甥很像你呀!我最不喜欢别人说我像小舅,但是那一次却例外。我觉得小舅妈很迷人。早知道进了习艺所会有这种艳遇,还不如我替我舅舅去哪。

现在我要承认,我对小舅的女朋友都无好感。但小舅妈是个特例。她第一次出现时,身上穿着制服,头上戴着大檐帽,束着宽宽的皮带,腰里还别了一把小手枪,雄起赳、气昂昂。我被她的装束给迷住了。而我舅舅出现时,手上戴着一副不锈钢铐子,并且端在胸前,好像狗熊作揖一样。就像猫和耗子有区别一样,囚犯和管教也该有些区别,所以有人戴铐子,有人带枪。一进了我们家,小舅妈就把小舅的铐子开了一半。这使我以为她给他戴手铐是做做样子。谁知她顺手又把开了的一半锁到了暖气管上,然后说：大姐，用用卫生间。就钻进去了。我舅舅在那里站不直蹲不下，半蹲半站，羞羞答答，这就使我犯起疑惑，不知发生了什么事。过一会儿小舅妈出来，又把我舅舅和她铐在了一起，并排坐在沙发上。我觉得他们好像在玩什么性游戏。总的来说，生活里某些事，必须有些幽默感才能理解。但我妈没有幽默感，她什么都不理解，所以气得要死。我有幽默感，我觉得正因为如此，小舅妈才格外的迷人。

我一见到小舅妈，就知道她很辣，够我舅舅一呛。但不管怎么说，她总是个女的，比男的好吧。在阳台上我祝贺我舅舅，说小舅妈比他以前泡过的哪个妞都漂亮。我舅舅不说话，却向我要了一支烟抽。根据我的经验，我舅舅不说话时，千万别招惹他，否则他会暗算你。除此之外，他那天好像很不高兴。我和他铐在一起，假如他翻了脸打我，我躲都没处躲。我舅舅吸完了那支烟，对我说：这件事是福是祸还不一定。然后又说：回去吧。于是我们回到卧室里，请小舅妈开手铐。小舅妈打量了我们一通，说道：王犯，这小坏蛋长得真像你，大概和你一样坏吧——舅妈和外甥讲话，很少用这种口气。除此之外，我舅舅把那支烟吸得干净无比，连烟屁股都抽掉了。这说明他很需要尼古丁。因为他很能混人缘，所以到了任何地方都不会缺烟吸。如今猛抽起烟屁来，是个很不寻常的景象。总之，自我认识小舅，没见过他如此的低调。

现在必须承认，年轻时我的觉悟很低，还不如公共汽车上一个小女孩。这个女孩子身上很干净,只穿了个小裤衩,连裙子都没穿。不穿裙子是因为她母亲以为她的腿还不足以引起男人的邪念,穿裤衩是因为腿上面的部位足以引起男人的邪念。小舅妈押着我舅舅坐公共汽车,天很晚了,车上只有六七个人。这个小女孩跑到我舅舅面前来,看看他戴着的手铐,去问小舅妈道:阿姨,叔叔这是怎么了?小舅妈解释道:叔叔犯错误了。这孩子爱憎分明,同时又看出,我舅舅是铐着的,行动不便,就朝小舅妈要警棍,要把我舅舅揍一顿。小舅妈解释道,就是犯了错误的叔叔,也不是谁都能打的。那孩子眨着眼睛,好像没听懂。小舅妈又解释道:这个叔叔犯的错误只有阿姨才能打。这回那孩子听懂了,对着小舅妈高叫了一声:讨厌!你很没意思!就跑开了。

说到觉悟,最低的当然是小舅。其次是我,我总站在他一边想问题。其次是我妈,她看到小舅妈铐着我舅舅就不顺眼。再其次是小舅妈,她对小舅保持了警惕。但是觉悟最高的是那个小女孩。见到觉悟低的人想揍他一顿,就是觉悟高了。

我舅舅的错误千条万绪,归根结底就是一句话,画出画来没人懂。仅此而已还不要紧,那些画看上去还像是可以懂的,这就让人起疑,觉得他包藏了祸心。我现在写他的故事,似乎也在犯着同样的错误——这个故事可懂又没有人能懂。但罪不在我,罪在我舅舅,他就是这么个人。我妈对小舅舅有成见,认为小舅既不像大舅,也不像她,她以为是在产房里搞错了。我长得很像小舅,她就说，我也是搞错了。但我认为不能总搞错，总得有些搞对的时候才成。不管怎么说吧，她总以为只有我能懂得和小舅有关的事——其实这是一个误会，小舅自己都不知自己是怎么回事——所以把我叫到厨房里说：你们是一事的，给我说说看，这是怎么回事？我说：没什么。小舅又泡上了一个妞，是个女警察。他快出来了。我妈就操起心来，但不是为我舅舅操心，是为小舅妈操心。照她看来，小舅妈是好女孩，我舅舅配不上她——我妈总是注意这种配不配的问题，好像她在配种站任职。但是到了晚上她就不再为小舅妈操心，因为他们开始做爱——虽然是在另一间房子里，而且关上了门，我们还是知道他们在做爱，因为两人都在嚷嚷，高一声低一声，终夜不可断绝，闹得全楼都能听见。这使我妈很愤怒，摔门而去，去住招待所，把我也揪走了。最使我妈愤怒的是：原来以为我舅舅在习艺所里表现好，受到了提前毕业（或称释放）的处理，谁知却是相反：我舅舅在习艺所表现很坏，要被送去受惩戒，小舅妈就是押送人员。他们俩正在前往劳改场所途中，忙里偷闲到这里鬼混。为此我妈恶狠狠地对我说：你再说说看，这是怎么一回事？这回连我也不知是怎么回事，可见我和小舅不是一事的。

等到领略了小舅妈的高觉悟之后，我对她的行为充满了疑问：既然你觉得我舅舅是坏人，干吗还要和他做爱？她的回答是：不干白不干——你舅舅虽然是个坏蛋，可是个不坏的男人。这叫废物利用嘛。但是那天晚上她没有这么说，说了以后我会告诉小舅，小舅会警觉起来——这是很后来的事了。

　　小舅和小舅妈做爱的现场，是在我卧室的小沙发上。我对这一点很有把握，因为头天晚上我离开时，那沙发还硬挺挺的有个模样，等我回来时，它就变得像个发面团。除此之外，在沙发背后的墙壁上，还粘了三块嚼过的口香糖。我把其中一块取下来，尝了一下味道，发现起码嚼了一小时。因此可以推断出当时的景象：我舅舅坐在沙发上，小舅妈骑在小舅身上，嚼着口香糖。想明白了这些，我觉得这景象非常之好，就欢呼一声，扑倒在自己床上。这是屋里唯一的床，但一点睡过的痕迹都没有。但我没想到小舅妈手里拿着枪，枪口对准了我舅舅。知道了这一点，还欢不欢呼，实在很难讲。

　　顺便说一句，小舅妈很喜欢和小舅做爱，每回都兴奋异常，大声嚷嚷。这时候她左手总和小舅铐在一起，右手拿着小手枪，开头是真枪，后来不当管教了，就用玩具枪，比着我舅舅的脑袋。等到能透过气的时候，就说道：说！王犯，你是爱我，还是想利用我？凭良心说，我舅舅以为对国家机关的女职员，首先是利用，然后才能说到爱。但是在枪口对脑袋的时候，他自然不敢把实话说出来。除此之外，在这种状态下做爱，有多少快乐，也真的很难说。

　　小舅妈和小舅不是一头儿的。不是一头儿的人做爱也只能这样。在我家里和小舅妈做爱时,我舅舅盯着那个钢铁的小玩意,心里老在想:妈的,这种东西有没有保险机?保险机在哪里?到底什么样子保险才算是合上的?本来他可以提醒一下小舅妈,但他们认识不久,不好意思说。等到熟识以后才知道,那枪里没有子弹;可把我舅舅气坏了;他宁愿被枪走火打死,也不愿这样白担心。不过,这支枪把他眼睛的毛病治好了。原来他是东一只眼西一只眼,盯枪口的时间太长,就纠正了过来。只可惜矫枉过正,成了斗鸡眼了。

小舅妈把小舅搞成了斗鸡眼后,开头很得意,后来也后悔了。她在小报上登了一则求医广告,收到这样一个偏方:牛眼珠一对,水黄牛不限,但须原生于同一牛身上者。蜜渍后,留下一只,将另一只寄往南京。估计寄到时,服下留在北京的一只,赶往南京去服另一只。小舅妈想让小舅试试,但小舅一听要吃牛眼珠,就说:毋宁死。因为没服这个偏方,小舅的两只眼隔得还是那么近。但若小舅服了偏方,眼睛变得和死牛眼睛那样一南一北,又不知会是什么样子。

第二天早上,我妈对小舅妈说:你有病,应该到医院去看看。这是指她做爱时快感如潮而言。小舅妈镇定如常地嗑着瓜子说,要是病的话,这可是好病哇,治它干吗?从这句话来看,小舅妈头脑清楚,逻辑完备。我看她不像有病的样子。说完了这些话,她又做出更加古怪的事:小舅妈站了起来,束上了武装带,拿出铐子,"嗖"一下把我舅舅铐了起来;并且说:走,王犯,去劳改,别误了时辰。我舅舅耍起赖皮,想要再玩几天,但小舅妈横眉立目,说道:少废话!她还说,恋爱归恋爱,工作归工作,她立场站得很稳,决不和犯人同流合污——就这样把我舅舅押走了。这件事把我妈气得要发疯,后来她英年早逝,小舅妈要负责任。

四

上个世纪渤海边上有个大碱厂,生产红三角牌纯碱,因而赫赫有名。现在经过芦台一带,还能看到海边有一大片灰蒙蒙的厂房。因为氨碱法耗电太多,电力又不足,碱厂已经停了工,所需的碱现在要从盐碱地上刨来。这项工作十分艰苦,好在还有一些犯了错误的人需要改造思想,可以让他们去干。除此之外,还需要有些没犯错误的人押送他们,这就是这个故事的前因。我舅舅现在还活着,会有什么样的后果还很难说。总而言之,我舅舅在盐碱地上刨碱,小舅妈押着他。刨碱的地方离芦台不很远。每次我路过芦台,都能看到碱厂青白的空壳子厂房。无数海鸟从门窗留下的大洞里飞进飞出,遮天盖地。废了的碱厂成了个大鸟窝,还有些剃秃瓢拴脚镣的人在窝里出入,带着铲子和手推车。这说明艰苦的工作不仅是刨碱,还有铲鸟粪。听说鸟粪除了做肥料,还能做食品的添加剂。当然，要经过加工，直接吃可不行。

每次我到碱场去，都乘那辆蓝壳子交通车。"厂"和"场"只是一字之差，但不是一个地方。交通车开起来咚咚地响，还有个细长的铁烟囱，驶在荒废的铁道上，一路嘣嘣地冒着黑烟。假如路上抛了锚，就要下来推；乘客在下面推车走，司机在车上修机器。运气不好时，要一直推到目的地。这一路上经过了很多荒废的车站，很多荒废了的道岔，所有的铁轨都生了锈。生了锈的铁轨很难看。那些车站的墙上写满了标语："保护铁路一切设施""严厉打击盗窃铁路财产的行为"等等，但是所有的门窗都被偷光，只剩下房屋的壳子，像些骷髅头。空房子里住着蝙蝠、野兔子，还有刺猬。刺猬灰溜溜的，长了两双罗圈腿。我对刺猬的生活很羡慕：它很闲散，在觅食，同时又在晒太阳，但不要遇上它的天敌黄鼠狼。去过一回碱场，袜子都会被铁锈染红，真不知铁锈是怎么进去的。

我到碱场去看小舅时，心里总有点别扭。小舅妈和小舅是一对，不管我去看谁，都有点不正经。假如两个一齐看，就显得我很贱。假如两个都不看，那我去看谁？唯一能安慰我的是：我和我舅舅都是艺术家。艺术家外甥看艺术家舅舅，总可以吧。但这种说法有一个最大的问题，那就是我既不知什么是艺术，也不知什么是艺术家。在这种情况下，认定了我们舅甥二人全是艺术家，未免有点不能服人。

碱场里有一条铁路，一直通到帐篷中间。在那些帐篷外面围着铁丝网,还有两座木头搭的瞭望塔。帐篷之间有一片土场子,除了黄土,还有些石块,让人想起了冰川漂砾。正午时分,那些石头上闪着光。交通车一直开到场中。场子中央有个木头台子,乍看起来不知派什么用场。我舅舅一到了那里,人家就请他到台子前面躺下来,把腿伸到台子上,取出一副大脚镣,往他腿上钉。等到钉好以后,你就知道台子是派什么用场的了。脚镣的主要部分是一根好几十公斤重、好几米长的铁链子。我舅舅躺在地上,看着那条大铁链子,觉得有点小题大做,还觉得铁链子冰人,就说:报告管教!这又何必呢?我不就是画了两幅画吗?小舅妈说:你别急,我去打听一下。过了一会儿,她回来说:万分遗憾,王犯。没有再小的镣子了——你说自己只画了两幅画,这儿还有只写了一首诗的呢。听了这样的话,我舅舅再无话可说。后来人家又把我舅舅极为珍视的长发剃掉,刮了一个亮闪闪的头。有关这头长发,需要补充说,前面虽然秃了,后面还很茂盛,使我舅舅像个前清的遗老,看上去别有风韵;等到剃光了,他变得朴实无华。我舅舅在绝望中呼救道:管教!管教!他们在刮我!小舅妈答道:安静一点,王犯!不刮你,难道来刮我吗?我舅舅只好不言语了。以我舅舅的智慧,到了此时应该明白事情很不对劲。但到了这个地步,小舅也只有一件事可做:一口咬定他爱小舅妈。换了我也要这样,打死也不能改口。

我舅舅在碱场劳改时,每天都要去砸碱。据他后来说,当时的情形是这样的：他穿了一件蓝大衣，里面填了再生毛，拖着那副大脚镣，肩上扛了十字镐，在白花花的碱滩上走。那地方的风很是厉害，太阳光也很厉害，假如不戴个墨镜，就会得雪盲——碱层和雪一样反光。如前所述，我舅舅没有墨镜，就闭着眼睛走。小舅妈跟在后面，身穿呢子制服，足蹬高统皮靴，腰束武装带，显得很是英勇。她把大檐帽的带子放下来，扣在下巴上。走了一阵子，她说：站住，王犯！这儿没人了，把脚镣开了吧。我舅舅蹲下去拧脚镣，并且说：报告管教，拧不动，螺丝锈住了！小舅妈说：笨蛋！我舅舅说：这能怪我吗？又是盐又是碱的。他的意思是说，又是盐又是碱，铁器很快就会锈。小舅妈说：往上撒尿，湿了好拧。我舅舅说他没有尿。其实他是有洁癖，不想拧尿湿的螺丝。小舅妈犹豫了一阵说：其实我倒有尿——算了，往前走。我舅舅站起身来，扛着十字镐，接着走。在雪白的碱滩上，除了稀疏的枯黄芦苇什么都没有。走着走着小舅妈又叫我舅舅站住，她解下武装带挂在我舅舅脖子上，走向一丛芦苇，在那里蹲下来尿尿。然后他们又继续往前走，此时我舅舅不但扛着镐头，脖子上还有一条武装带、一支手枪、一根警棍，走起路来东歪西倒，完全是一副怪模样。后来，我舅舅找到了一片碱厚的地方，把蓝大衣脱掉铺在地上，把武装带放在旁边，就走开，挥动十字镐砸碱。小舅妈绕着他嘎吱嘎吱地走了很多圈，手里掂着那根警棍。然后她站住，从左边衣袋里掏出一条红丝巾，束在脖子上，从右衣袋里掏出一副墨镜戴上，走到蓝大衣旁边，脱掉所有的衣服，躺在蓝大衣上面，摊开白皙的身体，开始日光浴。过了不久，那个白皙的身体就变得红扑扑的了。与此同时，我舅舅迎着冷风，流着清水鼻涕，挥着十字镐，在砸碱。有时小舅妈懒洋洋地喊一声：王犯！他就扔下十字镐，稀里哗啦地奔过去说：报告管教，犯人到。但小舅妈又没什么正经事，只是要他看看她。我舅舅就弓下腰去，流着清水鼻涕，在冷风里眯着眼，看了老半天。然后小舅妈问他怎么样，我舅舅拿袖子擦着鼻涕，用低沉的嗓音含混不清地说：好看，好看！小舅妈很是满意，就说：好啦，看够了吧？去干活吧。我舅舅又稀里哗啦地走了回去，心里嘀咕道：什么叫"看够了吧"？又不是我要看的！这么奔来跑去，还不如带个望远镜哪。

说到用望远镜看女人，我舅舅是有传统的。他家里有各种望远镜——蔡司牌的、奥林巴司的，还有一架从苏联买回来的炮队镜。他经常伏在镜前，一看就是半小时，那架式就像苏军元帅朱可夫。有人说，被人盯着看就会心惊胆战，六神无主。他家附近的女孩子经常走着走着犯起迷糊，一下撞上了电线杆；后来她们出门总打着阳伞，这样我舅舅从楼上就看不到了。现在小舅妈躺在那里让他看，又没打伞，他还不想看，真叫做身在福中不知福。

我舅舅在碱场时垂头丧气，小舅妈却不是这样。她晒够了太阳，就穿上靴子站了起来，走进冷风，来到我舅舅身边说：王犯，你也去晒晒太阳，我来砸一会儿，说完就抢过十字镐抡了起来，而我舅舅则走到蓝大衣上躺下。这时假如有拉碱的拖拉机从远处驶过，上面的人就会对小舅妈发出叫喊，乱打唿哨。这是因为小舅妈除了脖子上系的红丝巾、鼻梁上的墨镜和鸡皮疙瘩，浑身上下一无所有。碱场有好几台拖拉机，冒着黑烟在荒原上跑来跑去，就像十九世纪的火轮船。那个地方天蓝得发紫，风冷得像水，碱又白又亮，空气干燥得使皮肤发涩。我舅舅闭上了眼睛，想要在太阳底下做个梦。失意的人总是喜欢做梦。他在碱场时三十八岁，四肢摊开地躺在碱地上睡着了。

后来，小舅妈踢了他一脚说：起来，王犯！你这不叫晒太阳，叫做捂痱子。这是指我舅舅穿着衣服在太阳底下睡觉而言。考虑到当时是在户外，气温在零下，这种说法有不实之处。小舅妈俯下身去，把他的裤子从腿上拽了下来，一直拽到脚镣上。假如说我舅舅有过身长八米的时刻，就指那一回。然后她又俯下身去，用暴烈的动作解开他破棉袄上的四个扣子，把衣襟敞开。我舅舅睁开眼睛，看到一个红彤彤的女人骑在他身上，颈上的红丝巾和头发就如野马的鬃毛一样飞扬。他又把眼睛闭上。这些动作虽有性的意味，但也可以看做管教对犯人的关心——要知道农场伙食不好，晒他一晒，可以补充维生素D，防止缺钙。做完了这件事，小舅妈离开了我舅舅的身体，在他身边坐下，从自己的制服口袋里掏出一盒香烟，取出一支放在嘴上，又拿出一个防风打火机，正要给自己点火，又改变了主意。她用手掌和打火机在我舅舅胸前一拍,说道:起来,王犯! 一点规矩都不懂吗? 我舅舅应声而起,偎依在她身边,给她点燃了香烟。以后小舅妈每次叼上烟,我舅舅伸手来要打火机,并且说:报告管教! 我懂规矩啦!

后来,我舅舅在碱滩上躺成一个大字,风把刨碎的碱屑吹过来,落在皮肤上,就如火花一样的烫。白色的碱末在他身体上消失了,变成一个个小红点。小舅妈把吸剩的半支烟插进他嘴里,他就接着吸起来。然后,她就爬到他身上和他做爱,头发和红丝巾一起飘动。而我小舅舅一吸一呼,鼻子嘴巴一起冒出烟来。后来他抬起头来往下面看去,并且说:报告管教! 要不要戴套? 小舅妈则说:你躺好了,少操这份心! 他就躺下来,看天上一些零零散散的云。后来小舅妈在他脸上拍了一下,他又转回头来看小舅妈,并且说道:报告管教! 你拍我干什么?

我舅舅原来是个轻浮的人,经过碱场的生活之后就稳重了。这和故事发生的地点有一定的关系。那地方是一片大碱滩,碱滩的中间有个黑糊糊的凹地,用蛇形铁丝网围着,里面有几十个帐篷,帐篷中间有一条水沟,水沟的尽头是一排水管子。日暮时分,我舅舅和一群人混在一起刷饭盒。水管里流出的水带有碱性,所以饭盒也很好刷。在此之前,我舅舅和舅妈在帐篷里吃饭。那个帐篷是厚帆布做的,中间挂了一个电灯泡。小舅妈岔开双腿,雄踞在铺盖卷上抬头吃着饭,她的饭盒里是白米饭、白菜心,还有几片香肠。小舅双腿并拢,坐在一个马扎上低头吃饭,他的饭盒里是陈仓黄米、白菜帮子，没有香肠。小舅妈哼了一声："哞。"我舅舅把碗递了过去。小舅妈把香肠给了他。我舅又把饭盒拿了回去，接着吃。此时小舅妈对他怒目而视，并且赶紧把自己嘴里的饭咽了下去，说道：王犯！连个谢谢也不说吗？我舅舅应声答道：是！谢谢！小舅妈又说：谢谢什么？我舅舅犹豫了一下，答道：谢谢大姐！小舅妈就沉吟起来，沉吟的缘故是我舅舅比她大十五岁。等到饭都吃完，她才敲了一下饭盒说：王犯！我觉得你还是叫我管教比较好。我舅舅答应了一声，就拿了饭盒出去刷。小舅妈又沉吟了一阵，感觉非常之好，就开始捧腹大笑。她觉得我舅舅很逗，自己也很逗，这种生活非常之好。我舅舅觉得自己一点也不逗，小舅妈也不逗，这种生活非常的不好。尽管如此，他还是爱小舅妈，因为他别无选择啦。

我舅舅的故事是这么结束的：他到水沟边刷好了碗回来，这时天已经黑了，并且起了风。我舅舅把两个饭盒都装在碗套里，挂在墙上，然后把门闩上。所谓的门，不过是个帆布帘子，边上有很多带子，可以系在帆布上。我舅舅把每个带子都系好，转过身来。他看到小舅妈的制服零七乱八地扔在地下，就把它们收起来，一一叠好，放在角落里的一块木板上，然后在帐篷中间立正站好。此时小舅妈已经钻进了被窝，面朝里，就着一盏小台灯看书。过了一会儿，帐篷中间的电灯闪了几下灭了，可小舅妈那盏灯还亮着，那盏灯是用电池的。小舅妈说：王犯，准备就寝。我舅舅把衣服都脱掉，包括脚镣。那东西白天锈住了，但我舅舅找到了一把小扳手——就是为卸脚镣用的。然后他精赤条条地立正站着，冷得发抖，整个帐篷在风里东摇西晃。等到他鼻子里开始流鼻涕，才忍不住报告说：管教！我准备好了。小舅妈头也不回地说：准备好了就进来，废什么话！我舅舅蹑手蹑脚钻到被里去，钻到小舅妈身后——那帐篷里只有一副铺盖。因为小舅妈什么都没穿，所以我舅舅一触到她，她就从牙缝里吸气。这使我舅舅尽量想离她远一点。但她说：贴紧点，笨蛋！最后，小舅妈终于看完了一段，折好了书页，关上灯，转过身来，把乳房小腹阴毛等等一齐对准我舅舅，说道：王犯，抱住我。你有什么要说的？我舅舅想，黑灯瞎火的，就乱说吧，免得她再把我铐进厕所，就说：管教，我爱你。她说：很好。还有呢？我舅舅就吻她。两个身体在黑暗里纠缠不休。小舅妈说起这些事来很是开心，但我听起来心事重重：在小舅妈的控制下，我舅舅还能不能出来，几时出来，等等，我都在操心。假如最终能出来，我舅舅学点规矩也不坏。但是小舅妈说："不把他爱我这件事说清楚，他永辈子出不来。"

五

现在可以这样说，小舅为作画吃官司，吃了一场冤枉官司。

因为他的画没有人懂，所以被归入了叵测一类。前清有个诗人写道："清风不识字，何事乱翻书。"让人觉得叵测，就被押往刑场，杀成了碎片。上世纪有个作家米兰·昆德拉说：人类一思考，上帝就发笑。这上帝就很叵测。我引昆德拉这句话，被领导听见了，他就说：一定要把该上帝批倒批臭。后来他说，他以为我在说一个姓尚的人。总而言之，我舅舅的罪状就是叵测，假如不叵测，他就没事了。

在碱场里，小舅妈扣住了小舅不放，也都是因为小舅叵测之故。她告诉我说，她初次见到小舅，是在自己的数学课上。我舅舅测过了智商后就开始掉头发，而且他还没有发现有什么办法可以从这里早日出去，为这两件事，他心情很不好，脑后的毛都直着，像一只豪猪。上课时他两眼圆睁、咬牙切齿，经常把铅笔一口咬断，然后就把半截铅笔像吃糖棍一样吃了下去，然后用手擦擦嘴角上的铅渣，把整个嘴都抹成黑色的了。一节课发他七支铅笔，他都吃个精光。小舅妈见他的样子，觉得有点瘆人，就时时提醒他道：王犯，你的执照可不是我吊销的，这么盯着我干吗？我舅舅如梦方醒，站起来答道：对不起，管教。你很漂亮。我爱你。这后一句话是他顺嘴加上去的，此人一贯贫嘴聊舌，进了习艺所也改不了。我告诉小舅妈说她是很漂亮。她说：是啊是啊。然后又笑起来：我漂亮，也轮不到他来说啊！后来她说，她虽然年轻，但已是老油子了。在习艺所里，学员说教员漂亮，肯定是没安好心。至于他说爱她，就是该打了。我没见过小舅妈亲手打过小舅，从他们俩的神情来看，大概是打过的。

小舅妈还说，在习艺所里，常有些无聊的学员对她贫嘴聊舌。听了那些话她就揍他们一顿。但是小舅和他们不同，他和她有缘分。缘分的证明是小舅的画，她看了那些画，感到叵测，然后就性欲勃发。此时我们一家三口：舅舅、外甥和舅妈都在碱滩上。小舅妈趴在一块塑料布上晒日光浴，我舅舅衣着整齐，睡在地上像一具死尸，两只眼睛盯着自己的鼻子。小舅妈的裸体很美，但我不敢看，怕小舅吃醋。小舅的样子很可怕，我想安慰他几句，但又不敢，怕小舅妈说我们串供。我把自己扯到这样的处境里，想一想就觉得稀奇。

小舅妈还说，她喜欢我舅舅的画。这些画习艺所里有一些，是李家口派出所转来的。搁在那里占地方，所里要把它丢进垃圾堆。小舅妈把它都要下来，放在宿舍里，到没人的时候拿出来看。小舅事发进碱场，小舅妈来押送，并非偶然。用句俗话来说，不怕贼偷，就怕贼惦记。小舅早就被舅妈惦记上了。这是我的结论，小舅妈的结论有所不同。她说：我们是艺术之神阿波罗做媒。说到这里，她捻了小舅一把，问道：艺术之神是阿波罗吧？小舅应声答道：不知道是谁。嗓音低沉，听上去好像死掉的表哥又活过来了。

我常到碱场去，每次都要告诉小舅妈，我舅舅是爱她的。小舅妈听了以后，眼睛就会变成金黄色，应声说道：他爱我，这很好啊！而且还要狂笑不止。这就让我怀疑她是不是真的觉得很好。真觉得好不该像岔了气那样笑。换个女人，感觉好不好还无关紧要。小舅的小命根握在小舅妈手里，一定要让她感觉好。于是我就换了一种说法：假如小舅不是真爱你，你会觉得怎样？小舅妈就说：他不是真爱我？那也很好啊！然后又哈哈大笑。我听着像在狞笑。在这个问题上我们进退两难，就该试试别的门道。

那次我去看小舅，带去了各种剪报——那个日本人把他的画运到巴黎去办画展，引起了很大的轰动。这个画展叫做"2010——W2"，没有透露作者的身份，这也是轰动的原因之一。各报一致认为，这批画的视觉效果惊人，至于说是伟大的作品，这么说的人还很少。展览会入口处，摆了一幅状似疯驴的画，就是平衡器官健全的人假如连看五秒钟也会头晕；可巧有个观众有美尼尔综合征，看了以后，马上觉得天地向右旋转，与此同时，他向左倾倒，用千斤顶都支不住。后来只好给他看另一幅状似疯马的画，他又觉得天地在向左旋转，但倒站直了。然后他就向后转，回家去，整整三天只敢喝点冰水，一点东西也没吃。大厅正中有幅画，所有的人看了都感到"嗡"的一声，全身的血都往头上涌。不管男女老幼，大家的头发都会直立起来，要是梳板寸的男人倒也无碍，那些长发披肩的金发美女立时变得像戴尖顶帽的小丑。与此同时，观众眼睛上翻，三面露白，有位动脉硬化者立刻中了风。还有一幅画让人看了感觉五脏六腑往下坠，身材挺拔的小伙子都驼了背，疝气患者坠得裤裆里像有一个暖水袋。大家对这位叫做"W2"的作者有种种猜测，但有些宗教领袖已经判定他是渎神者、魔鬼的同谋，下了决杀令。他们杀了一些威廉、威廉姆斯、韦伯、威利斯，现在正杀世界卫生组织（WHO）里会画画的人,并杀得西点军校（West Point）改了名，但还没人想到要杀姓王的中国人。我们姓王的有一亿人，相当于一个大国，谅他们也得罪不起。我把这些剪报给小舅妈看，意在证明小舅是伟大的艺术家，让她好好地对待他。小舅妈就说：伟大！伟大！不伟大能犯在我手里吗？后来临走时，小舅抽冷子踢了我一脚。他用这种方式通知我：对小舅妈宣扬他的伟大之处，对他本人并无好处。这是他最后一次踢我，以后他就病快快的，踢不动了。

当我沉迷于思索怎样救小舅时，他在碱场里日渐憔悴，而且变得尖嘴猴腮。小舅妈也很焦急，让我从城里带些罐头来，特别指定要五公斤装的午餐肉，我用塑料网兜盛住挂在脖子上，一边一个，样子很傻。坐在去碱场的交通车里，有人说我是猪八戒挎腰刀，邋遢兵一个。这种罐头是餐馆里用的，切成小片来配冷盘，如果大块吃，因为很油腻，就难以下咽。小舅妈在帐篷里开罐头时，小舅躺在一边，开始干呕。然后她舀起一块来，塞到小舅嘴里，立刻把勺子扔掉，一手按住小舅的嘴，另一手掐着他的脖子，盯住了他的眼睛说：一、二、三！往下咽！塞完了小舅，小舅妈满头大汗，一面擦手，一面对我说：小子，去打听一下，哪儿有卖填鸭子的机器。此时小舅嘴唇都被捏肿，和鸭子真的很像了。

在碱场里吃得不好，心情又抑闷，小舅患上了阳痿症。不过小舅妈自有她的办法。我舅舅的这些逸事是他自己羞羞答答地讲出来的，但小舅妈也有很多补充：在碱滩上躺着时，他的那话儿软塌塌地倒着，像个蒸熟的小芋头。你必须对它喊一声：立正！它才会立起来，像草原上的旱獭，伸头向四下张望。当然，你是不会喊的，除非你是小舅妈。这东西很听指挥，不但能听懂立正、稍息，还能向左右转、齐步走等等。在响应口令方面，我舅舅是有毛病的，他左右不分，叫他向左转，他准转到右面，齐步走时会拉顺。而这些毛病它一样都没有。小舅妈讲起这件事就笑，说它比我舅舅智商高。假如我舅舅IQ五〇，它就有一五〇，是我舅舅的三倍。作为一个生殖器，这个数字实属难能可贵。小舅妈教它数学，但它还没学会，到现在为止，只知道听到一加一点两下头，但小舅妈对它的数学才能很有信心。她决心教会它微积分。这门学问她一直在教小舅，但他没有学会。她还详细地描写了立正令下后，那东西怎样蹒跚起身，从一个问号变成惊叹号，颜色从灰暗变到赤红发亮，像个美国出产的苹果。她说，作为一个女人，看到这个景象就会觉得触目惊心。但我以为男人看到这种景象也会触目惊心。

小舅妈还说：到底是艺术家，连家伙都与众不同——别的男人肯定没有这种本领。我舅舅听到这里就会面红耳赤，说道：报告管教！请不要羞辱我！士可杀不可辱！而小舅妈却耸耸肩，轻描淡写地说：别瞎扯！我杀你干吗。来，亲一下。此后小舅只好收起他的满腔怒火，去吻小舅妈。吻完以后，他就把自己受羞辱的事忘了。照我看来，小舅不再有往日的锐气，变得有点二皮脸，起码在舅妈面前是这样的。据说，假如小舅妈对舅舅大喝一声立正！我舅舅总要傻呵呵地问：谁立正？小舅妈说：稍息！我舅舅也要问谁稍息。在帐篷里，小舅妈会低声说道：同志，你走错了路……我舅舅就会一愣，反问道：是说我吗？我犯什么错误了吗？小舅妈就骂道：人说话，狗搭茬！有时候她和我舅舅说话，他又不理，需要在脸上拍一把才有反应：对不起，管教！不知道你在和我说话。讨厌的是，我舅舅和他的那个东西都叫做王二。小舅妈也觉得有点混乱，就说：你们两个简直是要气死我。久而久之，我舅舅也不知自己是几个了。

我舅舅和小舅妈在碱场里陷入了僵局，当时我以为有两个原因：其一是小舅妈不懂得艺术，所以她就知道拿艺术家寻开心。假如我懂得什么是艺术，能用三言两语对她解释清楚，她就会把小舅放出来。但我没有这个能耐。所以小舅也出不来。

刚上大学时，我老在想什么是艺术的真谛，想着想着就忘了东西南北，所以就有人看到我在操场上绕圈子，他在一边给我数圈数,数着数着就乱了,只好走开;想着想着,我又忘掉了日出日落,所以就有人看到我在半夜里坐在房顶上抽烟,把烟蒂一个一个地往下扔;这件事的不可思议之处在于我有恐高症。因为这个缘故,有些女孩子爱上了我,还说我像维特根斯坦,但我总说:维特根斯坦算什么。听了这话,她们就更爱我了。但我忙于解开这个难题,一个女孩都没爱上,听任她们一个个从我身边飞走了,现在想起来未免后悔,因为在她们中间,有一些人很聪明,有一些人很漂亮,还有一些既聪明,又漂亮,那就更为难得。所谓艺术的真谛,就是人为什么要画画、写诗、写小说。我想做艺术家,所以就要把这件事先想想清楚。不幸的是,到了今天我也没有想清楚。

现在我还在怀念上大学一年级的时期,那时候我写着一篇物理论文;还在准备投考历史系的研究生;时时去看望我舅舅;不断思考艺术的真谛;参加京城里所有新潮思想的讨论会;还忙里偷闲,去追求生物系一个皮肤白皙的姑娘。盛夏时节,她把长发束成了马尾辫,穿着白色的T恤衫和一条有纵条纹的裙裤,脖子和耳后总有一些细碎的汗珠。我在校园里遇上她,就邀她到松树林里去坐。等到她在干松针上细心地铺好手绢,坐在上面,脱下脚上的皮凉鞋,再把脚上穿的短丝袜脱下来放在两边时,我已经开始心不在焉,需要提醒,才能开始在她领口上的皮肤上寻找那种酸酸的汗味。据说,我的鼻子冬暖夏凉,很是可爱;所以她也不反对撩起马尾辫,让我嗅嗅项后发际的软发。从这个方向嗅起来,这个女孩整个就像一块乳酪。可惜的是，我经常想起还有别的事情要干，就匆匆收起鼻子来走了。我记得有一回，我在她乳下嗅到一股沉甸甸的半球形的味道，还没来得及仔细分辨，忽然想起要赶去看我舅舅的交通车，就这样走掉了。等下次见到她时，她露出一副要哭的样子，用手里端着的东西泼了我一脸。那些东西是半份炒蒜苗、半份烩豆腐，还有二两米饭。蒜苗的火候太过，变得软塌塌的。豆腐里放了变质的五香粉，有点发苦。至于米饭，是在不锈钢的托盘里蒸成，然后再切成四方块。我最反对这样来做米饭。经过这件事以后，我认为她的脾气太坏，还有别的缺点，从此以后不再想念她了；只是偶尔想道：她可能还在想念我。

在碱滩上，我想营救小舅时，忽然想到，艺术的真谛就是叵测。不过这个答案和没有差不多。世界上没有人知道什么是"叵测"，假如有人知道，它就不是叵测。

我舅舅陷在碱场里的另一个原因是他不擅长爱情。假如他长于此道，就能让小舅妈把他放出来。在我看来，爱情似乎是种竞技体育；有人在十秒钟里能跑一百米，有人需要二十秒钟才能跑完一百米。和小舅同时进习艺所的人，有人已经出来了，挎着习艺所的前教员逛大街；看来是比小舅长于此道。竞技体育的诀窍在于练习。我开始练习这件事，不是为了救我舅舅，而是为了将来救我自己。

最近，我在同学聚会时遇到一个女人，她说她记得我，并对这些记忆做了一番诗意的描绘。首先,她记得世纪初那些风,风里夹杂着很多的黄土。在这些黄土的下面,树叶就分外的绿。在黄土和绿叶之间,有一个男孩子,裹在一身灰土色的灯芯绒里,病病歪歪地穿过了操场——此人大概就是我吧——在大学期间我没生过病,不知她为什么要说我病歪歪。但由她所述的情形来看,那就是在我去碱场之前的事。

这个女人是我们的同行,现在住在海外;闻起来就如开了瓶的冰醋酸,简直是颗酸味的炸弹。在她诗意的回忆里,那些黄沙漫天的日子里,最值得记忆的是那些青翠欲滴的绿叶;这些叶子是性的象征。然后她又说到一间小屋子,一个窗户。这个窗户和一个表达式联系在一起——这个表达式是 2×2,说明这窗户上有四片玻璃,而且是正方形的——被一块有黑红两色图案的布罩住,风把这块印花布鼓成了一块大气包。气包的下面是一张皱巴巴的窄床;上面铺了一条蓝色蜡染布的单子。她自己裸体躺在那张单子上,竭力伸展身躯,换言之,让头部和脚尖的距离尽可能的远;于是腹部就深凹下去,与床单齐。这时候,在她的腿上,闪着灰色的光泽。在这个怪诞的景象中,充满了一种气味,带有碱性的腥味;换言之,新鲜精液的气味。假如说这股气味和我有什么关系,我实在感到意外。但那间房子就是我上大二时的宿舍,里面只住了我一个人。至于说我在里面干了什么,我一点都记不得。

这个女人涂了很重的眼晕,把头发染成了龌龊的黄色,现在大概有三百磅。要把她和我过去认识的任何一个女孩联系起来，很是困难。然而人家既知道我的房间，又知道我的气味，对这件事我也不能否认。她还说，当时我一声不响，脸皮紧绷，好像心事重重——忽然间精液狂喷，热烘烘的好像尿了一样。因为我是这样的一个心不在焉的尿炕者，她一直在想念我。但我不记得自己是这样的爱尿炕；而且，如果说这就是爱情，我一定要予以否认。

在学校里，有一阵子我像疯了一样地选课，一学期选了二十门。这么多课听不过来，我请同学带台对讲机去，自己坐在宿舍里，用不同的耳机监听。我那间房子里像电话交换台一样，而我自己脸色青里透白。系里的老师怀疑我吸海洛因，抓我去验血。等到知道了我没有毒瘾后，就劝诫我说：何必急着毕业？重要的是做个好学生。但我忙着到处去考试，然后又忙着到处去补考。补到最后一门医用拉丁文，教授看我像个死人，连问都没问，就放我pass了。然后我就一头栽倒，进了校医院。我之所以这样的疯狂，是因为一想到小舅的处境，就如有百爪挠心，方寸大乱。

在寒假里，我听说化学系有个女生修了二十一门课，比我还要多一门。我因此爱上了她，每天在女生宿舍门口等她，手里拿了一束花。这是一个小四眼，眼镜的度数极深，在镜片后面，眼睛极大，并且盘旋着两条阿基米德螺线。她脸色苍白，身材瘦小，双手像鸟爪子，还有点驼背。后来才发现，她的乳房紧贴着胸壁，只是一对乳头而已，而且好像还没有我的大；肩膀和我十三岁时一样单薄。总而言之,肚脐以上和膝盖以下,她完全是个男孩子,对男女之间的事有种学究式的兴趣,总问:为什么是这样呢?我告诉她说:我爱她,这辈子再也不想爱别人。她扶扶眼镜说:为什么你要爱我?为什么这辈子不想爱别人?我无言以对,就提议做爱来证明这一点。但正如她事后所说,做爱并不能解决这个问题。假如我真的爱她,就该是无缘无故的。但无缘无故的事总让人怀疑。由此得出一个结论,不管谁说爱她都可疑。经她这样一说,我觉得自己并不爱她。她听了扶扶眼镜说:为什么你又不爱我了呢?我听了又不假思索地马上又爱上了她。我和她的感情就这样拉起锯来。又过了一个学期,她猛然开始发育,还配了隐形眼镜,就此变成个亭亭玉立的美女,而且变得极傻。此时她有不少追求者,我对她也没了兴趣。

六

那一回和小舅、小舅妈在碱滩上晒太阳,直到天色向晚。天色向晚时,小舅妈站起身来,往四下看看。夕阳照在她的身体上,红白两色,她好像一个女神。如果详加描写,应该说道,她的肩头像镜子一样反光,胸前留下了乳房的阴影。在平坦的小腹上,有一蓬毛,像个松鼠尾巴——我怀疑身为外甥这样描写舅妈是不对的——然后她躬下身来穿裤子,我也该回学校了。这是我唯一一次看到小舅妈的裸体,以后再也没机会。早知如此,当初真该好好看看。

说过了小舅妈,就该说到小舅。小舅的案子后来平了反,法院宣布他无罪,习艺所宣布他是个好学员。油画协会恢复他的会员资格,重新发给他执照,还想选他当美协的理事。谁知小舅不去领执照,也不想入油协。于是有关部门决定以给脸不要脸的罪名开除小舅,吊销他的画家执照。但是小舅妈不同意他们这样干,要和他们打官司,理由是小舅既然没有重入美协,也没有去领执照,如何谈得上开除和吊销。但是小舅妈败诉了。法院判决说,油画协会作为美术界的权力机关,可以开除一切人的会员资格,也可以吊销一切人的画家执照,不管他是不是会员,是不是画家。判决以后,美协开会,郑重开除了小舅妈。从此之后,她写字还可以,画画就犯法了。现在小舅没有执照,小舅妈也没有照。但是小舅继续作画,卖给那个日本人。但是价钱比以前低了不少。日本人说,现在世界经济不够景气,画不好脱手。其实这是一句假话。真话是小舅名声不如以前——他有点过气了。

说过了我舅舅以后,也就该说到买我舅舅画的日本人——此人老了很多,长了一嘴白胡子楂——在十字路口等红灯,他会大模大样地从人行横道上走过来,拉开车门说:王二画!就把画取走了。顺便说一句,我大舅叫王大,我小舅叫王二。我妈那么厉害,我自己想不姓王也不行。这些画是我舅舅放在我这里的。假如红灯时间长，他还要和我聊几句，他说他想念我舅舅，很想见到他。我骗他说，我舅舅出家当了尼姑，要守清规，不能出来，你不要想他了；他纠正我说：和尚，你是说，和尚！然后替我关上车门，朝我鞠上一躬，就走了。其实他也知道我在撒谎。假如他和我舅舅没有联系，能找到我吗？反过来说，我也知道那个日本人在说谎。我们大家都在说谎，谁都不信任谁。

有人说，这个日本人其实是个巴西人，巴西那地方日裔很多。他有个黑人老婆，像墨一样黑，有一次带到中国来，穿着绿旗袍和他在街上遛弯，就在这时发生了误会，人家把她当小舅逮去了。在派出所里，他们拿毛巾蘸了水、汽油、丙酮，使劲地擦，没有擦下黑油彩，倒把血擦出来了。等到巴西使馆的人闻讯赶来时，派出所换了一个牌子，改成了保育站，所有的警察都穿上了白大褂，假装在给黑女人洗脸。那女人身高一米九八，像根电线杆，说是走失的小孩子勉强了一点。那日本人又有个白人情妇，像雪一样白。有一次和他在街上走，又发生了误会。人家把她逮进去，第一句话就问：好啊，王二，装得倒像！用多少漂白粉漂的？然后就去捏她的鼻子，看是不是石膏贴的，捏得人家泪下如雨；并且乱拔她的头发，怀疑这是个头套，一头金发很快就像马蜂窝一样了。等到使馆的人赶来，那派出所又换了一块牌子，"美容院"。但把鼻子捏得像酒渣鼻，把头发揪成水雷来美容，也有点怪。后来所有的外国女人和这日本人一起上街前,都在身上挂个牌子,上书"我不是王二"。

还有一天他们逮住了我,一把揪住我的领带,把我拽得离了地,兴高采烈地说:好啊王二!你居然连装都不装了!我很沉着地说道:大叔啊,你搞错了。我不是王二。我是王二的外甥。他愣住,把我放下地来,先是啐了一口,啐在我的皮鞋上;想了一会儿,又给我整整领带,擦擦皮鞋,朝我敬了一个礼,然后假装走开了。其实他没有走开,而是偷偷地跟着我,每隔十几分钟就猛冲到我面前,号我的脉搏,看我慌不慌。我始终不慌,他也没敢再揪我。幸亏他没把我揪到派出所,假如揪了去,我们单位的人来找时,他们又得换块牌子:柔道馆。之所以发生这些事,是因为他们知道我舅舅还在偷偷卖画,很想把他逮住,但总也逮不到他。这一点无关紧要。重要的是他揪我时,我感到很兴奋,甚至勃起了。这说明我有小舅的特征。我是有艺术家的天赋,这大概是没有疑问的了。

现在我提到了所有的人,就剩下我了。小时候我的志向是要当艺术家,等到看过小舅的遭遇之后,我就变了主意,开始尝试别的选择,其中包括看守公厕。我看守的那座公厕是个墨绿色的建筑,看上去是琉璃砖砌的,实际上是水泥铸造的,表面上贴了一层不干胶的贴面纸,来混充琉璃。下一场大雨它就会片片剥落,像一只得了皮肤病的乌龟。房子里面有很多窄长的镜子,朝镜子里看时，感觉好像是在笼子里。房间里有一股苦杏仁味，那是一种消毒水。我在门口分发手纸，每隔一段时间，就用消防水龙冲洗一次里面，把坐在马桶上的人冲得像落汤鸡。还有一件事我总不会忘记，就是索要小费，如果顾客忘了给，我就揪住他衣服不放，连他的衣兜都扯掉。闹到了这个地步，也就没人敢再不给小费。因为工作过于积极，我很快就被开除掉。

还有一段时间，我在火车站门前摆摊，修手表、打火机。像所有的修表摊一样，我的那个摊子是座玻璃匣子，可以推着走，因为温室效应，坐在里面很热，汗出得很多，然后就想喝水。经我修过的手表就不能看时间，只能用来点烟；我修过的打火机倒有报时的功能，但又打不着火了，顾客对我不大满意。还有一段时间我戴着黑眼镜，假装是瞎子，在街上卖唱。但很少有人施舍。作为一个瞎子，我的衣服还不够脏。他们还说我唱得太难听，可以催小孩子的尿。后来我又当过看小孩子的保姆，唱歌给小孩子听，他们听了反而尿不出；见到雇主回家，就说：妈妈，叔叔唱！然后放声大哭。我做过各种各样的职业，拖延了很多时间，来逃避我的命运。

我终于长大了，在写作部里工作；我舅舅也从碱场出来了，和小舅妈结了婚。他还当他的画家。小舅妈倒是改了行，在一家大公司里当公关秘书。这说明我舅舅除了画画，我除了会信口胡编，都别无所长。小舅妈倒是多才多艺。有时候她深更半夜给我打电话，说我舅舅的坏话。说他就知道神秘兮兮捣鬼，江郎才尽，再也画不出令人头晕的画了；还说他身体的那一部分功能还是老样子，她每天要给它发号令，还要假装很喜欢的样子，真是烦死了。这些话的意思好像是说，她嫁给小舅嫁亏了。但是每次通话结束时，她总要加上一句，这些话不准告诉你舅舅。只要你敢透半句口风，我就杀掉你！至于我，每天都在写小说。说句实在话，我不知道自己写的到底是什么。

今天我们所面对的一切，都是我一手促成的。那一天我从碱场回来，心情烦闷，就去捣鼓电脑，想从交互网上找个游戏来玩。找来找去，没找到游戏，倒找到一份电子杂志《今日物理》。我虽是物理系的学生，但绝不看物理方面的文献——教科书例外。那天又找到了一个例外，就是那本杂志。它的通栏标题是：《谁是达利以后最伟大的画家——W2还是486》？ W2是我舅舅的化名，486是上世纪末一种个人电脑，已经完全过时，一块钱能买五六台。那篇文章还有张插图，上面有台486微机，屏幕上显示着我舅舅那幅让人犯疝气的画。当然，它已是画中画，看上去就不犯疝气，只使人有点想屙屎。等你把这篇文章看完，连屎都不想屙。它提到上个世纪末开始，有人开始研究从无序到有序的物理过程，这种东西又叫做"混沌"，用计算机模拟出来，显示在屏幕上很好看。其中最有名的是曼德勃罗集，放大了像海马尾巴，我想大家都是知道的。顺便说一句，曼德勃罗集不会使人头晕，和小舅的画没有一点相似之处。但是该文作者发明了一种名为依呀阿拉的算法，用老掉牙的486作图，让人看了以后晕得更加厉害。简单地说，用一行公式加上比一盒火柴还便宜的破烂电脑，就能作出小舅的画。任何人知道了这件事，看小舅的画就不会头晕，也不会犯疝气。很显然，小舅妈知道了这件事后再看小舅的画，也不会性欲勃发。这篇文章使我对小舅、小舅妈、艺术、爱情，还有整个世界产生了一种感觉，那就叫"掰开屁眼放屁——没了劲了"。假如我不到交互网上找游戏，一切就会是老样子，小舅照样是那么叵测，小舅妈还对他着迷。我也老大不小的啦，怎么还玩游戏呢？

我看了这篇文章以后，犹豫了好久，终于下定了决心，把它打印了一百份，附上一封要求给小舅平反的信，寄往一切有关部门——不管怎么说，我舅舅在受苦，我不能不救他呀。有关部门马上做出了反应：小舅不是居心叵测，他画的是依呀阿拉集嘛，关他干吗——放出来吧。有了这句话，我就驰往碱场，把一切都告诉小舅和小舅妈。小舅妈听了长叹一声，说道：原来是这样！对不起，王犯，让你吃了不少苦。回所给你要点补助吧。你也不用犟着说你爱我了。小舅听了我的话，变得像个死人，瘫软在地上。听到小舅妈最后一句话，他倒来了精神，从地上爬起来说：报告管教！我真的爱你！我从来没想利用你！等等。小舅妈听了，眼睛变成金黄色，对我狞笑着说：你听到了吧？咱俩快把这个死要面子活受罪的家伙揍上一顿！但还没等动手，她又变了主意，长叹一声道：算了，别打了，看来他是真的爱上我了。这似乎是说，假如小舅继续叵测，他就不可能真的爱上小舅妈，为此要狠狠地揍他，但和他做爱也非常的过瘾；假如他不再叵测，就可以爱上小舅妈，此后就不能打他，但和他做爱也是很烦人的了。小舅妈和小舅从碱场出去，结婚、过日子，一切都变得平淡无奇了。

今年是二〇一五年，我是一个作家。我还在思考艺术的真谛。它到底是什么呢？

* 最初发表于1996年第1期《花城》杂志。

白银时代

一

大学二年级时有一节热力学课，老师在讲台上说道："将来的世界是银子的。"我坐在第一排，左手支在桌面上托着下巴，眼睛看着窗外。那一天天色灰暗，空气里布满了水汽。窗外的山坡上，有一棵很粗的白皮松，树下铺满了枯黄的松针，在干裂的松塔之间，有两只松鼠在嬉戏、做爱。松鼠背上有金色的条纹。教室里很黑，山坡则笼罩在青白色的光里。松鼠跳跳蹦蹦，忽然又凝神不动。天好像是要下雨，但始终没有下来。教室里点着三盏荧光灯，有一盏总是一明一灭。透过这一明一暗的快门，看到的是过去发生的事情。

老师说，世界是银子的。然后是一片意味深长的沉默。这句话没头没尾，所以是一个谜。我把左手从腮下拿下来，平摊在桌子上。这只手非常大,有人叫它厄瓜多尔香蕉——当然,它不是一根,而是一排厄瓜多尔香蕉。这个谜好像是为我而出的,但我很不想进入这个谜底。在我身后,黑板像被水洗过,一片漆黑地印在墙上。老师从讲台上走下来。这位老师皮肤白皙,个子不高,留了一个娃娃头,穿着一件墨绿色的绸衫。那一天不热,但异常的闷,这间教室因此像一间地下室。老师向我走来时,我的脸上也感到一阵逐渐逼近的热力。据说,沙漠上的响尾蛇夜里用脸来看东西——这种爬虫天黑以后眼睛什么都看不见,但它的脸却可以感受到红外线,假如有只耗子在冰冷的沙地上出现,它马上就能发现。我把头从窗口转回来,面对着走近来的老师。她身上墨绿的绸衫印着众多的热带水果,就如钞票上的水印隐约可见。据她说,这件衣服看上去感觉很凉快,我的感觉却是相反。绸衫质地紧密,就像一座不透风的黑牢,被关在里面一定是很热的;所以,从里面伸出来的裸露手臂带有一股渴望之意……老师在一片静止的沉默里等待着我的答案。

天气冷时,老师穿一件黑色的皮衣,在校园里走来走去,在黑衣下面露出洁白的腿——这双腿特别吸引别人的注意。有人说,在皮衣下面她什么都没有穿,这是个下流的猜想。据我所知不是这样:虽然没穿别的东西,但内裤是穿了的。老师说,她喜欢用光腿去蹚冰冷的皮衣。一年四季她都穿皮凉鞋,只是在最冷那几天才穿一双短短的皮靴,但从来就不穿袜子。这样她就既省衣服,又省鞋，还省了袜子。我就完全不是这样：我是个骇人听闻的庞然大物，既费衣服又费鞋，更费袜子——我的体重很大，袜子的后跟很快就破了。学校里功课很多，都没什么意思。热力学也没有意思，但我没有缺过课。下课以后，老师回到宿舍里，坐在床上，脱下脚上的靴子，看脚后跟上那块踩出来的红印，此时她只是个皮肤白皙、小腿健壮的小个子女郎。上课时我坐在她面前，穿着压皱的衣服，眼睛睁得很大，但总像刚睡醒的样子；在庞大的脸上，长着两道向下倾斜的八字眉。我的故事开始时，天气还不冷。这门课叫做"热力学二零一"，九月份开始。但还有"热力学二零二"，二月份开始；"热力学二零三"，六月份开始。不管叫二零几，都是同一个课。一年四季都能在课堂上遇到老师。

我猛然想道：假如不是在那节热力学课上，假如我不回答那个问题，又当如何……我总是穿着压皱的土色灯芯绒外衣出现在教室的第一排——但出现只是为了去发愣。假如有条侏罗纪的蛇颈龙爬行到了现代，大概也是这样子。对它来说，现代太吵、太干燥，又吃不到爱吃的蕨类植物，所以会蔫掉。人们会为这个珍稀动物修一个四季恒温的恐龙馆，像个篮球队用的训练馆，或是闲置不用的车间，但也没有什么用处。它还是要蔫掉。从后面看它，会看到一条死气沉沉的灰色尾巴搁在地下。尾巴上肉很多，喜欢吃猪尾巴的人看了，会感到垂涎欲滴的。从前面去看，那条著名的脖子拍在地下，像条冬眠中的蛇，在脖子的顶端，小小的三角脑袋上,眼睛紧闭着——或者说,眼睛罩上了灰色的薄膜。大家都觉得蛇颈龙的脖子该是支着的,但你拿它又有何办法,总不能用吊车把它吊起来吧。用绳子套住它的脖子往上吊,它就要被勒死了。我就是那条蛇颈龙,瘫倒在水泥地上,就如一瓣被拍过的蒜。透过灰色的薄膜,眼前的一切就如在雾里一般。忽然,在空荡荡的房子里响起了脚步声,就如有人在地上倒了一筐乒乓球。有个穿黑色皮衣的女人从我面前走过,灰色的薄膜升起了半边。随着雾气散去,我也从地下升起,摇摇晃晃,直达顶棚——这一瞬间的感觉,好像变成了一个氢气球。这样我和她的距离远了。于是我低下头来,这一瞬的感觉又好似乘飞机在俯冲——目标是老师的脖子。有位俄国诗人写过:上古的恐龙就是这样咀嚼偶尔落在嘴边的紫罗兰。这位诗人的名字叫做马雅可夫斯基。这朵紫罗兰就是老师。假如蛇颈龙爬行到了现代,它也需要受点教育,课程里可能会有热力学……不管怎么说吧,我不喜欢把自己架在蛇颈龙的脖子上,我有恐高症。老师转过身来,睁大了惊恐的双眼,然后笑了起来。蛇颈龙假如眼睛很大的话,其实是不难看的——但这个故事就不再是师生恋,而是人龙恋……上司知道我要这样修改这个故事,肯定要把我拍扁了才算。其实,在上大学时,我确有几分恐龙的模样:我经常把脸拍在课桌面上,一只手臂从课桌前沿垂下去,就如蛇颈龙的脖子。但你拿我也没有办法:绕到侧面一看,我的眼睛是睁着的。既然我醒着,就不用把我叫醒了——我一直在老师的阴影里生活,并且总是要回答那句谜语:世界是银子的。

二

现在是二〇二〇年。早上,我驶入公司的停车场时,雾气正浓。清晨雾气稀薄,随着上午的临近,逐渐达到对面不见人的程度——现在正是对面不见人的时刻。停车场上的柏油地湿得好像刚被水洗过,又黑又亮。停车场上到处是参天巨树,叶子黑得像深秋的腐叶,树皮往下淌着水。在浓雾之中,树好像患了病。我停在自己的车位上,把手搭在腮下,就这样不动了。从大学时代开始,我就经常这个模样,有人叫我扬子鳄,有人叫我守宫——总之都是些爬虫。我自己还要补充一句,我像冬天的爬虫,不像夏天的爬虫。大夫说我有抑郁症。他还说,假如我的病治不好,就活不到毕业。他动员我住院,以便用电打我的脑袋,但我坚决不答应。他给我开了不少药,我拿回去喂我养的那只绿毛乌龟。乌龟吃了那些药,变得焦躁起来,在鱼缸里焦急地爬来爬去,听到音乐就立起来跳迪斯科,一夜之间毛就变了色,变成了一只红毛乌龟——这些药真是厉害。我没吃那些药也活到了大学毕业。但这个诊断是正确的:我是有抑郁症。抑郁症暂时不会让我死去,它使我招人讨厌，在停车场上也是这样。

在黑色的停车场正面，是一片连绵不绝的玻璃楼房。现在没有下雨，但停车场上却是一片雨景。车窗外面站了一个人，穿着橡胶雨衣，雨衣又黑又亮，像鲸鱼的皮——这是保安人员。我把车窗摇了下来，问道：你有什么问题？他愣了一下，脸上泛起了笑容，说道：这话应该是我问你才对。这话的意思是说，停车场不是发愣的地方。我无可奈何地耸耸肩，从车上下来，到办公室里去——假如我不走的话，他就会在我面前站下去，站下去的意思也就是说：停车场不是发愣的地方。保安人员像英国绅士一样体面，脸上挂着意味深长的微笑。相比之下，我们倒像是些土匪。我狠狠地把车门摔上，背对着他时，偷偷放了个恶毒的臭屁——我猜他是闻到味了，然后他会在例行报告里说，我在停车场上的行为不端正——随他去好了。走进办公室，我在桌后坐下，坐了没一会儿，对面又站了一个人，这个人还是我的顶头上司。她站在这里的意思是说：办公室也不是发愣的地方。到处都不是发愣的地方。我把手从腮下拿出来，放在桌子上，伸直了脖子，正视着我的上司——早上我来上班时的情形就是这样。

我一直在写作公司里写着一篇名为《师生恋》的小说。这篇小说我已经写了十几遍了，现在还要写新的版本，因为公司付了我薪水，而且不是每个人都有机会和老师恋爱的，所以这部小说总是有读者，我也总是要写下去。

在黑色的皮衣下，老师是个杰出的性感动物。在椅子上坐久了，她起身时大腿的后面会留下红色的皮衣印迹——好像挨了打，触目惊心。那件衣服并不暖和，我不知道她为什么要穿这件皮衣。在夏季，老师总在不停地拽那件绸衫——她好像懒得熨衣服，那衣服皱了起来，显得小了。好在她还没懒得拽。拽来拽去，衣服也就够大了。这故事发生的时节，有时是严冬，有时是酷暑。在严冬，玻璃窗上满是霜窗花，教室的水泥地下满是鞋跟带进来的雪块。有些整块地陈列着，有些已经融化成了泥水——其实，我并不喜欢冷。在酷暑时节，从敞开的门到窗口，流动着干热的风。除了老师授课声，还能听到几声脆响。那是构成门框、窗框或者桌椅的木料正在裂开。而这一次则是在潮湿的初秋季节。从本性来说，我讨厌潮湿。但我别无选择——因为这是我唯一能选择的东西。在潮湿的秋季，老师说：未来的世界是银子的……这是一道谜语。我写着的小说和眼前发生的一切，全靠这道谜语联系着。

在班上，我总对着桌上那台单色电脑发愣。办公室里既没有黑板，也没有讲台，上司总是到处巡视着，所以只有这一样可以对之发愣的东西。有时，我双手捧着脸对它发愣，头头在室里时，就会来问上一句：喂！怎么了你？我把一只手拿下来，用一个手指到键盘上敲字，屏幕上慢慢悠悠开始出现一些字。再过一会儿她又来问：你干什么呢？我就把另一只手放下来，用两根手指在

213

键盘上敲字,屏幕上还是在出字,但丝毫也不见快些。假如她再敢来问,我就把两只手全放回下巴底下去,屏幕上还是在出字,好像见了鬼。这台电脑经我改造过。原本它就是老爷货,比我快不了好多,改了以后比我还要慢得多。我住手后五分钟它还要出字,一个接一个地在屏幕上闪现,每个都有核桃大小,显得很多——实际上不多。头头再看到我时,就摇摇头,叹口气,不管我了。所有的字都出完了,屏幕变得乌黑,表面也泛起了白色的反光。它变成了一面镜子,映着我眉毛稀疏、有点虚胖的脸……头头的脸也在这张脸上方出现。她的脸也变得臃肿起来。这个屏幕不是平的,它是一个曲面,像面团里的发酵粉,使人虚胖。她说道:你到底在干些什么……她紧追不舍,终于追进了这个虚胖的世界里。人不该发愣,除非他想招人眼目。但让我不发愣又不可能。

我的故事另有一种开始。老师说,未来世界是银子的。这位老师的头发编成了高高的发髻,穿着白色的长袍。在她身后没有黑板,是一片粉红色的天幕。虽然时间尚早,但从石柱间吹来的风已经带有干燥的热意。我盘膝坐在大理石地板上,开始打瞌睡,涂蜡的木板和铁笔从膝上跌落……转瞬之间我又清醒过来,把木板和铁笔抓在手里——但是已经晚了,错过了偷偷打瞌睡又不引起注意的时机。在黑色的眼晕下,老师的眼睛睁大了,雪白的鼻梁周围出现了冷酷的傲慢之色。她打了个榧子，两个高大的黑奴就朝我扑来，把我从教室里拖了出去。如你所知，拖我这么个大个子并不容易，他们尽量把我举高，还是不能使我的肚子离开地面——实际上，我自己缩成了一团，吊在他们的手臂上，像小孩子坐滑梯那样，把腿水平地向前伸去。就是这样，脚还是会落在地上。这时我就缩着腿向前跑动，就如京剧的小丑在表演武大郎——这很有几分滑稽。别的学生看了就笑起来。这些学生像我一样，头顶剃得秃光光，只在后脑上有撮头发和一条小辫子，只有一块遮羞布绕在腰上——他们把我拖到高墙背后，四肢摊开，绑在四个铁环上。此后我就呈 × 形站着，面对着一片沙漠和几只骆驼。

有一片阴影遮着我，随着中午的临近，这块阴影会越来越小，直至不存在，滚烫的阳光会照在我身上。沙漠里的风会把砂粒灌进我的口鼻。我的老师会从这里经过，也许她会带来一瓢水给我解渴，但她多半不会这么仁慈。她会带来一罐蜜糖，刷在我身上。此后蚂蚁会从墙缝里爬出来，云集在我身上——但这都是以后的事了。现在有只骆驼向我走来，把它的嘴伸向我的遮羞布。我想骆驼也缺盐分，它对这条满是汗渍的遮羞布会有兴趣——还有一种可能，就是它是只母骆驼……它把遮羞布吃掉了，继续饶有兴致地盯着我，于是我赤身裸体地面对着一只母骆驼。字典上说，骆驼是论峰的。所以该写："我赤身裸体地面对着一峰母骆驼。"我压低了嗓子对它说：去，去！找公骆驼玩去……这个故事发生在埃及托勒密王朝时期。我的老师是个希腊裔的贵人——她甚至可以是克利奥佩屈拉本人。如你所知,克利奥佩屈拉红颜薄命,被一条毒蛇咬死了。写这样一个故事,不能说是不尊重老师。

三

办公室里鸦雀无声,就像在学校里的习题课上。如你所知,学校里有些重大课程设有习题课,把学生圈在教室里做习题——对我来说,这门课叫做"四大力学",一种不伦不类的大杂烩。老师还没有资格讲这样的重大课程,但她总到习题课上来,坐在门口充当牢头禁子的角色——坐在那里摇头晃脑地打瞌睡。我也来到习题课上,把温热的大手贴在脸上,目不转睛地看着她,发现她摇晃得很有韵律。不时有同学走到她面前交作业,这时她就醒来,微笑着说道:做完了?谢谢你。总得等多数人把习题做完,这节课才能结束。所以她要谢谢每个交作业的人,但我总不在其中。每门课我都不交作业,习题分总是零蛋……老师在习题课上,扮演的正是办公室里头头的角色。

现在头头不在班上,但我手下的职员还要来找我的麻烦。很不幸的是,现在我自己也当了本室的头头,虽然在公司里我还是别人的手下。据说头头该教手下人如何写作,实际上远不是这样。

没人能教别人写作，我也不能教别人写作——但我不能拒绝审阅别人的稿子。他们把稿件送到我办公桌上，然后离去。过上半小时，或者一个小时，我把那篇稿子拿起来，把第一页的第一行看上一遍，再把最后一页最后一行看上一遍，就在阅稿笺上签上我的名字。有些人在送稿来时，会带着一定程度的激动，让我特别注意某一页的某一段，这件事我会记住的，虽然他（或者她）说话时，我像一个死人，神情呆滞，目光涣散，但我还是在听着。过半小时或一小时之后，我除了看第一行和最后的一行，还会翻到那一页，仔细地看看那一段。看完了以后，有时我把稿子放在桌面上，伸手抓起一支红铅笔，把那一段圈起来，再打上一个大大的红叉——如你所知，我把这段稿子枪毙了。在枪毙稿子时，我看的并不是稿纸，而是盯住了写稿人目不转睛地看着，这个被枪毙的人脸色涨红，眼睛变得水汪汪的，按捺着心中的激动低下头去。假如此人是女的，并且梳着辫子，顺着发缝可以看见头皮上也是通红的——这是枪毙的情形。被毙掉以后，说话的腔调都会改变，还会不停地拉着抽屉。很显然，每个人都渴望被枪毙，但我也不能谁都毙。不枪毙时，我默默地把稿件收拢，用皮筋扎起来，取过阅稿笺来签字，从始至终头都不抬。而那个写稿人却恶狠狠地站了起来，把桌椅碰得叮当响，从我身边走过时，假作无心地用高跟鞋的后跟在我脚上狠命地一踩，走了出去。不管怎么狠命，结果都是一样。我不会叫疼的，哪怕整个脚趾甲都被踩掉——有抑郁症的人总是这样的。

当初我写《师生恋》时,曾兴奋不已——写作的意义就在于此。现在它让我厌烦。我宁愿口干舌燥、满嘴砂粒,从石头墙上被放下来,被人扔到木头水槽里。这可不是个好的洗澡盆:在水槽周围,好多骆驼正要喝水。我落到了它们中间,水花四溅,这使它们暂时后退,然后又拥上来,把头从我头侧、胯下伸下去,为了喝点水。在四堵方木垒成的墙中间,积满了混浊、发烫的水。但我别无选择,只能把这种带着羊尿气味的水喝下去——这水池的里侧涂着柏油,这使水的味道更臭。在远处的石阶上,老师扬着脸,雪白的下巴尖削,不动声色地看着我——她的眼睛是紫色的。她把手从袍袖里伸了出来,做了一个坚决的手势,黑奴们又把我拖了出来,带回教室,按在蒲团上,继续那节被瞌睡打断了的热力学课——虽然这样的故事准会被枪毙,但我坚信,克利奥佩屈拉曾给一个东方人讲过热力学,并且一定要他相信,未来的世界是银子做的。

我坐在办公室的门口,这是头头的位置。如你所知,没人喜欢这个位置……对面的墙是一面窗子,这扇窗通向天顶,把对面的高楼装了进来,还装进来蒙蒙的雾气。天光从对面楼顶上透了下来,透过楼中间的狭缝,照在雾气上。有这样的房子:它的房顶分做两半,一半比另一半高,在正中留下了一道天窗。天光从这里透入,照着蒙蒙的雾气——这是一间浴室。老师没把我拴在外面,而是拴在了浴室里光滑的大理石墙上。我叉开双腿站着——

这样站着是很累的。站久了大腿又酸又疼。所以，我时常向前倒去，挂在拴住的双臂上，整个身体像鼓足的风帆，肩头像要脱臼一样疼痛。等到疼得受不了，我再站起来。不管怎么说吧，这总是种变化。老师坐在对面墙下的浴池里，坐在变幻不定的光线中。她时常从水里伸出脚来，踢从墙上兽头嘴里注入池中的温水。每当她朝我看来时，我就站直了，把身体紧贴着墙壁，抬头看看天顶，雾气从那里冒了出去，被风吹走。她从水里爬了出来，朝我走来，此时我紧紧闭上眼睛……后来，有只小手捏住我的下巴，来回扳动着说：到底在想什么呢？我也一声不吭。在她看来，我永远是写在墙上的一个符号"×"。×是性的符号。我就是这个符号，在痛苦中拼命地伸展开来……但假如能有一个新故事，哪怕是在其中充当一个符号，我也该满意。

四

将近中午时，我去见我的头头，呈上那些被我枪毙过的手稿。打印纸上那些红色的笔迹证明我没有辜负公司给我的薪水——这可是个很大的尸堆！那些笔道就如红色的细流在尸堆上流着。我手下的那些男职员们反剪着双手俯卧在地下，扭着脏子，就如宰好的鸡；女职员倒在他们身上。我室最美丽的花朵仰卧在别人身上，小脸上甚是安详——她虽然身轻如燕，但上身的曲线像她的叙事才能一样出色。我一枪正打在她左乳房下面，鲜血从藏青色的上装里流了出来。我室还有另一花朵，身材壮硕，仿佛是在奔逃之中被我放倒了，在尸丛中作奔跑之势，两条健壮的长腿从裙子里伸了出来。她们在我的火力下很性感地倒地，可惜你看不到。我枪毙他们的理由是故事不真实——没有生活依据。上司翻开这些稿子，拣我打了叉子的地方看了起来。我木然地看着窗外射进来的阳光——它照在光滑的地板上，又反射到天花板上，再从天花板上反射下来时，就变成一片弥散的白光——头头合上这些稿子，朝我无声地笑了笑，把它放到案端。然后朝我伸出手来说：你的呢？我呈上几页打印纸。在这些新故事里，我是克利奥佩屈拉的男宠或者一条蛇颈龙——后者的长度是五十六公尺，重量是二百吨。假如它爬进了这间办公室，就要把脖子从窗口伸出去，或者盘三到四个圈，用这种曲折委婉的姿势和头头聊天。我期望头头看到这些故事后勃然大怒，拔出把手枪，把我的脑袋轰掉，我的抑郁症就彻底好了。

我们这里和埃及沙漠不同。我们不仅是写在墙上的符号，还写着各种大逆不道的故事。这些故事送到了头头的案端，等着被红笔叉掉。红笔涂出一个"×"，如你所知，×是性的符号……头头看了我的稿子以后笑了笑，把它们收到抽屉里。这位头头和我年龄相仿，依旧艳丽动人，描着细细的眉毛，嘴唇涂得十分性感。她把手指伸在玻璃板上，手指细长而且惨白，叫人想起了爬在桑叶上的蚕——她长着希腊式的鼻子，绰号就叫克利奥佩屈拉，简称"克"。"克"又一次伸出手来说：还有呢？我再次呈上几页打印纸，这是第十一稿《师生恋》。她草草一看，说道：时间改在秋天啦……就把它放在案端那叠稿子的顶端，连一个叉子都没打。虽然看不到自己的脸，但我知道，我的脸变成了灰色。"克"把手放在玻璃板上，脸上容光焕发，说道：你的书市场反应很好，十几年来畅销不衰——用不着费大力气改写。我的脸色肯定已经变成了猪肝色。"克"最懂得怎么羞辱我，就这么草草一翻，就看出这一稿的最大改变：故事的时间改在了秋季。她还说用不着费大力气改写……其实这书稿从我手里交出去以后，还要经过数十道删改，最后出版时，时间又会改回夏季，和第一版一模一样了。这些话严重地伤害了我。她自己也是小说家，所以才会这么坏……

我默默地站了起来，要回去工作。"克"也知道这个玩笑开得不好，压低了声音说道：你的稿子我会好好看的。她偷偷脱下高跟鞋，把脚伸了出来，想让我踩一脚。但我没踩她。我从上面跳过去了。

我在抑郁中回到自己位子上。现在无事可做，只能写我的小说：老师的脸非常白，眉毛却又宽又黑。但教室里气氛压抑……她把问题又说了一遍，世界是银子的，我很不情愿地应声答道：你说的是热寂之后。这根本不是热力学问题，而是一道谜语：在热寂之后整个宇宙会同此凉热，就如一个银元宝。众所周知，银子是热导最好的物质，在一块银子上，绝不会有一块地方比另一块更热。至于会不会有人因为这么多银子发财，我并不确切知道。这样我就揭开了谜底。

我又把头转向窗口，那里拦了一道铁栅栏，栅栏上爬了一些常春藤，但有人把藤子截断了，所以常春藤正在枯萎下去。在山坡上，那对松鼠已经不在了。只剩了这面窗子，和上面枯萎的常春藤，这些藤子使我想到了一个暗房，这里横空搭着一些绳子，有些竹夹夹住的胶卷正在上面晾干。这里光线暗淡，空气潮湿，与一座暗房相仿。

老师听到了谜底，惊奇地挑起眉毛来。她摇了摇头，回身朝讲台走去。我现在写到的事情，是有生活依据的。"生活"是天籁，必须凝神静听。老师身高大约是一米五五，被紧紧地箍在发皱的绸衫里。她要踮起脚尖才能在黑板上写字。有时头发披散到脸上，她两手都是粉笔末，就用气去吹头发：两眼朝上看，三面露白，噘起了小嘴，那样子真古怪——但这件事情我已经写了很多遍了。在潮湿的教室里，日光灯一明一灭……

每次我写出这个谜底，都感到沮丧无比。因为不管我乐意不乐意，我都得回到最初的故事，揭开这个谜底。这就像自渎一样，你可以想象出各种千奇百怪的开端，最后总是一种结局：两手黏糊糊……我讨厌这个谜底。我讨厌热寂。

既然已经揭穿了谜底，这个故事可以顺利地进行下去。

现在可以说说在我老师卧室里发生的事情了："走进那房间的大门，迎着门放了一张软塌塌的床，它把整个房子都占满了，把几个小书架挤到了墙边上。进了门之后，床边紧紧挤着膝盖。到了这里，除了转身坐下之外，仿佛也没什么可做的事情。而且如果我们不转身坐下，就关不上门。等把门关上，我们面对一堵有门的墙，墙皮上有细小的裂纹，凸起的地方积有细小的灰尘，我们呆在这面高墙的下面。我发现自己在老师沉甸甸手臂的拥抱之中。她抓住我的T恤衫，想把它从我头上拽下来。这件事颇不容易，你可以想象一个小个子女士在角落里搬动电冰箱，这就是当时的情形。后来她说：他妈的！你把皮带解开了呀。皮带束住了短裤，短裤又束住了T恤衫，无怪她拽不掉这件衣服，只能把我拽离地面。此时我像个待绞的死刑犯，那件衣服像个罩子蒙在我头上，什么都看不见，手臂又被袖筒吊到了半空中。我胡乱摸索着解开皮带。老师拽掉了衣服，对我说道：我可得好好看看你——你有点怪。这时我正高举着双手，一副缴枪投降的模样。这世界上有不少人曾经缴枪投降，但很少会有我这么壮观的投降模样。我的手臂很长，坐在床上还能摸到门框……"

五

　　假如你在街上看到我，准会以为我是个打篮球的，绝不会想到我在写作公司的小说室里上班。我身高两米一十多。但我从来就没上过球场，连想都没敢想过——我太笨了，又容易受伤——这样就白花了很多买衣服和买鞋的钱。我穿的衣服和鞋都是很贵的。每次我上公共厕所，都会有个无聊的小男孩站到我身边，拉开拉锁假装撒尿，其实是想看看我长了一条怎样的货色。我很谦虚地让他先尿，结果他尿不出来。于是，我就抓住他的脖子，把他从厕所里扔出去。我的这个东西很少有人看到，和身胚相比，货色很一般。在成熟，甚至是狰狞的外貌之下，我长了一个儿童的身体：很少有体毛，身体的隐秘部位也没有色素沉积——我觉得这是当学生当的，像这样一个身体正逐步地暴露在老师面前，使我羞愧无比——我坐在办公室里写小说，写的就是这些。上大学时我和老师恋爱，这是一个故事。这个故事正逐步暴露在读者面前，使我羞愧无比。看着这些熟悉的字句，我的脸热辣辣的。

　　我从旧故事里删掉了这样一些细节：刚一关上卧室的门，老师就用双手勾住我的脖子，努力爬了上来，把小脸贴在了我的额头上，用两只眼睛分别瞪住我的眼睛，厉声喝道：傻呵呵的，想什么呢你！我没想到她会这样问我，简直吓坏了，期期艾艾地说道：没想什么。老师说：混账！什么叫没想什么？她把我推倒在床垫上,伸手来拽我的衣服……此时我倒不害怕了。我把这些事删掉,原因是:人人都能想到这些。人人都能想到的事就像是编出来的。我总在编故事,但不希望人们看出它是编出来的。

"在老师的卧室里,我想解开她胸前的扣子,但没有成功。失败的原因是我手指太粗,拿不住细小的东西;还有一个原因是空气太潮,衣料的摩擦系数因此大增。她自己解决了这个问题,从绸衫下面钻了出来,然后把它挂在门背后。门背后有个轻木料做成的架子,是个可以活动的平行四边形,上面有凸起的木钉,她把它作挂衣钩来用,但我认为这东西是一种绘图的仪器。老师留了个娃娃头,她的身材并不像我想象的那么纤细,而是小巧而又结实……"我的故事只有一种开始,每次都是从热力学的教室开始,然后来到了老师的宿舍。然后解老师胸前的扣子,怎么也解不开——这么多年了,我总该有些长进才好。我想让这个故事在别的时间、地点开始,但总是不能成功。

最近我回学校去过,老师当年住的宿舍楼还在,孤零零地立在一片黄土地上。这片地上满是碎砖乱瓦,还有数不尽的碎玻璃片在闪光。原来这里还有好几座筒子楼,现在都拆了——如果不拆,那些楼就会自己倒掉,因为它们已经太老了。那座楼也变成了一个绿色的立方体:人家把它架在脚手架里,用塑料编织物把它罩住,这样它就变得没门没窗,全无面目,只剩下正面一个小口子,这个口子被木栅栏封住,上面挂了个牌子,上书:电影外景地。听人家说，里面的一切都保留着原状，连走廊里的破柜子都放在原地。什么时候要拍电影，揭开编织袋就能拍，只是原来住在楼里的耗子和蟑螂都没有了——大概都饿死了，要用人工饲养的来充数——电影制片厂有个部门，既养耗子又养蟑螂。假如现在到那里去，电工在铺电线，周围的黄土地上停着发电车、吊车；小工正七手八脚地拆卸脚手架——这说明新版本的《师生恋》就要开拍了。这座楼的样子就是这样。这个电影据说是根据我的小说改编。我有十几年没见过老师。她现在是什么样子了，我不知道。

人在公司里只有两件事可做：枪毙别人的稿子或者写出自己的稿子供别人枪毙。别人的稿子我已经枪毙完了，现在只能写自己的稿子。在黑色的屏幕上，我垂头丧气地写道："……她从书架上拿了一盒烟和一个烟灰缸回来。这个烟灰缸上立了一只可以活动的金属仙鹤。等到她取出一支烟时，我就把那只仙鹤扳倒，那下面果然是一只打火机。为老师点烟可以满足我的恋母情结。后来，她把那支烟倒转过来，放到我嘴里。当时我不会吸烟，也吸了起来，很快就把过滤嘴咬了下来，然后那支烟的后半部就在我嘴里解体了，烟丝和烟纸满嘴都是；它的前半截，连同燃烧着的烟头，摊到了我赤裸的胸口上。老师把烟的残骸收拾到烟灰缸里，哈哈地笑起来了，然后她和我并肩躺下。她躺在床上，显得这张床很大；我躺在床上，显得这张床很小；这张床大又不大，小又不小，变成了一样古怪的东西。她钻到我的腋下，拍拍我的胸口说：来，抱一抱。我侧过身来抱住老师——这是此生第一次。在此之前，我谁都没抱过。自己不喜欢，别人也不让我抱。就是不会说话的孩子，见我伸出桅杆似的胳臂去抱他，也会受到惊吓，嚎啕痛哭……后来，我问老师，被我抱住时害不害怕。她看看垂在肩上的胳臂——这个东西像大象的鼻子——摇摇头上的短发，说道：不。我不怕你。我怕你干什么？"是啊是啊。我虽然面目可憎，但并不可怕。我不过是个学生罢了。

六

今天上午，我室全体同仁——四男二女——都被毙掉了。如今世界上共有三种处决人的方法：电椅、瓦斯、行刑队。我喜欢最后一种方法，最好是用老式的滑膛枪来毙。行刑队穿着英国禁卫军的红色军服，第一排卧倒，第二排跪倒，第三排站立，枪声一响，浓烟弥漫。大粒的平头铅子弹带着火辣辣的疼痛，像飞翔的屎壳郎迎面而来，挨着的人纷纷倒地，如果能挨上一下，那该是多么惬意啊——但我没有挨上。我要被钉死在十字架上。我这么大的个子，枪毙太糟蹋了。

随着下午来临，天色变得阴暗起来。夜幕就如一层清凉的露水，降临在埃及的沙漠里。此时我被从墙上解了下来，在林立的长矛中，走向沙漠中央的行刑地，走向十字架。克利奥佩屈拉坐在金色的轿子里，端庄而且傲慢。夜幕中的十字架远看时和高大的仙人掌相仿……无数的乌鸦在附近盘旋着。我侧着头看那些乌鸦，担心它们不等我断气就会把我的眼睛啄出来。克利奥佩屈拉把手放在我肩头——那些春蚕似的手指给被晒得红肿的皮肤带来了一道道的剧痛——柔声说道：你放心。我不让它们吃你。我不相信她的话，抬头看着暮色中那两块交叉着的木头，从牙缝里吸着气说道：没关系，让它们吃吧。对不相信的事情说不在意：这就是我保全体面的方法。到底乌鸦会不会吃我，等被钉上去就知道了。克利奥佩屈拉惊奇地挑起了眉毛，先吸了一口气，然后才说：原来你会说话！

将近下班时，公司总编室正式通知我说，埃及沙漠里的故事脱离了生活，不准再写了。打电话的人还抱怨我道：瞎写了些什么——你也是个老同志了，怎么一点分寸都不懂呢。居然挨上了总编的枪子儿，我真是喜出望外。总编说话带着囔囔的鼻音，他的话就像一只飞翔的屎壳郎。他还说：新版《师生恋》的进度要加快，下个月出集子要收。我没说什么，但我知道我会加快的。至于恐龙的故事，人家没提。看来"克"没把它报上去，但我的要求也不能太高。接到这个电话，我松了一口气——我终于被枪毙了——我决定发一会儿呆。假如有人来找我的岔子，我就说：

我都被枪毙了，还不准发呆吗？提到自己被枪毙，就如人前显贵。请不要以为，我在公司里呆了十几年就没资格挨枪毙了。我一发呆，全室的人都发起呆来，双手捧头面对单色电脑；李清照生前，大概就是这样面对一面镜子。宋代的镜子质量不高，里面的人影面部臃肿，颜色灰暗——人走进这样的镜子，就是为了在里面发愣。今天，我们都是李清照。这种结果可算是皆大欢喜。忽听屋角哗啦一声响，有人拉开椅子朝我走来。原来还有一个人不是李清照……

我有一位女同事，不分季节，总穿棕色的长袖套装。她肤色较深，头上梳着一条大辫子，长着有雀斑的圆鼻子和一双大眼睛，像一个卡通里的啮齿动物。现在她朝我走来了。她长得相当好看，但这不是我注意的事。我总是注意到她长得人高马大，体重比一般人为重，又穿着高跟鞋。我从来不枪毙她的稿子，她也从来不踩我——大家相敬如宾。实际上，本室有四男三女，我总把她数漏掉。但她从我身边走过时，我还是要把脚伸出来：踩不踩是她的权利，我总得给她这种机会。怀着这样的心情，我把脚放在可以踩到的地方，但心里忐忑不安。假设有一只猪，出于某种古怪的动机蹲在公路边上，把尾巴伸在路面上让过往的汽车去轧，那么听到汽车响时，必然要怀着同样忐忑不安的心情想到自己的尾巴，并且安慰自己说：司机会看到它，他不会轧我的……谁知"咯"的一声，我被她踩了一脚，疼痛直接印到了脑子里，与之俱来的，还有失落感——我从旁走过时,"克"都伸出脚来,但我从来不踩;像我这样的身胚踩上一脚,她就要去打石膏啦……这就是说,人家让你踩,你也可以不踩嘛。我禁不住哼了一声。因为这声呻吟,棕色的女同事停了下来,先问踩疼了没有,然后就说:晚上她要和我谈一件事。身为头头,不能拒绝和属下谈话,不管是白天还是晚上。虽然要到晚上谈,但我现在已经开始头疼了。

"在老师的卧室里,我抱着她,感到一阵冲动,就把她紧紧地搂住,想要侵犯她的身体;这个身体像一片白色的朦胧,朦胧中生机勃发……她狠狠地推了我一把,说道:讨厌!你放开!我放开了她,仰面朝天躺着,把手朝上伸着——一伸就伸到了窗台下的暖气片上。这个暖气片冬天时冷时热,冷的时候温度宜人,热的时候能把馒头烤焦,冬天老师就在上面烤馒头;中午放上,晚上回来时,顶上烤得焦黄,与同和居的烤馒头很相像——同和居是家饭馆,冬天生了一些煤球炉子,上面放着铜制的水壶,还有用筷子穿成串的白面馒头。其实,那家饭店里有暖气,但他们故意要烧煤球炉子——有一回我的手腕被暖气烤出了一串大泡,老师给我涂了些绿药膏,还说了我一顿,但这是冬天的事。夏天发生的事是,我这样躺着,沉入了静默,想着自己很讨厌;而老师爬到我身上来,和我做爱。我伸直了身体,把它伸向老师。但在内心深处还有一点不快——老师说了我。我的记恨心很重。"

我知道自己内心不快时是什么样子：那张长长的大脸上满是铅灰色的愁容。如果能避免不快，我尽量避免，所以这段细节我也不想写到。但是今天下午没有这个限制：我已经开始不快了……

"她拍拍我的脸说：怎么，生气了？我慢慢地答道：生气干什么？我是太重了，一百一十五公斤。她说：和你太重没有关系——一会儿和你说。但是一会儿以后，她也没和我说什么。后来发现，不管做不做爱，她都喜欢跨在我身上，还喜欢拿支圆珠笔在我胸口乱写：写的是繁体字，而且是竖着写，经常把我胸前写得像北京公共汽车的站牌。她还说，我的身体是个躺着很舒服的地方，当然，这是指我的肚子。肚子里盛着些柔软的脏器：大肠、小肠，所以就很柔软，而且冬暖夏凉，像个水床。胸部则不同，它有很多坚硬的肋骨，硌人。里面盛着两片很大的肺，一吸一呼发出噪声。我的胸腔里还有颗很大的心，咚咚地跳着，很吵人。这地方爱出汗，也不冬暖夏凉——说实在的，我也不希望老师睡在这个地方。胸口趴上个人，一会儿还不要紧，久了就会透不过气来。如你所知，从小到大，我是公认的天才人物。躺在老师身下时，我觉得自己总能想出办法，让老师不要把我当成一枚鸡蛋来孵着。但我什么办法都没想出来。不但如此，我连动都不能动。只要我稍动一下，她就说：别动……别动。舒服。"我和老师的故事发生了一遍又一遍，每回都是这样的——我只好在她的重压之下睡着了。要是在棕色

231

的女同事身下我就睡不着。她太沉了。

七

随着夜幕降临，下班的时刻来临了——这原本是惊心动魄的时刻。在一片寂静中，"克"一脚踹开了我们的门。她已经化好了妆，换上了夜礼服，把黑色的风衣搭在手臂上，朝我大喝一声道：走，陪我去吃晚饭。——看到我愁容满面地趴在办公桌上，她又补了一句：不准说胃疼！似乎我只能跟她到俱乐部里去，坐在餐桌前，手里拿着一把叉子，扎着盘子里的冷芦笋。与此同时，她盘问我，为什么我的稿子里会有克利奥佩屈拉——这故事的生活依据是什么。有个打缠头的印度侍者不时地来添上些又冷又酸的葡萄酒，好像嫌我胃壁还没有出血。等到这顿饭吃完，芦笋都变成酱了。我的胃病就是这样落下的。但你不要以为，因为她是头头我就愿意受这种折磨。真正的原因是：她是个有魅力的女人。

其实，晚饭我自会安排。我会把我室那朵最美丽的花绑架到小铺里去吃饸饹面。就像我怕冷芦笋，她也怕这种面，说这种面条像蛔虫。那家小铺里还卖另一种东西，就是卤煮火烧——但她宁死都不吃肥肉和下水。我吃面时，她侧坐在白木板凳上，抽着绿色的摩尔烟，尽量不往我这边看。但她必须回答我的逼问：在她稿子里那些被我用红笔勾掉的段落中，为什么会有个身高两米一零的男恶棍——这个高度的生活依据何在，是不是全世界的男人都身高两米一零。整个小饭铺弥漫着下水味、泔水味，还有民工身上的馊味。她抱怨说，回家马上就要洗头，要不然头发带有抹布味——但你不要以为我是头头她就愿意受这种折磨。真正的原因是：我是个身长两米多的男人。

不管身长多少，魅力如何，人的忍耐终归是有限。等到胃疼难忍，摩尔烟抽完，我们已经忍无可忍，挑起眉毛来厉声问道：你到底要干什么？让我陪你上床吗？听到这句问话，我们马上变得容光焕发，说我没这个意思，还温和地劝告说：不要把工作关系庸俗化……其实谁也不想让谁陪着上床，因为谁都不想把工作关系庸俗化——我们不过是寻点乐子罢了。但是，假如没有工作关系，"克"肯定要和我上床，我肯定要和那朵美丽的花上床。工作关系是正常性关系的阻断剂，使它好像是种不正常的性关系。

今天晚上我没有跟"克"去吃饭，我只是把头往棕色的女同事那边一扭，说道：我不能去——晚上有事情。"克"看看我，再看看"棕色的"，终于无话可说，把门一摔，就离去了。然后，我继续趴着，把下巴支在桌面上，看着别人从我面前走过。最美丽的花朵最先走过，她穿着黑色的皮衣，大腿上带着坐出的红色压痕，触目惊心——我已经说过我不走，有事情，这就是说，他们可以先走了。这句话就如一道释放令。他们就这样不受惩罚地逃掉了。

"棕色的"要找我谈话,我猜她不是要谈工资,就是要谈房子。如你所知,我们是作家,是文化工作者,谈这种低俗事情总是有点羞涩,要避开别人。这种事总要等她先开口,她不开口我就只能等着。与此同时,我的同事带着欢声笑语,已经到了停车场上。我觉得自己是个倒霉蛋,但又无可奈何……

晚上,公司的停车场上满是夜雾,伸出手去,好像可以把雾拿到手里——那种黏稠的冷冰冰的雾。这种雾叫人怀念埃及沙漠……天黑以后,埃及沙漠也迅速地冷了下来,从远处的海面上,吹来了带腥味的风。在一片黑暗里,你只能把自己交付给风。有时候,风带来的是海洋的气味,有时带来的是干燥得令人窒息的烟尘,有时则带来可怕的尸臭。在我们的停车场上,风有时带来浓郁的花香,有时带来垃圾的味道。最可怕的是,总有人在一边烧火煮沥青,用来修理被轧坏的车道。沥青熬好之后,他们把火堆熄掉——用的是自己的尿。这股味儿没法闻。我最讨厌从那边来的风……

我读大学时,学校建在一片荒园里。这里的一切亭榭都已倒塌,一切池沼都已干涸,只余下一片草木茂盛的小山,被道路纵横切割,从天上看来,像个乌龟壳——假如一条太古爬来的蛇颈龙爬到了我们学校,看到的就是这些。它朝着小山俯下头来,想找点吃的东西,发现树叶上满是尘土,吃起来要呛嗓子眼。于是它只好饿着肚子掉头离去。天黑以后,这里亮着疏疏落落的路灯。有个男人穿着雨衣,兜里揣着手电筒,在这里无奈地转来转去,吓唬过往的女学生——他是个露阴癖。老师的样子也像个女学生,从这里走过时,也被他吓唬过……看到手电光照着的那个东西,她也愣了一愣,然后抬头看看那张黑影里的脸,说道:真讨厌哪,你!这是冬天发生的事,老师穿着黑色的皮衣,挎着一个蜡染布的包。她总在快速的移动中,一分钟能走一百步——她在我心中的地位无可替代。这也是真实发生的事,但我不能把它写进小说里,因为它脱离了生活——除非这篇小说不叫做《师生恋》,叫做《一个露阴癖的自白》——假如我是那个露阴癖,这就是我的生活。别人也就不能说我脱离生活了。

八

冬天里,有一次老师来上课,带着她的蜡染布包。包里有样东西直翘翘地露了出来,那是根法国式的棍面包。上课之前她把这根面包从包里拿了出来,放在讲台上。我们的校园很大,是露阴癖出没的场所,老师遇到过,女同学也遇到过。被吓的女同学总是痛哭失声,一副不依不饶的样子。假如那个吓人的家伙被逮住了,那倒好办:她一哭,我们就揍他。把他揍到血肉模糊,她就不忍心再哭了。问题在于谁都没逮住——所以她们总是对老师不依不饶。老师是我们的班主任,有责任安慰受惊吓的人。在讲课之前,她准备安慰一下那些被惊吓的人,没开口之前先笑弯了腰:原来昨天晚上她又碰上那个露阴癖了。那家伙撩起了雨衣的下摆,用手电照着他的大鸡巴。老师也拿出一个袖珍手电筒,照亮了这根棍面包……结果是那个露阴癖受到了惊吓,惨叫一声逃跑了。讲完了这件事,老师就接着讲她的热力学课。但听课的人却魂不守舍,总在看那根棍面包。那东西有多半截翘在讲台的外面,带着金黄色的光泽。下课后她扬长而去,把面包落在了那里。同学们离开教室时,都小心地绕开它锋端所指。我最后一个离开教室,走以前还端详了它一阵,觉得它的样子很刺激,尤其是那个圆头……然后,这根面包就被遗弃在讲台上,在那里一点点地干掉。我把这件事写进了我的小说,但总是被"克"枪毙掉,并用红笔批道:脱离生活。在红色的叉子底下,她用绿笔在"棍面包"底下画了一道,批道:我知道了。她知道了什么呢?为什么要写到这个露阴癖和这根棍面包,连我自己都不知道。

晚上,办公室里一片棕色。"棕色的"穿着棕色的套装。头顶米黄色的玻璃灯罩发出暗淡的灯光,溶在潮湿的空气里,周围是黑色的办公家具。墙上是木制的护墙板。现在也不知是几点了。我伸手到抽屉里取出一盒烟来——我有很多年不抽烟了,这盒烟在抽屉里放了很多年,所以它就发了霉,抽起来又苦又涩,但这正是我需要的。办公室里灯光昏暗,像一座热带的水塘——水生植物的茎叶在水里腐烂、溶化，水也因此变得昏暗——化学上把这种水叫做胶体溶液——我现在正泡在胶体溶液里。我正想要打个盹，她忽然开口了。"棕色的"首先提出要看看我的脚丫子，看看它被踩得怎样了。这是从未有过的事：以前他们都是只管踩，不管它怎样的。先是解开重重鞋带，然后这只脚就裸露出来：上面筋络纵横，大脚趾有大号香皂那么大。它穿五十八号鞋，这种鞋必须到鞋厂去定做，每回至少要买两打，否则鞋厂不肯做。总而言之，这只脚还是值得一看的，它和旧时小脚女人的脚恰恰是两个极端。我要是长了一对三寸金莲就走不了路，站在松软的地面上，我还会自己钻到土里去。小脚女人长这双大脚也走不了路，它会左右相绊——但是"棕色的"无心细看，也无心听我解说。她哭起来了。好好的，她为什么要哭？就是要涨工资，也犯不着哭啊。我觉得自己穿上了一件新衬衣，浆硬的领子磨着脖子，又穿上了挤脚的皮鞋。不要觉得我什么谜都猜得出来。有些谜我猜不出来，还有些谜我根本不想猜。但现在是在公司里。我要回答一切问题，还要猜一切谜。

穿过夜雾，走上停车场，然后就可以回家了。上了一天班，没人不想回家，虽然在回家的路上可能会遭劫——不久之前，有一回下班以后，我和"棕色的"走在停车场上，拣有路灯的地方走着，但还是遇上了一大伙强盗。他们都穿着黑皮衣服，手里拿着锋利的刀子,一下子把我围住。停车场上常有人劫道,但很少见他们成群结队地来。这种劫道的方式颇有古风,但没有经济效益——用不着这么多人。我被劫过多少次,这次最热闹,这使我很兴奋,想凑凑热闹。不等他们开口说话,我就把双手高高举了起来,用雷鸣般的低音说道:请不要伤害我,我投降!脱了衣服才能看见,我的胸部像个木桶,里面盛了强有力的肺。那些小个子劫匪都禁不住要捂耳朵;然后就七嘴八舌地说:吵死了——耳朵里嗡嗡的——大叔,你是唱男低音的吧。原来这是一帮女孩,不知为什么不肯学好,学起打劫来了。其中有个用刀尖指住我的小命根,厉声说道:大叔,脱裤子!我们要你的内裤。周围的香水味呛得我连气都透不过来。真新鲜,还有劫这东西的……这回这个故事非常真实。它根本就是真事。被人拿刀子逼住,这无疑是种生活。我苦笑着环顾四周,说道:小姐们,你们搞错了,我的内裤对你们毫无用处——你们谁也穿不上的。除非两个人穿一条内裤——我看你们也没穷到这个份上。你们应该去劫那位大婶的内裤。结果是刀尖扎了我一下,戳我的女孩说道:少废话,快点脱,迟了让你断子绝孙。——好像我很怕断子绝孙似的。别的女孩则七嘴八舌地劝我:我们和别人打了赌,要劫一条男人内裤。劫了小号的裤衩,别人会赖的,你的内裤别人没得说——快脱吧,我们不会伤害你的。这个说法使我很感动:我的内裤别人没得说——我居然还有这种用处。我环顾四周,看到闪亮的皮衣上那些尖尖的小脸，还有细粒的粉刺疙瘩。她们都很激动，我也很激动，马上就要说出：姑娘们，转过身去，我马上就脱给你们……我还想知道她赌了什么。但就在此时，她们认出了我，说道：你就是写《师生恋》的那个家伙！书写得越来越臭——你也长得真寒碜。寒碜就寒碜，还说什么真寒碜。我觉得头里面有点疼了。头疼是动怒的前兆。你可不要提我写的书，除非你想惹我动怒。

停车场上，所有的路灯从树叶的后面透射出来，混在浓雾里，夜色温柔。不管是在停车场上，还是在沙漠里，都是一天最美好的时光。在停车场上，我被一群坏女孩围住，在沙漠里，我被绑在十字架上，背靠着涂了沥青的方木头，面对着一小撮飘忽不定的篝火。在半干的畜粪堆上，火焰闪动了一阵就熄灭了，剩下一股白烟，还有闪烁不定的炭火。天上看不到一颗星，沙漠里的风变得凛冽起来。那股烟常常飘到我的脸上来，像一把盐一样，让我直流眼泪。因为没有办法把眼泪擦干，就像是在哭。其实我没有哭，我只有一只眼在流泪，因为只熏着了一只。一般人哭起来都是双眼流泪，除非他是个独眼龙。

此时我扭过头去，看着老师——她就站在我身边，是茫茫黑夜里的一个灰色影子。她把手放在我赤裸的腿上，用尖尖的手指掐我的皮肤，说道：你一定要记住，将来的世界是银子的……这是沙漠里的事。在停车场上，我大腿里侧刺痛难当，刀尖已经深深扎进了肉里——与此同时，我头里有个地方刺疼了起来。这个拿刀子的小丫头真是坏死了。另有一个小丫头比较好,她拿了一支笔塞到我手里,说:老师,等会儿在裤衩上签个字吧。我们是大学中文系的学生,你的小说是我们的范本。我常给一些笨蛋签字,但都是签在扉页上,在裤衩上签字还是头一回。但这件事更让我头疼。我叹了口气说:好吧,这可是你们让我脱的。就把裤子脱了下来。那些女孩低头一看,吓得尖叫一声,掩面逃走;原因是我的性器官因为受到惊吓,已经勃起了,在路灯的光下留下长长的黑色影子——样子十分吓人。出了这种事,我禁不住哈哈大笑——假如我不大笑,大概还不会把她们吓跑;那声音好像有一队咆哮的老狗熊迎面扑来。在停车场的路灯下,提着裤子,挺着个大鸡巴,四周是正在逃散的小姐们,是有点不像样子。但非我之罪,谁让她们来劫我呢。

　　小姐们逃散之后,一把塑料壳的壁纸刀落在了地上,刀尖朝下,在地下轻轻地弹跳着。我俯身把它捡了起来,摸它的刀片——这东西快得要死,足以使我断子绝孙。我把它收到口袋里,回头去看"棕色的"。这女人站在远处,眯着眼睛朝我这边看着。她像蝙蝠一样瞎,每次下班晚了,都得有人领她走过停车场,否则她就要磕磕碰碰,把脸摔破。上班时别人在她耳畔说笑话,她总是毫无反应。所以她又是个聋子,最起码在办公室里是这样。她大概什么都没看到、没听到。这样最好。我收敛起顽劣的心情,束好裤子,带她走出停车场——一路上什么都没有说。但我注意到,停车场上夜色温柔……当天夜里在睡梦中,我被吊在十字架上,面对着阴燃着的骆驼粪。整个沙漠像一个隐藏在黑夜里的独眼鬼怪。老师在我耳畔低语着,说了些什么我却一句也没记住。她把手伸进我胯下的遮羞布里,那只手就如刀锋,带来了残酷的刺激。就是这种残酷的刺激使我回到了白银时代。

九

我在办公室里,坐在"棕色的"对面。她还没有开口,但我已经感到很糟糕了。可能她要找我谈的事既不是房子,也不是工资,而是些别的……我既不想和她谈房子,也不想谈工资——我不管房也不管工资,我只管受抱怨。但我更不想谈别的。别的事情对我更坏。

那天遇劫后,回家洗澡时,我看到胯间有个壁纸刀扎的伤口。它已经结了痂,就像个黑色的线头,对我这样的巨人来说,这样的伤口可以说是微不足道,我还是在上面贴了创可贴。但它刺疼不已,好像里面有一根针。我把那把刀找了出来,仔细地看了半天,刀片完好无损,没有理由认为伤口里有什么东西,只好让它疼下去了。也许因为疼痛的刺激,那东西就从头到脚直撅撅的,和在停车场上遇劫时一样。细说起来它还不止是直,从前往后算,大约在三分之一的长度上有点弯曲——往上翘着,像把尼泊尔人用的匕首。用这种刀子捅人,应该往肚子上捅,刀尖自然会往上挑,给人以重伤。总而言之,这种向上弯的样子实在恶毒。假如夜里"棕色的"看见了它,我就会有点麻烦。因为我有责任让她见不到它。这个东西原来又小又老实,还不算太难看,被人用刀子扎了一下,就变得又大又不老实,而且丑极了。这就是说,落下后遗症了。

在我的另一个故事里也有这样一幕:在沙漠里,克利奥佩屈拉把我的缠腰布解开,里面包裹的东西挺立起来,就如沙漠里怒放的仙人掌花。呼啸的风搅动砂砾——在锐利的砂砾中间,它显得十分浑圆,带有模糊不清的光泽,在风里摇摆不定。老师带着笑意对我说:怎么会是这样的?对此我无法解释。我低下头去,看到脚下的麻袋片里包裹的东西:一个铜锤和若干扁头钉子。老师拾起一根钉子,拿到我的面前:钉头像屎壳郎一样大,四棱钉体上还带有锻打的痕迹:这就是公元前的工艺水平,比现代的洋钉粗笨,但也有钉得结实的好处。老师就要把我钉死在十字架上,在此之前,她先要亲吻我,左手举着那根钉子,右手把那根直撅撅的东西拨开,踮起脚尖来……我抬起头来,环视四周——灰蒙蒙的沙漠里,立着不少十字架。昨天的同学都被钉在上面。人在十字架上会从白变棕、从棕变黑,最后干缩成一团,变得像一只风干的青蛙、一片烧过的纸片——变成一种熔化后又凝固的坚硬胶状物,然后在风砂中解体。我又去看老师,她已经拿起了铜锤,准备把钉子敲进我的掌心。这是变成风干青蛙的必要步骤。老师安慰我说：并不很疼。我很有幽默感地说道：那你怎么不来试试？她大笑了起来，此时我才发现，老师的声音十分浑厚。顺便说一句，我仔细考虑过怎样处死我自己：等到钉穿了双手和双足之后，让老师用一根锋利的木桩洞穿我的心脏。这样她显得比较仁慈——虽然这样的仁慈显得很古怪。在埃及妖后和行将死在十字架上的东方奴隶之间已经说了很多话，这是很罕见的事件……最后，她又一次说道：记住，将来的世界是银子的……此时，我已是鲜血淋漓，在剧痛中颤抖着。只有最残酷的痛苦才能使我离开埃及的沙漠，回到这白银世界里来。

假如这个故事有寓意的话，它应该是：在剧痛之中死在沙漠里，也比迷失在白银世界里好得多。这个寓意很恶毒。公司领导把它枪毙掉是对的。领导不笨，"克"不笨，我也不笨。我们总是枪毙一切有趣的东西。这是因为越是有趣的东西，就越是包含着恶毒的寓意。

我们的办公室在一楼，有人说，一楼的房子接地气，接地气的意思是说，这间房子格外潮湿，晚上尤甚。潮气渗透了我的衣服，腐蚀着我的筋骨。潮湿的颜色是棕色的。我的老师也是棕色的，她紧挨着我坐着，把棕色的头发盖在我肩上，告诉我说，未来的世界是银子的。这就是说，这世界早晚要沦为一片冷冰冰的、稀薄的银色混沌，你把一片黄铜含在嘴里，或者把一片锡放在嘴里反复咀嚼，会尝到金属辛辣的味道——这就是混沌的味道。这个前景可不美妙。但是老师的声音毫无悲怆之意——她声调温柔，甚至带有诱惑之意。她把一片棕色的温暖揉进了我的怀里。在这个故事里，老师的身体颀长，嘴唇和乳头都呈紫色。在一阵妙不可言的亢奋之中，我进入了一片温暖的潮湿。在这个故事里，我和老师坐在一棵大树的树根上，脚下是热带雨林里四通八达的棕色水系。只有潜入水中，才发现这种棕色透明的水是一片朦胧。有些黄里透绿的大青蛙伸直了腿，一动不动地漂在水里，就像大海里漂着的水母。波光流影在它身上浮动着。你怎么也分不清它是死了，还是活着的。这就是这种动物的谋生之道——无论蛇也好，鳄鱼也罢，都不想吃只死青蛙，会吃坏肚子的……正如在沙漠里有绿洲，埃及也会有热带的雨林和四通八达的水系，老师也会有温柔，温柔就是躺在一片棕色的阴影里，躺在盘根错节的树根上。

但是一阵电话铃像针一样扎进了我的脑子。这使我想起有个小子每礼拜三都要在停车场上劫我。我有责任马上出去被他打劫——他等得不耐烦，会拿垒球棒砸我的吉普车。我怀着忐忑的心情等着，不等拿起耳机，我就知道这个电话肯定是场灾祸。我的吉普完蛋了。吉普的零件很难找，因为车子早就停产了。要是去买辆轿车，我又坐不进去。谁让我长这么大个子——我天生是个倒霉蛋……"棕色的"还是光哭不说话。看来这个谜我是必须猜了。

我有种种不祥的预感，其中最不祥的一种就是：她要声讨我这根直立的大鸡巴。我没什么可说的，只能代它道歉，因为人家不想看见你，你却被人家看到了。我还要进一步保证说，下次它一定不这样——这样她应该满意了吧。其实下回它会怎样，我也不知道。这女人有怕黑的毛病，下班后得有人陪她走过黑暗的停车场，走到灯火通明的地方。这件事我责无旁贷：一方面，她总是像哑巴一样一声不吭，没人乐意陪她走路；另一方面，我是本室的头头，没人干的事我都要干。以后我还要陪她走过停车场，不知什么时候，又会遇上一群坏女孩劫我的内裤——到那时，它又要直立如故，然后"棕色的"又要来声讨我这根直直的大鸡巴。这就是说，仅仅道歉是不行的。还要让她见到这样东西时，能够不失声痛哭……我准备用老师的话来安慰"棕色的"："他直他的，我们走我们的路。"这话应该改成我直我的，你走你的路——我怀疑"棕色的"看到了我那个东西，现在正要不依不饶。假如我是露阴癖，此时就该来揍我。但我不是露阴癖。人家用刀子对着我，我才脱裤子的。这一点一定要说清楚。也许我该为那三分之一处弯曲向她道歉，但也要说清楚：人家拿刀子对着它，它才往上弯的……

十

公司的保安员用内线电话通知我说：该下班了。他知道有人在等着劫我。所以他是在通知我,赶紧出去给劫匪送钱;不然劫匪会砸我的车了。车在学院的停车场上被砸,他有责任,要扣他的工资。我不怕劫匪砸我的车,因为保险公司会赔我。但我怕保安被扣工资——他会记恨我,以后给我离楼最远的车位。车场大得很,从最远的地方走到楼门口有五里路。盛夏时节,走完这段路就快要中暑了。这一系列的事告诉我们的是:文明社会一环扣一环,和谐地运转着,错一环则动全身。现在有一环出了毛病——出在了"棕色的"身上。她突然开口说话了,对我说道:老大哥,我要写小说啊……

全公司的人都知道"棕色的"是个缺心眼的人,所以她说出的话不值得重视——下列事件可以证明她的智力水平:本公司有项规定,所有的人每隔两年就要下乡去体验生活——如你所知,生活这个词对写作为生的人来说,有特殊的意义。体验生活,就是在没有自来水、没有煤气、没有电的荒僻地方住上半年。根据某种文艺理论,这会对写作大有好处。虽有这项规定,但很少有人真去体验生活——我被轮上了六次,一次也没去。一被轮上我就得病:喘病、糖尿病,最近的一次是皮肤瘙痒症。除我之外,别人也不肯去,并且都能及时地生病。只有她,一被轮上就去了。去了才两个星期,就丢盔卸甲地跑了回来。她在乡下走夜路,被四条壮汉按住轮奸了两遍。回来以后,先在医院里住了一星期,然后才来上班。这个女人一贯是沉默寡言的,有一阵子变得喋喋不休，总在说自己被轮奸时的感受，什么第一遍还好受，第二遍有点难忍了云云。后来有关部门给了她一次警告，叫她不要用自己不幸的狭隘经验给大好形势抹黑，她才恢复了常态——又变得一声不吭。才老实了半年，又撒起了癔症。此人是个真正的笨蛋。说起来我也有点惭愧：人家既然笨，我就该更关心她才对嘛。

透过我的头疼，我看到在一片棕色阴影之中，"棕色的"被关在一个竹笼子里了。这笼子非常小，她在里面蜷成了一团，手脚都被竹篾条拴在笼栅上。菲律宾的某些原始部落搬迁时，就是这样对待他们最宝贵的财产：一只猪。最大快人心的是，人家把她的嘴也拴住了。这样她就不能讲出大逆不道的语言。不管别人怎样看待她，在我眼睛里，她是个女人。她还是我的下属呢。我走向前去，打开竹笼，解开那些竹篾条。"棕色的"透了一口气，马上说道：老大哥，我要写小说！如你所知，我们在写作公司做事，每天都要写小说。她居然还要写小说。这个要求真是太过古怪……但罪不在我。

我想要劝"棕色的"别动傻念头，但想不出话来。把烟抽完之后，我就开始撕纸。先把一本公用信纸撕碎，又把一扎活页纸毁掉了：一部分变成了雪花状，另一部分做成了纸飞机，飞得办公室里到处都是。顺便说一句，做纸飞机的诀窍在于掌握重心：重心靠前，飞不了多远就会一头扎下来；重心靠后则会朝上仰头，然后屁股朝下地往下掉——用航模的术语来说，它会失速，然后进入螺旋。

最后，我终于叠出了最好的纸飞机，重心既不靠前，也不靠后，不差毫厘地就在中央，掷在空中慢慢地滑翔着，一如钉在天上一样，半个钟头都不落地。看到这种绝技，不容"棕色的"不佩服。她擦干了泪水，也要纸来叠飞机。这样我们把办公桌上的全部纸张都变成了这种东西——很不幸的是，这些纸里有一部小说稿子，所以第二天又要满地捡飞机，拆开后往一块对，贴贴补补送上去。但这已经是第二天的事了。

不知不觉地到了午夜，此时我想起了自己是头头，就站起身来，说道：走吧，我送你回家。这是必须的："棕色的"乘地铁上下班，现在末班车早就开过了。奇怪的是：我的吉普车没被砸坏。门房里的人朝我伸出两个指头，这就是说，他替我垫了二十块钱，送给那个劫道的小玩闹。我朝他点了点头，意思是说，这笔钱我会还他的。保安可不是傻瓜蛋，他不会去逮停车场上的小玩闹——逮倒是能逮到个把，但他们又会抽冷子把车场的车通通砸掉，到那时就不好了。以前发生过这种事：几十辆车的窗玻璃都被砸掉。这就是因为保安打了一个劫匪，这个保安被炒了鱿鱼，然后他就沦为停车场上的劫匪，名声虽不好听，但收入更多。那几十辆车的碎玻璃散在地下，叫我想起了小时的事：那时候人们用暖水瓶打开水。暖水瓶胆用镀银的玻璃制成，碎在地下银光闪闪。来往的人怕玻璃扎脚，用鞋底把它们踩碎。结果是更加银光闪闪。最后有人想到要把碎玻璃扫掉时，已经扫不掉了——银光渗进了地里……在车上"棕色的"又一次开始哭哭啼啼，我感到有点烦躁，想要吼她几句——但我又想到自己是个头头，要对她负责任。所以，我叹了一口气，尽量温存地说道：如果能不写，还是别写吧。听到我这样说，她收了泪，点点头。这就使我存有一丝侥幸之心：也许，"棕色的"不是真想这样，那就太好了。

送过了"棕色的"，我回家。天上下着雨，雨点落在地下，冒着蓝色的火花。有人说，这也是污染所致；上面对此则另有说法。我虽不是化学家，却有鼻子，可以从雨里嗅出一股臭鸡蛋味。但不管怎么说吧，这种雨确实美丽，落在路面上，就如一塘风信子花。我闭灯行驶——开了灯就会糟蹋这种好景致。偶尔有人从我身边超过，就打开车窗探出头来，对我大吼大叫，可想而知，是在问我是不是活腻了，想早点死。天上在打闪，闪电是紫色的，但听不到雷声。也许我该再编一个老师的故事来解闷，但又编不出来：我脑袋里面有个地方一直在隐隐作痛——这一天从早上八时开始，到凌晨三点才结束，实在是太长了。

十一

我们生活在白银时代，我在写作公司的小说室里做事。有一位穿棕色衣服的女同事对我说：她要写小说。这就是前因。猜一猜后果是什么？后果是：我失眠了。失眠就是睡不着觉，而且觉得永远也睡不着。身体躺在床上，意识却在黑暗的街道上漫游，在寂静中飞快地掠过一扇扇静止的窗户，就如一只在夜里飞舞的蝙蝠。这好像是在做梦，但睡着以后才能做梦，而且睡过以后就应该不困。醒来之后，我的感觉却是更困了。

我自己的小说写到了这里："后来，老师躺在我怀里，把丝一样的短发对着我。这些头发里带着香波的气味。有一段时间，她一声都不吭，我以为她已经睡着了。我探出头去，从背后打量她的身体，从脑后到脚跟一片洁白，腿伸得笔直。她穿着一条浅绿色的棉织内裤。后来，我缩回头来，把鼻子埋在她的头发里。又过了一会儿，她对我说（轻轻地，但用下命令的口吻）：晚上陪我吃饭。我在鼻子里哼了一声来答应，她就爬起身来，从上到下地端详我，然后抓住我内裤的两边，把它一把扯了下来，暴露出那个家伙。那东西虽然很激动，但没多大。见了它的模样，老师不胜诧异地说道：怎么会是这样！我感到羞愧无比，但也满足了我的恋母情结。其实，她比我大不了几岁，但老师这个称呼就有这样的魔力。"

起床以后，我先套上一件弹力护身，再穿上衣服，就迷迷糊糊来上班。路上是否撞死了人，撞死了几个，都一概不知。停车场上雾气稀薄……今天早上不穿护身简直就不敢出门：那东西直翘翘的，像个棍面包。但在我的小说里，我却长了个小鸡鸡。这似乎有点不真实——脱离了生活。但这是十几年前的事——在这十几年里,我会长大。一切都这么合情合理,这该算本真正的小说了吧?

"我在老师的床上醒来时,房间里只剩了窗口还是灰白色。那窗子上挂了一面竹帘子。我身上盖了一条被单,但这块布遮不住我的脚,它伸到床外,在窗口的光线下陈列着。这间房子里满是女性的气味,和夹竹桃的气味相似。夜晚将临。老师躺在我身后,用柔软的身体摩挲着我。"——以前这个情景经常在我梦里出现。它使我感到亲切、安静,但感觉不到性。因为我未曾长大成人。现在我长了一脸的粉刺疙瘩,而且长出了腋毛和阴毛,喉结也开始长大。我的声音变得浑厚。更重要的是,那个往上翘的东西总是强项不伏……书上说,这种情况叫青春期。青春期的少年经常失眠。我有点怀疑:三十三岁开始青春期,是不是太晚一点了?

早上我到了办公室,马上埋头噼里啪啦地打字,偶尔抬起头来看看这间屋子,发现所有的人都在噼里啪啦地打字,他们全都满脸倦容,睡眼惺忪,好像一夜没睡——也不知是真没睡还是假没睡。但我知道,我自己一定是这个样子。我是什么样子,他们就是什么样子,所以我不需要带镜子——有的人还在摇头晃脑,好像脑壳有二十斤重。有人用一只手托在下巴上,另一只手用一个指头打字:学我学得还蛮像呢。只有"棕色的"例外,她什么都不做，只管瞪大了眼睛看着我，眼皮红通通的，大概一夜没睡。此人的特异之处，就是能够对身边的游戏气氛一无所知。我叹了口气，又去写自己的小说了……

"晚上，老师叫我陪她去吃饭，坐在空无一人的餐馆里，我又开始心不在焉。记得有那么一秒钟，我对面前的胡桃木餐桌感兴趣，掂了它一把，发现它太重，是种合成材料，所以不是真胡桃木的。还记得在饭快吃完时，我把服务员叫来，让她到隔壁快餐店去买一打汉堡包，我在五分钟内把它们都吃了下去。这没什么稀罕的，像我这样冥思苦想，需要大量的能量。最后付账时，老师发现没带钱包。我付了账，第二天她把钱还我，我就收下了。当时觉得很自然，现在觉得有些不妥之处。"假如我知道老师在哪里，就会去找她，请她吃顿饭，或者把那顿饭钱还给她。但我不知道她在哪里。老师早就离开学校了。这就是说，我失去了老师的线索。这实在是桩罪过。

"我和老师吃完了晚饭，回到学校里去。像往常一样，我跟在她的身后。假如灯光从身后射来，就在地上留下一幅马戏团的剪影：驯兽女郎和她的大狗熊。马路这边的行人抬起头来看我一眼，急匆匆地走过；在马路对面却常有人站下来，死盯盯地看着我——在中国，身高两米一十的人不是经常能见到的。路上老师站住了几次，她一站住，我也就站住。后来我猛然领悟到，她希望我过去和她并肩走，我就走了过去——人情世故可不是我的长项。当时已近午夜，我和老师走在校园里。她一把抓住我肋下的肉，使劲捻着。我继续一声不吭地走着——既然老师要掐我,那就让她掐吧。后来她放开我,哈哈地笑起来了。我问她为什么要笑,她说:手抽筋了。我问她要紧不要紧,她笑得更加厉害,弯下腰去……忽然,她直起身来,朝我大喝一声:你搂着我呀!后来,我就抱着她的肩头,让她抱住我的腰际。感觉还算可以——但未必可以叫做我搂她,就这样走到校园深处,坐在一条长椅上。我把她抱了起来,让她搂着我的脖子。常能看到一些男人在长椅上抱起女伴,但抱着的未必都是他的老师。后来,她叹了一口气,说道:你放手吧。我早就想这样做,因为我感到两臂酸痛。此后,老师就落在了我的腿上。在此之前,我是把她平端着的——我觉得把她举得与肩平高显得尊重,但尊重久了,难免要抽筋。"

写完了这一段之后,我把手从键盘上抬了起来,给了自己一个双风贯耳,险些打聋了——我就这么写着,从来不看过去的旧稿,但新稿和旧稿顶多差个把标点符号。像这么写作真该打两个耳刮子——但我打这一下还不是为了自己因循守旧。我的头疼犯了,打一下里面疼得轻一点……

十二

今天早上我醒来之前,又一次闯进了埃及沙漠,被钉在十字架上,就如一只被钉在墙上的蝙蝠。实际上,蝙蝠比我舒服。它经常悬挂在自己的翅膀上,我的胳臂可不是翅膀,而且我习惯于用腿来走路。这样横拉在空中,一时半会儿的还可以,时间长了就受不住。我就如一把倒置的提琴被放置在空中,琴身是肋骨支撑着的胸膛——胸壁被拉得薄到可以透过光来。至于琴颈,就是那个直挺挺的东西。别的部分都不见了。我就这样高悬在离地很远的地方,无法呼吸,就要慢慢地憋死了。此时有人在下面喊我:她是克利奥佩屈拉,裹在白色的长袍里,问我感觉如何。我猛烈地咽口吐沫,润润喉咙,叫她把我放下去,或者爬上来割断我的喉咙。我想这两样事里总会有一样她乐意做的。谁知她断然答道:我不。你经常调戏我。这回我看清楚了:她不是克利奥佩屈拉,而是"克"。我说:我怎么会……你是我的上司,我尊敬还尊敬不过来呢。她说道:不要狡辩了,你经常写些乱七八糟的故事给我看——你什么意思吧。事已至此,辩亦无益。我承认道:好吧,我调戏了你——放我下来。她说:没这么便宜。你不光是调戏,你还不爱我——你还有什么可说的?我无话可说。沉默了一会儿,我忽然咆哮了起来……就这样醒过来了。我失掉了在梦里和"克"辩白清楚的机会:别以为光你在受调戏,我管着七个人,他们天天调戏我……你倒说说看,他们是不是都爱我?!这个情景写在纸上,不像真正的小说。它是一段游戏文章。我整天闷在办公室里,做做游戏,也不算是罪过。这总比很直露地互相倾诉好得多。

昨天晚上,"棕色的"对我说,她要写真正的小说,这就是说,没有人要她写,是她自己要写的——正如亚里士多德说过的,假话有上千种理由,真话则无缘无故——她还扯上了亚里士多德,好像我听不懂人话似的。我还知道假话比较含蓄,真话比较直露。而这句话则是我听到过的最直露的一句话。如你所知,男女之间有时会讲些很直露的话,那是在卧室里、在床上说的。我实在不知道在什么人之间才会说:"我要写真正的小说!"

我的小说就如我在写的这样。虽然它写了很多遍,但我不知道它哪一点够不上"真正的"。但"棕色的"所说的那些话就如碘酒倒到我的脑子里,引起了棕色的剧痛。上班以后,我开始一本正经地写着,这肯定有助于小说变成"真正的"。

我觉得这一段落肯定是真正的小说:"那天晚上,我一直抱着老师,直到天明,嗅着她身上的女性气味——我觉得她是一种成熟的力量。至于我,我觉得自己是个小孩子。这种想法不能说没有道理,如你所知,现在我刚刚开始青春期,嘴角上正长粉刺疙瘩,当时就是更小的孩子。晚上校园里起了雾,这种白雾带有辛辣的气息。我们这样拥抱着,不知所措……忽然间,老师对我说道:干脆,你娶了我吧——我听了害起怕来。结婚,这意味着两股成年的力量之间经常举行的交媾,远非我力所能及;但老师让我娶她,我还能不娶吗……但我没法干脆。好在她马上说道:别怕,我吓你呢。

255

既然是吓我，我就不害怕了。"

有关成年力量间的交媾，我是这么想出来的：我现在是室里的头儿，上面的会也要参加，坐在会场的后排，手里拿着小本本，煞有介事地记着。公司的领导说得兴起时，难免信口雌黄：我们是做文化工作的，要会工作，也要会生活！今天晚上回家，成了家的都要过夫妻生活……活跃一下气氛，对写作也有好处。如你所知，我没成家。回到室里高高兴兴地向下传达。那些成了家的人面露尴尬之色。到了晚上九点半，那些成年的力量洗过了淋浴，脱下睡衣，露出臃肿的身体，开始过夫妻生活。我就在这时打电话过去：老张吗？今天公司交待的事别忘了啊。话筒里传来气急败坏的声音：知道！正做着——我操你妈……说着就挂掉了。我坐在家里，兴高采烈地在考勤表上打个勾，以便第二天汇报，成年力量的交媾就是这样的。我和老师间的交媾不是成年力量间的那种。它到底该是怎样的，我还没想出来——我太困了。

我忽然想到：在以前的十稿里，都没有写过老师让我娶她——大概是以前写漏了。现在把它补进去大概是不成的："克"或者别的上司会把它挑出来，用红笔一圈，批上一句"脱离生活"。什么是生活，什么不是生活，我说了不算：这就是说，我不知道什么叫做生活。我摇摇头，把老师要我娶她那句话抹去了。

有关夫妻生活，还有些细节需要补充：听到我传达的会议精神，我们室的人忧心忡忡地回家去。在晚上的餐桌上面露暧昧的微笑，鬼鬼祟祟地说：亲爱的，今天公司交待了要过生活……听了这句话，平日最温柔体贴的妻子马上也会变脸，抄起熨斗就往你头上砸。第二天早上，看到血染的绷带，我就知道这种生活已经过完了。当然也有没缠绷带来的，对这种人我就要问一问。比方说，问那朵最美丽的花。她皱着眉头，苦着脸坐在那里，对我的问题（是否过了生活）不理不睬，必须要追问几遍才肯回答：没过！我满脸堆笑地继续：能不能问一句，为什么没过？她恶狠狠地答道：他不行！我兴高采烈地在考勤表上注明，她没过夫妻生活，原因是丈夫不行。每当上面有这种精神，我都很高兴。罗马诗人维吉尔有诗云：下雨天呆在家里，看别人在街上奔走，是很惬意的。所以，老师要我娶了她，我当然不答应。万一学校里布置了要过夫妻生活，我就惬意不起来，而且我也肯定是"不行"。

我继续写道："我对老师百依百顺，因为她总能让我称心如意。当然，有时她也要吓吓我。我在长椅上冥思苦想时，她对我耳朵喊道：会想死的，你！我抬头看看她的脸，小声说道：我不会。她说：为什么你不会？我说：因为你不会让我死。她愣了一下，在我腿上直起身来说：臭小子，你说得对。然后，她把绸衫后的乳房放在我脸上，我用鼻子在上面蹭起来。校园里的水银灯颜色惨白，使路上偶尔走过的人看起来像些孤魂野鬼，但在绸衫后面，老师的乳房异常温柔——你要知道，在学校里我被视做尼斯湖怪兽，非常孤立。假如没有她肯让我亲近，我可真要死掉了。"

因为这部小说写了这么多次，这回我想用三言两语说说我和老师的性爱经历："那时候老师趴在床上，仔细端详我的那个东西。颠过来倒过去看够了以后，她说道：年复一年，咱们怎么一点都不长呢。后来，她又在我身上嗅来嗅去，从胯下嗅到腋下，嗅出这样一个结论：咱们还是没有男人味。我一声不吭，但心里恨得要死。看完和嗅完之后，老师跨到我身上来。此时我把头侧过去，看自己的左边的腋窝——这个腋窝大得不得了，到处凹凸不平，而且不长毛，像一个用久了的铝水勺。然后又看右面的腋窝。直到老师来拍我的脸，问我：你怎么了？我才答道：没怎么。然后继续去看腋窝。铝制的东西在水里泡久了，就会变得昏暗，表面还会有些细小的黑斑。我的腋窝也是这样的。躺在这两个腋窝中间，好像太阳穴上扣上了两个铝制水勺——我就这样躺着不动了。"

"从老师的角度来看我，就会看到一张大脸，高鼻梁、高颧骨，眉棱骨也很高，一天到晚没有任何表情——我知道自己长得什么样子。老师送我到医院去看过病，因为我总是不笑，好像得了面部肌肉麻痹症。经过检查，大夫发现我没有这种毛病，只是说了一句：这孩子可真够丑的。这使老师兴高采烈，经常冷不防朝我大喝上一声：真够丑的！做爱时我躺着不动，就像从空中看一条泛滥的河流，到处是河水的白光；她的身体就横跨在这条河上。我的那个东西当时虽小，但足够硬棒，而且是直撅撅的；最后还能像成年人一样射精。到了这种时候，她就舔舔舌头，俯下身来告诉我说：热辣辣的。因为我还能热这一下，所以她还是满意……"这些段落和以前写的完全不同，大概都会被打回来重写，到那时再改回原样吧。我知道怎么写通得过，怎么写通不过。但我不大知道什么叫做生活。

对于性爱经历，有必要在此补充几句：如你所知，这种事以前是不让写的。假如我写了，上面就要枪毙有关段落，还要批上一句：脱离生活。现在不仅让写，而且每部有关爱情的小说都得有一些，只是不准太过分。这就是说，不过分的性爱描写已经成了生活本身。自从发生了这种变化，我小说里的这些段落就越来越简约。那些成了家的人说：夫妻生活也有变得越来越简约之势。最早他们把这件事叫做静脉注射，后来改为肌肉注射，现在已经改称皮下注射了。这就是说，越扎越浅了。最后肯定连注射都不是，瞎摸两把就算了。我的小说写到最后，肯定连热都不热。

十三

"毕业以后，我还常去看老师。"写到这个地方全书就接近结束了。"我开了一辆黑色的吉普车，天黑以后溜进校园去找她，此时她准在林荫道上游荡，身上穿着我的T恤衫——衫子的下摆长过了她的膝盖，所以她就不用穿别的东西了。但她不肯马上跟我走，让我陪她在校园里遛遛。遇到了熟人,她简单地介绍道:我的学生来接我了。别人抬头看看我,说道:好大的个子!她拍拍我的肚子说:可不是嘛,个子就是大。有些贫嘴的家伙说:学生搞老师,色胆包天嘛!她也拍拍我的肚子说:可不是嘛,胆子就是大……咱们把他扭送校卫队吧。但是她说的不是事实,我胆小如鼠,她一吓我,我就想尿尿。有时她也说句实话:这孩子不爱说话,却是个天才噢。假如有人觉得她穿的衣服古怪,她就解释说:他的T恤衫,穿着很凉快,袖子又可以当蒲扇。有人问,天才床上怎么样(实际情况是,着实不怎么样),她就皱起眉头来,喝道:讨厌!不准问这个问题!然后就拖着我走开,说道:咱们不理他们——老师总是在维护我。"我的稿子总是这么写的,写过很多次了。按说它该是百分之百的真实。其实这事并未发生过。所有我写的事情都未真正发生过。

也许我该从真正发生过的事情写起——我忽然想到,从老师的角度来看我,是个有趣的想法。老师留着乌黑的短发,长着滑腻的身体。我们学校的公共浴池是用校工厂废弃的车间改建的,原来的窗子用砖砌上了半截,挡住了外来的视线,红砖中间的墙缝里结着灰浆的疙瘩。顺着墙根有一溜排水沟,里面满是湿漉漉的头发。墙边还有一排粗壮的水管连接着喷头,但多数喷头已经不见了,只剩下弯曲的水龙头,像旧时铁道上用来给机车上水的水鹤。在没有天花板的屋顶下挂了几个水银灯泡,长明不灭。水管里流着隔壁一家工厂的循环水，也是长流不息。这家浴室无人看守，门前的牌子上写着：周一三五女，二四六男，周日检修。这个规定有个漏洞，就是在夜里零点左右会出现男女混杂的情形。一般来说，没有人会在凌晨一点去洗澡，但我就是个例外。我不喜欢让别人看见我的身体，所以专找没人时去洗澡。有一回我站在粗壮的水柱下时，才发现在角落里有个雪白的身体……这件事发生在我上大一时，老师还没教过我们课——从她的角度看来，我罩在一层透明的水膜里，一动不动，表情呆滞，就如被冻在冰柱里一样。她朝我笑了笑，说道：真讨厌哪，你。然后就离去了。这就是一切故事的起因。

　　从老师的角度来看我，会看到有一根水柱冻结在我头顶上，我的头发像头盔一样扣在脑袋上。一层水壳结在我的身上，在我身体的凸出部位，则有一些水柱分离出来，那是我的耳朵、眉棱骨的外侧、鼻子、下巴。从下巴往下，直到腰际再没有什么凸起的地方了。有一股水柱从小命根上流下来，好像我在尿尿。那东西和一条即将成蛹的蚕有些相似。现在我不怕承认：我虽然人高马大、智力超群，却是个小孩子。直到不久之前，我洗澡和游泳都要避人。虽然我现在能把停车场上的小姐吓跑，但不能抹煞以前的事。老师说过我讨厌之后，就扬长而去，挺着饱满的乳房，迈开坚实的小腿，穿着一条淡绿色的内裤，趿拉着一双塑料凉鞋。她把绿色绸衫搭在手臂上没穿，大概是觉得在我面前无须遮挡。

此时在浴室里，无数的水柱奔流着。我站在水柱里，很不开心。小孩子不会愤怒，只会不开心。这就是这个故事的起因。这件事情是真实的，但我没有写。

很多年来，我一直在老师的阴影下生活。这位老师的样子如前所述，她曾经拿根棍面包去吓唬露阴癖，还在浴室里碰见过我——但我们之间什么都没发生过。但我一直在写她：这是不是真正的小说，我有点搞不清楚了。也许，我还可以写点别的。比方说，写写我自己。我的故事是这样的：

大学毕业以后，他们让我到国家专利局工作：众所周知，爱因斯坦就是在专利局想出了相对论，但我在那儿什么都没想出来。后来他们把我送到了国家实验室、各个研究所，最后让我在大学里教书。所有天才物理学家呆过的地方我都呆过，在哪儿都没想出什么东西来——事实证明，我虽然什么题目都会做，却不是个天才的物理学家；教书我也不行，上了讲台净发愣。最后，他们就不管我了，让我自己去谋生。我干过各种事：在饭店门口拉汽车门，在高级宾馆当侍者……最古怪的工作是在一个叫做丰都城的游乐宫里干的：装成恶鬼去吓唬人。不管干什么，都没有混出自己的房子，要租农民房住，或者住集体宿舍。我睡觉打呼噜，住集体宿舍时，刚一睡着，他们就往我嘴里挤牙膏，虽然夜里两点时刷牙为时尚早。最后我只好到公司来工作。公司一听我在外面到处受人欺负——这是我心地纯洁的标志——马上录取了我。同事都很佩服我的阅历，惊叹道：你居然能在外面找到事情做！但这并不是因为我明白事理，达练人情——我要真有这些本事就不进公司。我能找到这些工作只是因为我个子大罢了。

当年我在丰都城里掌铡刀，别人把来玩的小姐按到铡刀下，我就一刀铡下去——铡刀片子当然是假的——还不止是假的，它根本就不存在，只是道低能激光。有的小姐就在这时被吓晕过去了，个别的甚至到了需要赶紧更换内裤的程度。另外一些则只是尖叫了一声，爬起来活动一下脖子，伸手到我身上摸一把。我赶紧跳开，说道：别摸——沾一手——全是青灰。不管是被吓晕的还是尖叫的，都很喜欢铡刀这个把戏。到下一个场景，又是我挥舞着钢叉，把她们赶进油锅：那是一锅冒泡的糖浆。看上去吓人，实际只有三十度——泡泡都是空气。这个糖浆浴是很舒服的：我就是这么动员她们往下跳，但没有人听。小姐们此时已经有了经验，不那么害怕，东躲西藏，上蹿下跳，既躲我手上的钢叉，又躲我腰间那根直挺挺的大阴茎。但也有些泼辣的小姐伸手就来拔这个东西，此时我只好跳进油锅去躲避——那是泡沫塑料做的，拔掉了假的，真的就露出来了。既然我跳了油锅，就不再是丰都城里的恶鬼，而是受罪的鬼魂。所以老板要扣我的工资，理由是：我请你，是让你把别人赶下油锅，不是让你下油锅的……作为雇员，我总是尽心尽责，只是时常忘了人家请我来做什么。作为男人，我是个童男子……这就是一切事实。结论是：我自己没什么可写的。

十四

现在到了交稿的时间，同事们依次走到我面前。我说：放下吧，我马上看。谢谢你。与此同时，我头也不抬，双脚收在椅子下面——我既不肯枪毙他，也不让他踩我的脚。这就是说，我心情很坏。他放下稿子，悄悄地走出门去，就像在死人头前放上鲜花一样。我是这样理解此事：权当我的葬礼提前举行了。最后一个人走到我面前时，我也是如此说。她久久地不肯放下稿子，我也久久地不肯抬头看她。后来，她还是把稿子放下了。但她不肯走出去，和别人一样到屋顶花园去散步，而是走到桌子后面，蹲了下来，双手把我的一只脚搬了出来，放在地面上，然后站起身来，在上面狠命地一踩。这个人就是"棕色的"。我慢慢地抬起头来看着她，发现她的眼睛好像犯了结膜炎一样。我这一夜在失眠，她这一夜在痛哭。虽然她现在正单足立在我的足趾上，但我不觉得脚上比头里更疼——虽然足趾疼使头疼减轻了很多。这种行径和撒娇的坏孩子相仿，但我没有责备她。她见我无动于衷，就俯下身来，对着我的耳朵说：看见你的那东西了——难看死了！她想要羞辱我。但我还是无动于衷，耸了耸肩膀说：难看就难看吧。

你别看它不就得了……

在我的小说里，我遇到了一个谜语：世界是银子的。我答出了谜底：你说的是热寂之后。现在我又遇到了一个谜语："棕色的"女同事要写真正的小说。我应该答出谜底：你要写的是……我要是知道谜底就好了。也许你不像我，遇到任何谜语都要知道谜底。但你也不像我，从小就是天才儿童。希腊神话里说，白银时代的人蒙神的恩宠，终生不会衰老，也不会为生计所困。他们没有痛苦，没有忧虑，一直到死，相貌和心境都像儿童。死掉以后，他们的幽灵还会在尘世上游荡。我想他们一定用不着回答这样的问题：什么是真正的小说。如你所知，我一直像个白银时代的人。但自从在停车场上受到了惊吓，我长出一根大鸡巴来了。有了这种丑得要死的东西，我开始不像个白银时代的人了……

中午时分，所有的人都到楼顶花园透风去了，"棕色的"没去。抓住这没人的机会，她正好对我"诉求"一番——我不知这个词是什么意思，但我觉得这词很逗。她在我面前哀哀地哭着，说道：老大哥，我要写小说啊……大颗大颗的泪珠在她脸上滚着，滚到下巴上，那里就如一颗正在融化的冰柱，不停地往下滴水。我迷迷糊糊地瞪着她，在身上搜索了一阵，找到了一张纸餐巾（也不知是从哪里抄来的），递给了她。她拿纸在脸上抹着，很快那张纸餐巾就变成了一些碎纸球。穿着长裤在草地上走，裤脚会沾上牛蒡，她的脸就和裤脚相仿。我叹了口气，打开抽屉，取出一条新毛巾来，对她说：不要哭了。就给她擦脸。擦过以后，毛巾上既有眼泪，又有鼻涕，恐怕是不能要了。"棕色的"不停地打着咽，满脸通红，额头上满是青筋。我略感不快地想道：以后我抽屉里要常备一条新毛巾，这笔开销又不能报销——转而想道：我要对别人负责，就不能这么小气。然后，我对"棕色的"说：好了，不哭——回去工作吧。她带着哭腔说：老大哥，我做不下去——再扯下去又要哭起来。我赶紧喝住她：做不下事就歇一会儿。她说坐着心烦。我说，心烦的时候，可以打打毛衣，做做习题。她愣了一会儿说：没有毛衣针。我说：等会儿我给你买——这又是一笔不能报销的开支。我打开写字台边的柜子，从里面拿出一本旧习题集，递给她，叫她千万别在书上写字——这倒不是我小气，这种书现在很难买到了。

过去，我做习题时，总是肃然端坐，把案端的台灯点亮，把习题书放在桌子的左上方，仔细削一打铅笔，把木屑、铅屑都撮在桌子的右上角，再用橡皮胶条缠好每一支笔（不管什么牌子的铅笔，对我来说总是太细），发上一会儿呆，就开始解题了。起初，我写出的字有蚊子大小，后来是蚂蚁大小，然后是跳蚤大小，再以后，我自己都看不到了。所有的问题都沉入了微观世界。我把笔放下，用手支住下巴，沉入冥思苦想之中。"棕色的"情况和我不同，她把身体倚在办公桌上，脖子挺得笔直，眼睛朝下愤怒地斜视着习题纸，三面露白，脸色通红，右手用力按着纸张，左手死命地捏着一支铅笔（她是左撇子），在纸上狠命地戳着——从旁看去，这很像个女凶手在杀人——很快，她就粉碎了一些铅笔，划碎了一些纸张，把办公桌面完全写坏。与此同时，她还大声念着演算的过程，什么阿尔法、贝它，声震屋宇。胆小一点的人根本就不敢在屋里呆着。不管怎么说吧，我把她治住了。现在习题对我不起什么作用，我把这世界所有值得一做的习题都做完了。但我是物理系毕业的，数理底子好。"棕色的"则是学文科的——现有的习题够她做一辈子了。

大学时期，我在宿舍里，硬把身体挤入桌子和床之间狭窄的空间坐下，面对着一块小小桌面和厚厚的一堆习题集发着呆。我手里拿着一支铅笔，但很少往纸上写，只是把它一截截地捏碎。不知不觉中，老师就会到来。她好像刚从浴室回来，甩着湿淋淋的头发，递给我一张抄着题目的卡片，说道：试试这个——你准不会。我慢慢地把它接过来，但没有看。这世界上没有我不会解的数学题——这是命里注定的事情。还有一件事似乎也是命里注定：我会死于抑郁症。不知不觉之中，老师就爬到了对面的双层床顶上，把双脚垂在我的面前。她用脚尖不停地踢我的额头，催促道：愣什么？快点做题！我终于叹了一口气，把卡片翻了过来，用笔在背面写上答案，然后把它插到老师的趾缝里——她再把卡片拿了起来，研究我写的字，而我却研究起那双脚来：它像婴儿的脚一样朝内翻着。我的嗅觉顺着她两腿中间升了上去，一直升入了皮制的短裙,在那里嗅到了一股夹竹桃的气息。因为这种气味,我拥有了老师洁白娇小的身体,这个身体紧紧地裹在皮革里……她从床上跳了下来,蹲在我的面前,抱住我的脑袋说:傻大个儿,你是个天才——别发愣了!我忽然觉得,我和老师之间什么都发生过——我没有虚构什么。

我面对着窗子,看到玻璃外面长了几株绿萝。这种植物总是种在花盆里,绕着包棕的柱子生长,我还不知道它可以长在墙脚的地下,把藤蔓爬在玻璃上。走近一点看得更清楚:绿萝的蔓条上长有吸盘,就如章鱼的触足一样,这些吸盘吸住玻璃,藤蔓在玻璃上生长,吸盘也像蜗牛一样移动着,留下一道黏液的痕迹,看起来有点恶心。然后它就张开自己的叶子。这些叶子有葵叶大小,又绿又肥,把办公室罩进绿荫里。科学技术在突飞猛进,有人把蜗牛的基因植到绿萝里,造出这种新品种——这不是我这种坐在办公室里臭编的人所能知道的事。我知道的是,坐在这些绿萝下,就如坐在藤萝架下。这种藤萝架可以蔓延数千里,人也可以终生走不出藤萝架,这样就会一生都住在一道绿色的走廊里,这未尝不是一种幸福。这不是不能实现的事:只要把人的基因植到蚂蚁里,他(或者她)觉得自己是人,其实只是蚂蚁;此后就可以在一个盆景里得到这种幸福,世界也会因此变得越来越新奇……我回头看看"棕色的",在绿荫的遮蔽下,显得更棕了。她吭吭哧哧地和一些三角恒等式纠缠不休。这是初中二年级的功课,她已经有三十五岁了。我不禁哑然失笑:以前我以为自己只有些文学才能,现在才发现,作践起人来,我也是一把好手。我真不知道自己有多聪明——而且我现在还是迷迷糊糊的。我就这么迷迷糊糊地回家去睡觉——再不睡实在也撑不住了。

十五

天终于晴了。在雾蒙蒙的天气里,我早就忘了晴天是什么样子,现在算是想起来了。晴天就是火辣辣的阳光——现在是下午五点钟,但还像正午一样。我从吉普车里远远地跳出去,小心翼翼地躲开金属车壳,以免被烫着,然后在粘脚的柏油地上走着。远远地闻见一股酒糟味,哪怕是黑更半夜什么都看不见,闻见这股味儿也知道到家了。这股馊臭的味道居然有提神的功效。闻了它,我又不困了。

我宿舍的停车场门口支着一顶太阳伞,伞下的躺椅上躺着一个姑娘,戴着墨镜,留着马尾辫,穿着鲜艳的比基尼,把晒黑了的小脚跷在茶几上。我把停车费和无限的羡慕之情递给她,换来了薄薄的一张薄纸片——这是收据,理论上可以到公司去报销。但是报销的手续实在让人厌烦。走过小桥时,下面水面上漂着密密麻麻的薄纸片，我把手上的这一张也扔了下去。这条河里的水是乳白色的，散发着酒糟和淘米水的味道。这股水流经一个造酒厂，或者酱油厂，总之是某个很臭的小工厂；然后穿过黑洞洞的城门洞——我们的宿舍在山上，是座城寨式的仿古院子——门洞里一股刺眼睛的骚味，说明有人在这里尿尿。修这种城门洞就是要让人在里面尿尿。门洞正对着一家韩国烧烤店，在阳光下白得耀眼。在烧烤店的背后，整个山坡上满是山毛榉、槭树，还有小小的水泥房子。所有的树叶都沾满了黑色的粉末，而且是黏糊糊的——叶子上好像有油。山毛榉就是香山的红叶树，但我从没见它红过；到了秋天，这山上一片茄子的颜色。这地方还经常停电。为了这一切——这种宿舍、工资，每天要长衣长裤地去上班，到底合算不合算，还是个问题。

我现在穿的远不是长衣长裤。刚才在停车场上付费时，我从那姑娘的太阳镜反光里，看清了我自己的模样。我穿着的东西计有：一条一拉得领带，一条很长的针织内裤，里面鼓鼓囊囊的，从内裤两端还露出了宽阔的腹股沟，和黑虬虬的毛——还有一双烤脚的皮鞋，长衣长裤用皮带捆成一捆背在了背上；手里还提着一个塑料冰盒子。那个女人给我收据时，嘴角露出了一丝笑意，可见别人下班时不都是这种穿着。她的嘴角松弛，脖子上的皮也松弛了，不很年轻了。但这不妨碍我对她的羡慕之情。看守停车场和我现在做的事相比，自然是优越无比。

我的房子在院子的最深处，要走过很长的盘山道才能走到。这是幢水泥平房，从前面走进门厅，就会看到另一座门，通向后院。这两道门一模一样，连门边的窗户也是一模一样。早上起来，我急匆匆地去上班，但时常发现走进了后院。后院里长满了核桃树，核桃年复一年落在地下，青色的果壳裂开，铺在地下，终于把地面染得漆黑。至于核桃坚果，我把它扫到角落里，堆成了一堆。这座院子的后墙镶在山体上，由大块的城砖砌成，这些砖头已经风化了，变成了坚硬的海绵。但若说这堵墙是古代遗留下来的，又不大像。我的结论是：这是一件令人厌恶的假古董——墙上满是黑色的苔藓。在树荫的遮蔽下，我的后院漆黑一团。不管怎么说吧，这总是我自己的家。每当我感到烦闷，想想总算有了自己的家，感觉就会好多了。

不知你见没见过看停车场的房子——那种建筑方头方脑，磨砖对缝。有扇窗子对着停车场的入口，窗扇是横拉的，窗下放着一张双屉桌，桌子后面是最好的发愣场所；门窗都涂着棕色的油漆，假如门边不挂牌子，就很容易被误认为收费厕所。这房子孤零零的，和灯塔相似。

日暮时分，我走到门外，在落日的余辉下伸几个懒腰，把护窗板挂在窗户上，回到屋里来，在黑暗中把门插上，走进里间屋——这间房子却异常明亮。灿烂的阳光透过高处的通气窗，把整个顶棚照亮。如你所知，这屋里有张巨大的床。我的老师穿着短短的皮衣，躺在床上。她的手臂朝上举着，和头部构成一个 W 形，左手紧握成拳，右手拿着小皮包，脖子上系着一条纱巾——老师面带微笑。她的双脚穿着靴子，伸到床外。实际上，她是熟睡中的白雪公主。我在她身边坐下，床塌了下去，老师也就朝我倾斜过来。我伸手给她脱去靴子，轻轻地躺了下来，拉过被子把自己盖住，睁大眼睛看着天花板——它正在一点点地暗下去。第二天早上，我又会给老师穿上靴子，到外面上班……老师会沉睡千年，这种过程也要持续千年。我们之间什么都没发生过——虽然那东西一直是直翘翘的。这件事没法写进小说里，因为它脱离了生活。按现在的标准，生活是皮下注射。但这不是真正的生活。什么是真正的生活呢？我又记不得了。这个故事我写了十一遍，我能记住其中的每一句话。但它是真是假，我却记不得了！

我在家里，脱掉内裤，解开腰上的重重包裹。旧时的小脚女人在密室里，一定也是怀着同样的欣快感，解开自己的裹脚布。那东西获得了解放，弹向空中。我现在有双重麻烦：一是睡不着觉，二是老直着。我还觉得自己在发烧，但到医务室一量体温，总是三十六度五——那东西立在空中，真是丑死了。在学校里，我是天才学生，在公司里我是天才人物。你知道什么是天才的诀窍吗？那就是永远只做一件事。假如要做的事很多，那就排出次序，依次来干。刚才在公司，这个次序是：一、写完我的小说；

二、告诉"棕色的"什么是真正的小说。现在的次序是：一、自渎；二、写完小说；三、告诉"棕色的"什么是真正的小说。在此之前，我先去找一样东西。这次序又变成了：一、找到那样东西；二、自渎……这样一个男人，赤身裸体，在家里翻箱倒柜，这样子真是古怪透了……但我还是去找了，并把它从床底下拖了出来。把那个破纸箱翻到底，就找到了最初的一稿。打印纸都变成了深黄色，而且是又糟又脆，后来的稿子就不是这样：这说明最早的一稿是木浆纸，后来的则是合成纸。这一稿上还附有鉴定材料：很多专家肯定了它的价值，所以它才能通过。现在一个新故事也得经过这样的手续才能出版、搬上银幕——社会对一个故事就是这么慎重。每页打印纸上都有红墨水批的字：属实。以下是签字和年月日。在稿上签字的是我的老师。为了出版这本书，公司把稿子交她审阅，她都批了属实。其实是不属实。不管属实不属实，这些红色的笔迹就让我亢奋。假设小说的女主人公是克利奥佩屈拉，就没人来签字，小说也就出不来。更不好的是：手稿上没有了这些红色笔迹，就不能使我亢奋。

如你所知，我们所写的一切都必须有"生活"作为依据。我所依据的"生活"就是老师的签字——这些签字使她走进了我的故事。不要以为这是很容易的事：谁愿意被人没滋没味地一遍遍写着呢。老师为我做出了重大的牺牲。后来我到处去找老师，再也找不到——她大概是躲起来了。但是这些签字说明她确实是爱我的——就是这些签字里包含的好意支持着这个故事，使我可以一遍遍地写着，一连写了十一次。

十六

他们现在说，我这部小说有生活。他们还说，现在缺少写学生生活的小说。我说过，生活这个词有很古怪的用法：在公司内部，我们有组织生活、集体生活。在公司以外，我们有家庭生活、夫妻生活。除此之外，你还可以去体验生活。实际上，生活就是你不乐意它发生但却发生了的事……和真实不真实没有关系。我初写这部小说时，他们总说我的小说没有生活，这不说明别的，只说明当时这篇小说在生活之外，还说明我很想写这篇小说；现在却说有了生活，这不说明别的，只说明它完全纳入了生活的轨道，还说明我现在不想写这篇小说了。

老师的生活是住在筒子楼里，每天晚上到习题课上打瞌睡，在校园里碰上一个露阴癖；而和一个大个子学生恋爱却不在她的生活之中。她在我的初稿上签字，说我写到的事情都是她的生活，原因恰恰是：我写到的不是她的生活——这件事起初是这样的。结果事情发展下去走了味儿：我一遍遍地写着，她一遍遍地签字，这部小说也变成了她的生活。所以她离开了学校，一走了之。

早上我去上班之前,要花大量的时间梳妆,把脸刮干净,在脸上敷上冷霜,描眉画目。这是很必要的,我的脸色白里透青,看上去带点鬼气,眉毛又太稀。然后在腋下喷上香水,来掩饰最近才有的体味。我的形体顾问建议我穿带垫子的内衣,因为我肌肉不够发达。他还建议我用带垫子的护身,但现在用不着了,那东西已经长得很大。然后我出门,在上班的路上还要去趟花店,给"棕色的"买一束红色的玫瑰花。在花店里,有个穿黑皮短裙的女孩子对我挤眉弄眼,我没理她。后来她又跟我走了一路,一直追到停车场,在我身后说些带挑逗意味的疯话……最后,她终于拦住我的车门,说道:大叔,别假正经了——你到底是不是只鸭?我闷声喝道:滚蛋!把她撵走了。这种女孩子从小就不学好,功课都是零分,中学毕业就开始工作,和我们不是一路人。然后我坐在方向盘后面唉声叹气,想着"棕色的"从来就没有注意过我。要是她肯注意我,和我闲聊几句,起码能省下几道数学题。她解题的速度太快,现有的数学题不够用了。

　　有关"棕色的"女同事要写真正的小说,我现在有如下结论:撇开写得好坏不论,小说无所谓真伪。如你所知,小说里准许虚构,所以没有什么真正的小说。但它可以分成你真正要写的小说和你不想写的小说。还有另外一种区分更有意义:有时候你真正在写小说,但更多的时候你是在过着某种生活。这也和做爱相仿:假如一个男人和一个女人双方都想做，那他们就是真正在做爱。假如他们都不想，别人却要求他们做，那就不是做爱，而是在过夫妻生活。我们坐在办公室里，不是在写小说，而是在过写作生活。她在这种生活中过腻了，就出去体验生活——这应该说是个错误。体验到的生活和你在过的生活其实是毫无区别的。

我知道，"棕色的"要做的事是：真正地写小说。要做这件事，就必须从所谓的生活里逃开。想要真正地写，就必须到生活之外。但我不敢告诉她这个结论。我胆子很小，不敢犯错误。

现在"棕色的"每天提前到班上来，坐在办公桌后面，一面打毛衣，一面做习题。她看起来像个狡猾无比的蜘蛛精，一面操作着几十根毛衣针，一面看着习题集——这本习题集拿在一位同事的手里。她嘴里咬着一支牙签，把它咬得粉碎，再吐出来，大喝一声："翻篇儿！"很快就把一本习题集翻完，她才开始口授答案。可怖的是，没有一道做错的。我把同事都动员起来，有的出去找习题，有的给她翻篇儿。我到班上以后，把这束玫瑰花献给她，她只闻了一下，就丢进了字纸篓，然后哇哇地叫了起来：老大哥，这些题没有意思！我要写小说！她一小时能做完一本习题集，但想不出真正的小说怎么写，让我告诉她。按理说，我该揍她个嘴巴，但我只叹了一口气，安慰她道：不要急，不要急，我们来想办法。然后坐到自己的位子上了。

在"棕色的"写作生活中,她在写着一个比《师生恋》更无聊的故事。她和我们的不同之处在于,她不会瞎编一些故事来发泄愤怒。因此她就去体验生活,然后被人轮奸了。这说明她很笨,不会生活。既然生活是这样的索然无味,就要有办法把它熬过去。这件事可不那么容易……起码比解习题要难多了。

"棕色的"告诉我说:那件事发生以后,她坐在泥地上,忽然就怕得要命。也不知为什么,她想到这些人可能会杀她灭口……她想得很对,强奸妇女是死罪,那些乡下小伙子肯定不想被她指认出来。虽然当时很黑,但她说,看到了那些人在背后打手势。这是件令人诧异的事:我知道,她原来像蝙蝠一样的瞎,在黑地里什么都看不见。但我平时像个太监,被刀尖点着的时候,也变得像一门大炮;所以这件事是可信的。有一个家伙问她:你认不出我们吧?她顺嘴答道:认不出来。你们八个我一个都认不出来。那些人听了以后,马上就走,把她放过去了。这个回答很聪明:明明是四个人,她说是八个。换了我,也想不出这么好的脱身之策。但她因此变得神经兮兮的,让我猜猜她为什么会这么怕死。如你所知,我最擅长猜谜,但这个谜我没猜出来。这谜底是:我这么怕死,说明我是活着的。这真是所罗门式的答案!现在恐怕不能再说她是傻瓜了。实际上,她去体验生活确实是有收获的。首先,她发现了自己不想死,这就是说,她是活着的。既然她是活着的,就有自己的意愿。既然有自己的意愿,就该知道什么是真正在写小说。但她宁愿做个吃掉大量习题的母蝗虫,也不肯往这个方向上想。我也不愿点破这一点:自己在家里闷头就写,不要告诉任何人。这样就是真正在写小说。我不敢犯错误,而且就是犯了错误,也不会让你知道。

我注意到"棕色的"总在咬牙签,把齿缝咬得很宽。应该叫她不咬牙签,改吃苹果——照她这个疯狂的样子,一天准能吃掉两麻袋苹果,屙出来的屎全是苹果酱……我现在是在公司里,除了"生活"无事可做。所以,我只能重返大学二年级的热力学教室,打算在那里重新爱上老师。

* 本篇最初发表于 1997 年第 2 期《花城》杂志。

图书在版编目（CIP）数据

白银时代／王小波著．－北京：北京十月文艺出版社，2018.1（2024.9重印）
ISBN 978-7-5302-1696-5

Ⅰ.①白… Ⅱ.①王… Ⅲ.①中篇小说－小说集－中国－当代 Ⅳ.①I247.5

中国版本图书馆CIP数据核字（2017）第151867号

白银时代
BAIYIN SHIDAI
王小波 著

出　　版	北京出版集团公司
	北京十月文艺出版社
地　　址	北京北三环中路6号
邮　　编	100120
网　　址	www.bph.com.cn
发　　行	新经典发行有限公司
	电话 (010)68423599
经　　销	新华书店
印　　刷	山东韵杰文化科技有限公司
版　　次	2018年1月第1版
印　　次	2024年9月第30次印刷
开　　本	850毫米×1168毫米 1/32
印　　张	9
字　　数	151千字
书　　号	ISBN 978-7-5302-1696-5
定　　价	45.00元

质量监督电话 010-58572393
如有印装质量问题，由本社负责调换

版权所有，未经书面许可，不得转载、复制、翻印，违者必究。